dtv

Eines Tages in Schiras tritt der Kärntner Bauingenieur Hans Moser versehentlich auf den Tschador der Farah Kaschoggi. Eine »schicksalhafte Begegnung, wie sie nur wenigen beschieden ist – außer Tristan & Isolde und Paolo & Francesca wohl nur noch Clark Gable & Vivien Leigh«. Das Ergebnis dieser Begegnung ist eine Tochter: Scheherazade Hedwig Moser, die nicht umsonst den Namen der Erzählerin aus der Kalifenzeit trägt. Unzufrieden mit den Rollen, die ihr angeboten werden als Ausländerin und als Frau, zieht sie sich auf ein Sofa zurück und erfindet ein neues Leben.
»Lilian Faschingers Erstlingsroman ist brillant geschrieben, er ist amüsant, er ist witzig und ein bißchen zynisch.« (SFB)

Lilian Faschinger, 1950 in Kärnten geboren, lebt in Wien und Paris. Sie hat außer dem vorliegenden drei Romane veröffentlicht: ›Lustspiel‹ (1989), ›Magdalena Sünderin‹ (1995) und ›Wiener Passion‹ (1999), außerdem die Erzählungsbände ›Frau mit drei Flugzeugen‹ (1993) und ›Paarweise‹ (2002).

Lilian Faschinger

Die neue Scheherazade

Roman

Deutscher Taschenbuch Verlag

Von Lilian Faschinger
sind im Deutschen Taschenbuch Verlag erschienen:
Frau mit drei Flugzeugen (12353)
Magdalena Sünderin (12430)
Wiener Passion (12925)

Ungekürzte, von der Autorin neu durchgesehene Ausgabe
Dezember 2003
Deutscher Taschenbuch Verlag GmbH & Co. KG,
München
www.dtv.de

Erstveröffentlichung: München 1986
Umschlagkonzept: Balk & Brumshagen
Umschlaggestaltung: Stephanie Weischer unter Verwendung des
Gemäldes ›Wollust, Unkeuschheit, Unmäßigkeit‹ von Gustav Klimt
Satz: Fotosatz Reinhard Amann, Aichstetten
Gesetzt aus der Stempel Garamond 10/12· (QuarkXPress)
Druck und Bindung: Druckerei C. H. Beck, Nördlingen
Gedruckt auf säurefreiem, chlorfrei gebleichtem Papier
Printed in Germany · ISBN 3-423-13148-9

Für
Scheherazade Moazedi
und
Klaus Hirschmugl

Es schlug elf. »Es ist
schon zwölf«, sagte der Graf,
denn er war sehr verlogen.

(Ödön von Horváth, *Der ewige Spießer*)

Nicht aufhören zu reden. Die Artikulationsorgane – Stimmbänder, Zunge, Lippen – in Bewegung halten, Laute bilden. Es geht um Kopf und Kragen. Mit Hilfe der Oberlippe Laute bilden, mit Hilfe des harten Gaumens Laute bilden, mit Hilfe des Kehlkopfs Laute bilden, mit Hilfe der Schneidezähne Laute bilden. Schweigen ist nicht Gold, Schweigen ist der Tod. Die Mutter schweigt seit langem, denn es fehlt ihr ein Eckzahn. Ich bin keine Mutter, ich bin eine Tochter, ich schweige noch nicht. Obertöne, Untertöne, Zwischentöne. Ich rede/schreibe um mein Leben, an das er mir will, Schahriar, der König. Die Steine zum Steinigen sind zu einer Pyramide aufgeschichtet, die Pferde zum Schleifen sind eingespannt, das Wasser zum Ersäufen ist eingelassen, die Messer zum Vierteilen sind gewetzt, der Strick zum Aufhängen ist geschlungen. Solange ich rede/schreibe, hört man zu, solange ich rede/schreibe, redet er nicht, erteilt er den Palastwächtern nicht den Befehl, mich zu töten mit ihren schönen Krummdolchen.

Es handelt sich also in meinem Fall nicht um eine krankhafte, nicht eindämmbare Geschwätzigkeit, sondern um eine zwingende Notwendigkeit, um reine Notwehr, um eine von mir und meiner Schwester Dunja zur Verhinderung der Ausrottung unseres Geschlechts ausgedachte List. Wir haben sie in unserem gemeinsamen Mädchenschlafzimmer ersonnen, auf dem Bauch liegend zwischen den weißen Schleiflackmöbeln, den rosa Batistgardinen, den gerafften Stofflampenschirmen und den vielen großen Plüschtieren, unseren Geliebten, auf denen wir reiten und an denen wir uns reiben, bis es knistert. Wir sind aufgestanden, haben unsere Nachthemden gehoben bis zum Brustbein, einander angesehen und gestreichelt. Nein, diese weichen Häute sind nicht dazu da, daß in sie geschnitten wird mit Krummdolchen. Es soll nicht sein, daß weiße Wundränder klaffen und der ganze rote Saft ausrinnt wie das Sägemehl aus Puppen. Dunja und ich, die zwei austropersischen Puppen, mit denen Schahriar und sein Bruder spielen, bis ihnen langweilig wird und sie sie aufschlitzen. – Wir haben auch eine zweite Möglichkeit zu unserer Rettung erwogen, nämlich die uneingeschränkte Hingabe, haben diese Möglichkeit aber gleich wieder als unbrauchbar verworfen. Die Anwendung dieser Methode hat unseren tausenden bisher getöteten Geschlechtsgenossinnen nichts genützt. Sie haben sich bemüht zu stöhnen, zu wimmern und etwas ekstatischen Schaum vor den Mund zu bekommen, doch Schahriar und Schahseman haben sich nicht täuschen lassen und den Befehl gegeben, den Jungfrauen die Köpfe abzuschlagen. Was die Wollust angeht, lassen sie sich nämlich nichts vormachen. Sie unterscheiden vorgespiegeltes Augenüberdrehen sofort von aus echter Leidenschaft entstandenem Augenüberdrehen, den Speichel der Ekstase korrekt von mühsam angesammelter Spucke, und wenn sich Fingernägel in ihr männliches Fleisch krallen, spüren sie gleich, ob das seinen Grund in der Hitze des Geschlechts hat oder in reiner Bosheit. Und wenn ihnen so etwas auffällt (und es fällt ihnen früher oder später immer auf, in Augenblicken, da die Täuschungsbereitschaft der Jungfrauen nachläßt, da sie unachtsam sind, da sie keine Lust mehr haben, den Brüdern etwas vorzuspielen), verfallen sie in Zorn, rollen ihre großen schwarzen Augäpfel, produzieren Zornesschaum und lassen den Palast widerhallen von Tötungsbefehlen. Man töte dieses Weib! MAN TÖTE DIESES WEIB! MAN TÖTE TÖTE TÖTE DIESES WEIB WEIB WEIB WEIB (mit langsam ausklingendem Echoeffekt).

Meine Schwester Dunjazade Moser und ich, Scheherazade Hedwig Moser, sind Mischlinge, Irano-Österreicherinnen, Austro-Perserinnen. Unser Vater Hans Moser, aus Kirchdorf in Kärnten gebürtig, besuchte die Baufachschule in Villach, nach deren Abschluß er einen Vertrag bei einer Baufirma unterzeichnete und auf einige Jahre nach Schiras in Persien ging, um Bewässerungsanlagen zu bauen. Er entschloß sich dazu, weil Rudi Gutschier, sein bester Freund, kurz vorher nach Australien ausgewandert war (nach Brisbane? nach Wagga Wagga?) und auch ihn mit seinen Reden vom Großen Glück und vom Großen Geld angesteckt hatte. Er würde das Land am Fuße des Ayers Rock einzäunen, hatte er gemeint, er würde eine Schafzucht anfangen, erst mit einem klapprigen, später mit einem neuen Lastwagen an Gruppen staunender Aborigines vorüberfahren und ihnen Bierdosen zuwerfen, die er kistenweise im Lastwagen mitführen und während der Fahrt leertrinken würde. Es würde nämlich in Australien keine Gendarmen geben, die Autofahrer aufhalten und sie zu einem Alkoholtest bewegen konnten. Dann würde er eine schöne Australierin irischer Abstammung – mit einer Haut, weiß wie Schnee, mit Wangen, rot wie Blut, mit Haaren, schwarz wie Ebenholz, und mit violetten Augen – heiraten, die Liz Taylor aufs Haar gleichen würde, und sie würden glücklich leben bis an ihr seliges Ende. Tatsächlich war das Land am Fuß des Ayers Rock für die Schafzucht ungeeignet; es hätte sich noch am ehesten zu unebenen Tennisplätzen parzellieren lassen. Tatsächlich arbeitete Rudi Gutschier als schlechtbezahlter Automechaniker, laborierte an einer chronischen Bandscheibengeschichte und heiratete keine irische Liz Taylor, sondern eine Australierin niederbayrischer Herkunft mit langen Zähnen und einem fliehenden Kinn, die ihm vier Kinder mit langen Zähnen und fliehendem Kinn schenkte. Auf den Fotos, die die australischen Gutschiers der daheimgebliebenen Mutter Gutschier schicken, welche ihnen im Austausch dafür Geld schickt, stehen die vier Kinder der Größe nach aufgereiht vor einem weiß gestrichenen Holzhaus. Die Mutter Gutschier lebt seit Jahrzehnten im Geist bei der Familie in Australien, seit einigen Jahren noch intensiver, denn da ist der Vater Gutschier gestorben. Der Rudi ist ihr einziges Kind. Sie hat ihre vier Enkel noch nie gesehen, weil sie sich den Flug nicht leisten kann, da sie ja ihr Geld der Familie ständig in Briefkuverts schickt. Die alte Gutschierin ist eine zarte Frau mit wäßrigen Augen, weißen Haaren und einem verschlagenen Gesichtsausdruck, der ins Wehmütige spielt, sobald sie von der Familie erzählt. Sie lockt Spaziergänger, die sich an ihren Gartenzaun lehnen und ihre Obstbäume mit den großen roten Äpfeln ansehen, mit einem langen krummen Zeigefinger ins Haus, wo sie sie auf die Polsterbank in der Küche drückt, ihnen einen bitteren Verdauungsschnaps in giftgrünen kleinen Gläsern hinstellt, Stöße von Farbfotos mit den vier die langen Zähne beim Lachen blekkenden Enkeln vor ihnen auftürmt, von der Familie erzählt und dabei weint. Es kann wohl vorkommen, daß sie mit ihrer weichen Hand die Hände der Spaziergänger nimmt und die Knöchelchen befingert. Knusper knusper knäuschen, wer weiß, mit wie vielen Leichen Küche und Kammer bereits wohlgefüllt sind? Mein Vater, der im Herbst die großen roten Äpfel der Gutschierin holt und sie bei uns den Winter über einkellert, behauptet, er habe einmal, auf der Suche nach einem Eimer, eine Kastentür auf dem Gang geöffnet, und da sei ihm eine noch gut erhaltene Leiche wie ein Brett entgegengefallen. Mit einem großen roten Apfel im Mund. Aber ich habe mir gedacht, sagte er, daß die Gutschierin eine arme einsame Haut ist und nicht mehr lang zu leben haben wird. Und deshalb habe ich die Leiche wieder aufgestellt, gegen die hintere Kastenwand gelehnt, die Tür zugemacht und kein Wort mehr darüber verloren. Dann bin ich wieder auf den Baum gestiegen und habe weiter Äpfel geklaubt.

Atemholen.

Atemholen.

Atemschöpfen.

Und die Stimmbänder schonen, leise reden, Milch trinken. Das Erzählen strengt an, und die Könige mögen keine krächzenden Stimmen. Sie wollen keine Maultrommeltöne, kein Milchkannenscheppern, kein Asthmarasseln – was sie wollen, ist Grasmückengezwitscher, Windraunen, sind Äolsharfenklänge. Krächzt es ihnen zu sehr, werden sie unwirsch und rufen den Palastwächter mit dem Krummen Tod.

Um bei meinem Vater anzuknüpfen: Durch einen Zufall lernte er in Schiras meine Mutter kennen. Er spazierte durch das Stadtzentrum und trat aus Versehen auf ihren Tschador, ihr langes Gewand. So abrupt angehalten, fällt meine Mutter hin. Da sie den Tschador mit den Zähnen festhält, wie es einkaufende Perserinnen, die keine Hand frei haben, für gewöhnlich tun, bricht sie sich im Fallen einen Eckzahn aus. So beginnt eine große Liebe. Hans Moser hilft Farah Kaschoggi, geborene Emami, auf die Beine, und als er seinen blauen Blick in ihre schwarzen Augen taucht, ihn zögernd wieder herauszieht und über das Näschen, die Purpurwänglein, den halboffenen Kirschenmund mit der Perlenreihe der Zähne und das rote Rinnsal gleiten läßt, das aus ihrem Mundwinkel sickert, ist es vollends um ihn geschehen. Und auch Farah, die sich dankbar auf seinen starken, blondbeflaumten Arm stützt, weiß sofort, daß es sich um eine schicksalhafte Begegnung handelt, wie sie nur wenigen beschieden ist – außer Tristan & Isolde und Paolo & Francesca wohl nur noch Clark Gable & Vivien Leigh. Schnell rechnet sie nach, wann ihr Eisprung fällig ist. Sie ist froh, daß sie sich ein neues Jungfernhäutchen hat einsetzen lassen. Ein kleiner Eingriff, der für eine Reihe von Ärzten der islamischen Welt eine bescheidene Nebenerwerbsquelle darstellt. Aus diesem ersten, scheinbar unendlich langsam sich vollziehenden gegenseitigen Eintauchen der Blicke, dieser ersten flüchtigen Begegnung folgt vieles, darunter auch meine Existenz und die meiner Schwester Dunja sowie die Merkwürdigkeit unserer Augenfarben. Mein rechtes Auge ist blau, mein linkes gelb, Dunjas rechtes Auge ist gelb, das linke blau. Die beiden blauen Augen sind das Erbe des Kärntner Vaters, die Gelbäugigkeit geht auf meine Großmutter mütterlicherseits zurück, die eine Kurdin mit mörderischen Raubkatzenaugen und gelbbraunen Haaren war. Sie stammte aus einem Dorf auf einer Paßhöhe an der türkisch-persischen Grenze mit flachen Dächern, auf denen das Heu in Ballen zum Trocknen gestapelt lag, schloß sich später einer Gruppe der kurdischen Freiheitsbewegung an und wurde von einem Mitglied einer anderen Gruppe der kurdischen Freiheitsbewegung irrtümlich erschossen. Dunja und ich sind stolz auf unsere verschiedenfarbigen Augen. Noch dazu sind es Komplementärfarben. Man hätte gedacht, die Menschen würden von der Eigenartigkeit dieser Zweifarbigkeit gefangen sein. Einige ließen sich ja auch betören; im Grunde aber trug mir diese Idiosynkrasie nichts als Schwierigkeiten ein. Begonnen hat es auf dem Villacher Paßamt, beim Eintragen meiner Augenfarbe in den österreichischen Paß, den ich bekommen sollte. Revident Raspotnig blickte von seiner Remington-Schreibmaschine auf, als ich wahrheitsgemäß rechts blau, links gelb angab. Nicht genug damit, daß sie ein Bastard ist, ein dreckiges Halbblut, ein elendes Mischlingsweib; Austro-Perserin, Irano-Österreicherin, das ist ja ärger als Mestize, Mulatte, Kreole oder Zambo, dachte er bei sich, während er lächelte. Da bin ich aber froh, daß meine Kinder reinrassig sind, wenn das Brigittele auch den Pseudokrupp hat und das Peterle eine Hasenscharte. Und da kommt sie mit einem blauen und einem gelben Auge daher und macht uns Scherereien. Machen Sie keine Scherereien, sagte er in sein Lächeln hinein. Dann zog er mich ans Fenster und rief einige andere Revidenten, Oberrevidenten und Bürokräfte zur Begutachtung meiner Augen herbei. Aber das ist doch nicht möglich! staunte Fräulein Angelika Antonitsch, die Amtssekretärin, und sonderte vor Aufregung eine Flüssigkeit ab. Da sehen Sie, von welchem Weitblick es zeugt, daß man an den österreichischen Hochschulen eine Ausländersperre eingeführt hat! sagte Oberamtsrat Steiner, setzte sich und verfaßte ein Schreiben in geheimer Sache, ließ von Fräulein Antonitsch sechs Kopien anfertigen, heftete das Original ab und schickte je eine Kopie an die Kriminalpolizei, das Bundeskanzleramt, die Heeressanitätsabteilung, die Geheime Staatspolizei, die Interpol und die Iranische Botschaft in Wien. Es wäre gelacht, wenn wir des Ausländerproblems nicht Herr würden! zischte er zwischen zusammengepreßten Zähnen hervor. Nichts als Schwierigkeiten machen einem diese Jugos, Muftis und Spaghettifresser. Hier habe ich endlich etwas in der Hand, woraus ich ihnen den Strick drehen kann. Gelb und blau, lächerlich. – Ich wohnte damals in der Leonhardstraße und war in der folgenden Zeit vielen Repressalien seitens der Staatsmacht ausgesetzt. Die Herren von der Geheimpolizei scheuten sich beispielsweise nicht, mir auf dem Gehsteig Beine zu stellen und in meine zum Trocknen aufgehängte Wäsche mit den Läufen ihrer Dienstpistolen Löcher zu bohren. Ein Herr im graubraunen Trenchcoat zeigte bei der Hausbesorgerin, Frau Christa T., seine Marke vor und erkundigte sich nach meinen Gewohnheiten. Frau T. lud ihn auf einen Kaffee ein, den der Beamte trank, während ihre Katze auf dem Tisch auf- und abging und ihm mit dem Schwanz über das Gesicht strich. Man weiß nichts Genaues, flüsterte sie. Aber es ist alles sehr mysteriös: Sie züchtet weiße Wicken auf ihrem Balkon. Eigenartige Musik dringt aus ihrer Wohnung. Manchmal nimmt sie auf der Stiege zwei Stufen auf einmal. Sie sitzt auf dem Balkon und schaut den Schwalben beim Fliegen zu. Sie lacht grundlos, doch anhaltend. Oft drückt sie im Lift den Halteknopf und hält sich kurz zwischen zwei Stockwerken auf. Sie bekommt braune Pakete, Briefe mit unbekannten Briefmarken und Besuch von schönen Männern, die aussehen, als gingen sie keiner geregelten Tätigkeit nach und hätten keine Lebensversicherung abgeschlossen. Auf ihrer Wäscheleine hängt schwarze Unterwäsche. Und noch etwas: Sie redet/schreibt ununterbrochen. Trägt ständig Papier und Kassettenrekorder mit sich herum. Schreibt/redet, als ginge es um ihr Leben. Als dürfe sie nicht aufhören. Als habe sie Angst. Als habe sie ein schlechtes Gewissen. Der Herr hat mitnotiert und steckt seinen Kugelschreiber zufrieden in die Jackettasche. Frau T., Sie waren uns eine große Hilfe. Es ist schließlich erste Pflicht des Staates, seine Bürger vor Elementen, vor Zwielicht zu schützen und dafür zu sorgen, daß Zucht, Zucht und nochmals Zucht. Frau T. schlägt züchtig die Augen nieder. Der Herr ereifert sich und spuckt beim Reden. Zucht und Orrdnung. Bürrgerrr und Bürrgerrrinnen. Sicherheit und abermals Sicherheit. Wo kämen wir. Was täten wir. Wie stünden wir. Wo wären wir. Vaterrrland und Haimat großer Söhne. Stolz und aufrrrecht. Unerschrrrocken. (Greift sich ans Herz.) Der Ausländerrrr. Der Juuude. Rraus. Rrraus. Volksgut und Volk und Staat und Volk. Der Amerikanerrr. Rrrraus. Volk. (Greift sich nochmals ans Herz. Vorhang.)

Die Glühbirne über dem Sofa, auf dem ich schreibe, ist kaputt. Oder die Lampe selbst. Die Zuleitung. Was weiß ich. Für uns Frauen ist es besser, wenn wir von solchen Dingen nicht mehr als das Allernotwendigste verstehen. Ich verberge ohnehin schon einiges, wenn ich männlichen Besuch empfange: alle Bücher, die von anderem handeln als von der Kochkunst, von der Haushaltsführung, von der Liebe im landläufigen Sinn, von Blumen, Tieren und Kindern. Das ist weibliche Diplomatie, sagen die Mütter. Noch besser ist es, wenn überhaupt keine Bücher herumstehen und keine Zeitungen herumliegen. Am besten ist es, wenn alles sauber und gemütlich ist, wenn es aus der Küche nach frischgebackenen Kokosbusserln duftet und aus dem Bad nach einem Deodorant. Es empfiehlt sich, eine Kassette mit angenehmer Musik einzuschieben, zum Beispiel Händels Wassermusik, auf der Panflöte gespielt. Eigentlich alles, auf der Panflöte gespielt. Vor solchen Besuchen achte ich auch darauf, meinen blaugestrichenen eisernen Werkzeugkoffer zu verbergen; ich habe schon daran gedacht, ihn als Nähkoffer zu tarnen (die Form ist ähnlich), doch könnte ein kluger Besucher das durchschauen. Ich habe mir die Werkzeuge nach und nach gekauft, weil sie mir gefielen, habe jedoch wohlweislich nicht gelernt, mit ihnen umzugehen; damit würde ich mir ins eigene Fleisch schneiden, sagen die Mütter. Also nehme ich die Werkzeuge einzeln heraus, wenn ich allein bin, wische sie mit einem weichen Tuch ab und lege sie nebeneinander auf den Tisch. Eine rein ästhetische Angelegenheit. Mein Werkzeugkoffer enthält einen Gabelschlüsselsatz, eine Stahlsäge, mehrere Schraubenzieher (darunter einen Kreuzschlitzschraubenzieher, mein liebstes Stück), eine Sägeraspel, eine Holzraspel, einen Hammer, eine Kneifzange, eine Kombizange, eine Entisolierzange, einen Gipsbecher, einen Lötkolben, einen Stechbeitel, einen Körner, einen Zollstock, einen Anschlagwinkel, einen Malerspachtel, Nägel, Schrauben, Dübel und Kaltleim. Ich streiche zärtlich über die Sachen und sage: Ihr glänzenden Gabelschlüsselchen, du scharfzahniges Säglein, du hilfreiches Hämmerchen, du gewissenhaftes Zollstöckchen, du unbestechliches Anschlagwinkelchen, ihr braven Näglein, ihr geduldigen Schräublein, du strahlend weißer Kaltleim! Den Männern gegenüber bemühe ich mich, keines dieser Fachwörter auszusprechen, allenfalls noch Hammer, Nagel und Säge. Es wäre mein eigener Schaden, sagen die Mütter. Du mußt dir das Vokabular der Kochbücher aneignen, in die Konversation mit dem Mann Zauberworte einflechten, Substantiva wie Brandteig, Nierenbraten, Hinteres Ausgelöstes, Tafelspitz, Verba wie blanchieren, legieren, flambieren, dressieren, glacieren, sautieren, Sätze wie Statt Brösel können fallweise auch geriebene Mandeln oder geriebene Haselnüsse verwendet werden, Gewürze sollen den Eigengeschmack eines Gerichtes erhöhen und ihn nicht überdecken, Rote Rüben lassen sich leichter schälen, wenn sie nach dem Kochen kalt abgeschreckt werden, Salz entzieht dem Fleisch den Saft oder Das Fett muß den richtigen Hitzegrad erreicht haben, bevor man das Backgut einlegt. Wörter einflechten, Kochvorgänge andeuten, aber nie vollständige Informationen geben. Wörter wie Backgut auf der Zunge zergehen lassen. Hier, in diesem Code, liegt unsere Überlegenheit, sagen die Mütter. Unter keinen Umständen wichtige Geheimnisse ausplaudern, damit sie sich nicht auch noch dieser Domäne bemächtigen können. Kochrezepte werden ausnahmslos auf dem Totenbett von den Müttern an die ältesten Töchter weitergegeben, die ihrerseits das, was sie für überlieferungswürdig halten, ihren Schwestern weitervermitteln. Den Männern auf gezielte, das Kochen betreffende Fragen ausweichende, irreführende oder geistesabwesende Antworten geben, die Küchenschwelle gegen ihr Eindringen verteidigen. Meine Tante Steffi weiß viele Geschichten, Exempla, die den Frauen als Mahnung dienen und sie davon überzeugen sollen, daß es das weibliche Geschlecht ins Verderben stürzen wird, wenn es die Männer in die Geheimnisse der Kochkunst einweiht. Eines ihrer plausibelsten Beispiele handelt von Georg, ihrem Sohn, und davon, wie es ihm gelang, sein Elternhaus einzuäschern. Georg, ein geselliger junger Mann, habe während der kalten Jahreszeit einige Kommilitonen und Kommilitoninnen zu sich, das heißt, in das Zimmer, das er im Haus seiner Eltern bewohnte, auf eine Feuerzangenbowle, ein heißes, belebendes Getränk, eingeladen. Und ich habe ihm das Rezept in einem unbedachten Augenblick verraten, so wie Samson der Delila in einem unbedachten Augenblick verriet, daß das Geheimnis seiner Kraft in seinen Haaren begründet lag, sagt Tante Steffi. (Den Vergleich mit Samson und Delila stellt sie jedesmal an.) Dann führt sie aus: Georg habe den Rotwein erhitzt und in einen vorgewärmten Krug gegossen. In Ermangelung einer Feuerzange habe er zwei hölzerne Kochlöffel über den Krug gelegt und einen Zuckerhut daraufgestellt. Diesen habe er reichlich mit Arrak begossen. Vor dem Anzünden des Zuckerhutes habe er das Licht ausgeschaltet, um eine stimmungsvolle Atmosphäre zu schaffen. (Er sei in eine der Kommilitoninnen verliebt gewesen und habe gehofft, diese würde, sobald sie die Umrisse seines Gesichts neben dem blau brennenden Zuckerhut sähe, gleichfalls Feuer fangen.) Da er zuviel Arrak über den Zuckerhut gegossen habe, sei die anfänglich niedrige blaue Flamme sehr schnell höher geworden, und die Reispapierlampe, die über dem Tisch hing, habe Feuer gefangen. Dieses Feuer habe rasch auf die leinenen Vorhänge übergegriffen, und augenblicklich habe alles lichterloh gebrannt. In der darauffolgenden Panik habe niemand mehr genau beobachten können/wollen, was mit dem Zuckerhut weiter geschah. Darum kann Tante Steffi folgendes auch nicht erzählen: Der Zuckerhut, der vom Arrak und von der Wärme aufgeweicht war, begann sich zu verformen und neigte sich gegen die eine Seite hin. Durch diese Verschiebung des Gleichgewichts kamen die beiden hölzernen Kochlöffel ins Rollen, und schließlich stürzte der Zuckerhut langsam in sich zusammen und in den Rotwein, der daraufhin überschwappte. Nun wieder Tante Steffi: Als sie und ihr Mann, Georgs Stiefvater – Georgs Vater war bei einem Grubenunglück ums Leben gekommen –, von der Jahreshauptversammlung des Sparvereins heimgekehrt seien, habe sich ihnen ein schauriger Anblick geboten: Das Haus, das sie mit ihrer Hände Arbeit erbaut hatten, sei in Schutt und Asche gelegen. Ein paar

Rauchschwaden seien noch darüber hinweggezogen. Ein einsamer Feuerwehrmann sei dagestanden, einen Schlauch in der Hand, aus dem kein Wasser floß. Georg und die Kommilitonen und Kommilitoninnen hätten sich aus dem Inferno retten können, bis auf die Kommilitonin, in die Georg verliebt gewesen war. Diese habe nur noch verkohlt aus den Trümmern geborgen werden können. An dieser Stelle der Erzählung wird Tante Steffi noch heute, da das Unglück zwölf Jahre her ist, von Tränen überwältigt und kann nicht mehr sprechen. Die Tränen kommen ihr nicht wegen des materiellen Verlusts (das Haus war hoch gegen Feuer und Hagelschlag versichert), sondern aus Mitgefühl mit ihrem Sohn und dessen unerfüllter Liebe zu der verkohlten Leiche, aus Wut über die gemeinen Vereitelungen des Schicksals, das auch in ihr Leben mehr als einmal auf die hinterhältigste Weise eingegriffen hatte.

Ich nicke zustimmend zu dem, was ich aus Tante Steffis Tränen herausgelesen habe. Die Lampe über dem Sofa brennt wieder. Sie war nicht kaputt, ich hatte nur die Glühbirne nicht fest genug hineingeschraubt. K. hat mich darauf aufmerksam gemacht. K. wohnt manchmal hier. K. ist handwerklich sehr begabt. Die Vereitelungen des Schicksals. Ein weites Feld. Die Hobbys des Fatums: vereiteln, vergällen, durchkreuzen, hintertreiben, übel mitspielen, zuschanden richten, zu Fall bringen, einen Strich durch die Rechnung machen. In vielen Bereichen, vorzugsweise auf dem Liebessektor. Die Liiiiebe, sagt Nina Hagen. Ja was isn des? fragt Nina Hagen. Love is a many-splendor'd thing, vermutet jemand. – Vor mir an der Wand hängen hinter Glas drei Bilder. Auf jedem dieser Bilder ist je zweimal nahezu das gleiche mit Bleistift gezeichnet: Hals und Schultern einer Frau, darüber (nur angedeutet) schulterlange Haare, der offene Kragen einer Hemdbluse, eine Knopfleiste; um den Hals hängt ein Geldtäschchen; seitwärts in diesem Geldtäschchen steckt ein Blatt von einem Ginkgobaum. Die Vereitelungen des Schicksals. Die vereitelte Liebe. Kopflos. Wo ist der Kopf der Frau(en)? Der Kopf der Frau(en) sitzt auf meinen Schultern. Es war einmal ein Ginkgobaum in Italien, der stand hinter einem hohen hohen Zaun neben einem großen großen Haus in einem schönen schönen Garten. Der Mann und die Frau gingen daran vorbei. Der Mann griff durch die Eisenstäbe hindurch nach einem Blatt. Und er nahm das Blatt, brach es und sprach zu ihr: Nimm, dies ist mein Leib. Die Frau/ich nahm es, aber etwas zögernd. Sie/ich hatte den Mann zum ersten Mal in einem ziemlich dunklen Korridor gesehen. Es wurde etwas angerührt. Er hatte einen Mund, in den die Frau/ich hineingehen konnte ohne Furcht, wie in eine weiche Tropfsteinhöhle, wie Jonas in den Bauch des Wals. Der Mann scherte sich nicht und kehrte die Rollen um: Er deckte den Tisch mit weißem Plastikbesteck, Papptellern und Schafgarben, bereitete mir/der Frau das Mahl mit Piment und Safran und schlug mir/ihr danach das Bett auf. Und er war leicht leicht und lag nicht wie ein Stein auf mir und nicht wie ein Alb, sondern wie ein Blatt von einem Ginkgobaum. Ist die Liebe denn ein Blatt von einem Ginkgobaum? Unter dem landläufigen Überbegriff Liebe hat viel Platz. Was sich als Liebe ausgibt, ist im Grund immer Imitation. Die Imitationen der Liebe sind zahllos. Aus Gründen der Einfachheit und Bequemlichkeit hat man den Begriff der Liebe weit gefaßt; auch ich fasse ihn im allgemeinen sehr weit, und so wäre es durchaus legitim, die Liebe als Blatt eines Ginkgobaums zu definieren. Bei den später beschriebenen Beziehungen zu Christo, dem Hopiindianer Tom oder Andrew Lennon würde es sich unter Zuhilfenahme dieses dehnbaren Begriffs gleichfalls eindeutig um Liebe handeln. Aber genaugenommen sind es natürlich nichts als Liebes-Imitationen, billige Reproduktionen eines Originals, das nicht zugänglich ist. Alle Liebes-Akte, Liebes-Träume, Liebes-Erklärungen, Liebes-Gedichte, Liebes-Geschichten, Liebes-Spiele, Liebes-Dienste sind selbstverständlich nur Abgüsse der Originalgußform, Kopien eines Originals, das angeblich dort und da aufgetaucht ist, das aber keiner mit Sicherheit gesehen hat. Man behilft sich damit, so zu tun, als sei die landläufige Jedermannsliebe der Urtext, die Originalausgabe und nicht der hundertste Nachdruck, die hundertste unveränderte Auflage oder allenfalls eine schöne Faksimileausgabe. Man verschließt die Augen vor der Tatsache, daß es sich bei dem Gemälde der Liebe um eine Fälschung handelt, um einen Druck von einem Druck von einem Druck, eine Xerokopie, ausgestoßen mit Millionen von davon nicht unterscheidbaren Kopien vom Beschönigungskopierer, vom Lügenkopierer. Auf dem Kopiersektor macht man gegenwärtig RASANTE Fortschritte, die Entwicklung im elektronischen Zeitalter vollzieht sich RAKETENHAFT, die Zahl der Kopien nimmt EXPLOSIONSARTIG zu. Noch schneller, noch ORIGINALTREUER, ist die Devise der Kopierfachleute. Wer macht sich noch die Mühe eines genauen Vergleichs von Original und Kopie, noch dazu, wo das Original bestenfalls undeutlich sichtbar, in seinen Umrissen erkennbar ist. Es wäre nutzlos. Nur ein paar SONDERLINGE schlagen sich damit herum und verderben sich die Augen dabei, bis sie nicht einmal mehr die Kopie sehen. Das ernsthafte Forschen nach dem Original, diesem Phantom-Original, das durch die Zeiten und die Räume geistert, ist eine Unsinnigkeit. Nichts wäre unerträglicher, als wenn die Suche nach dem Original mit dem Finden des Originals ein Ende nähme. Mit dem Finden der Liebe wäre der Welt die Spannung der Liebessuche genommen, der sie antreibende Motor; die Rotationsgeschwindigkeit der Erde würde auf null absinken, und die Erdkugel würde in den leeren Raum abtrudeln wie ein Segelflugzeug, dem der Wind unter den Flügeln wegbleibt. Das Original der Liebe, das

Unidentified Flying Object, angeblich schon gesichtet, auf einer freien Wiese stehend mit erleuchteten Fenstern. Das blaue Liebes-Irrlicht, das in hellen Mondnächten über die Weltsümpfe zuckt, die blaue Sehnsuchts-Wulfenia. Das Original der Liebe zu finden, bedeutete die größte Katastrophe, bedeutete augenblickliches Stagnieren, sofortige Bewegungslosigkeit, das Ende der Suche wäre das Ende der Welt. Der Liebes-Gral, nach dem sie alle unterwegs sind, um dessentwillen die unglaublichsten Abenteuer bestanden oder nicht bestanden werden. Die wundertätige Schale, der Glückseligkeit, ewige Jugend und Speisen in unbegrenzter Fülle spendende Kelch, die heilende Lanze, bewacht vom Gralskönig und von den Gralsrittern in der Burg, im Tempel. Nach dem Auffinden des Grals erübrigte sich die Existenz von Lanzelot, Iwein, Erec und Parsifal. Das Liebes-Original, die Luftspiegelung der Durstigen. Die vereitelte Liebe. – Damals wurde mir zumindest die landläufige Liebe, die Imitations-Liebe für kurze Zeit nicht vereitelt. Meistens wird selbst sie mir vereitelt durch Schahriar und Schahseman, die hinter mir her sind und schreien: Hingabe oder Tod! Und es bleibt keine Zeit für das Hineingehen in Münder, für das leichte Liegen und Lächeln, die Zeit verdunstet schnell beim ununterbrochenen Reden/Schreiben zur Rettung der eigenen Haut. Schuld ist die Besitzgier, die Machtgier. Auslösend für das Wüten Schahriars und Schahsemans unter den Jungfrauen des Landes war nämlich der Betrug ihrer Ehefrauen an ihnen, während sie sich auf Reisen befanden. Als Schahriar kurz zurückkommt – er hat etwas vergessen –, erwischt er seine Frau, die er über alles liebt, mit seinem muskulösesten Palastwächter im Bett. Da Ehemänner wie Schahriar ihren Frauen auch nicht das kleinste außereheliche Vergnügen gönnen und auf wirkliche oder eingebildete Anschläge gegen ihre sexuelle Potenz empfindlich reagieren, bleibt Schahriar nichts anderes übrig, als die Augen zu rollen wie Laurence Olivier als

Othello, ein Brüllen loszulassen und seine über alles geliebte Frau sowie deren Liebhaber in Stücke zu hauen. Es geht alles sehr schnell. Er schreit noch: Down, strumpet!, worauf sie fleht: Kill me tomorrow; let me live to-night. Darauf er: Nay, an you strive –. Darauf sie: But half an hour! Darauf er: Being done, there is no pause. Darauf sie: But while I say one prayer! Darauf er: It is too late! (Haut sie und ihren Liebhaber in Stücke.) Sie hat vorher ein paarmal versucht, zu einer Apologie anzusetzen (Schau, Schatzi, versteh doch .../Weißt, Schatzi, du siehst das alles falsch .../Schatzi, das hier, das hat doch alles nichts mit uns zu tun ...), ist aber über die jeweils ersten Sätze nicht hinausgekommen. Die Stücke der beiden wirft Schahriar selbstredend den Hunden zum Fraß vor. Dabei waren sie lange Jahre ein so glückliches Paar gewesen, hatten miteinander Soufflés zubereitet, waren an nebligen Samstagnachmittagen Arm in Arm ins Kino gegangen, hatten im Bett einträchtig die schwierigen Kreuzworträtsel der ZEIT gelöst und überhaupt Freud & Leid miteinander geteilt. Jeder der beiden hatte sich auch mit den Schwiegereltern ausgezeichnet verstanden, bei denen sie sonntags alternierend zum Mittagessen eingeladen waren. Wirklich ein Jammer, diese Eskalation der Dinge. Der Kitzel des Fleisches. Augustinus hatte seine Mutter Monika, mit deren Hilfe er es fertigbrachte, enthaltsam zu bleiben. Die über alles geliebte Frau hatte aber keine Mutter Monika, die ihr ins Gewissen redete. Außerdem gehörte sie zum leidenschaftlichen Frauentypus, und Schahriar hätte wissen müssen, daß man nicht gleichzeitig eine solche Frau haben, sie mit glänzend braunen, muskulösen Wächtern umgeben und oft auf Reisen gehen darf. Die Welt, das Fleisch und der Teufel, die glorreichen Drei. Der Stachel des Fleisches. Wider den Stachel löcken. Wäre Schahriar von der Reise, die er vor der oben beschriebenen unternommen hatte, gleichfalls unerwartet zurückgekommen und hätte er auf der Suche nach seiner Brille, die er vergessen hatte, das eheliche Schlafzimmer betreten, so hätte er sich gezwungen gesehen, gleich vier Personen in Stücke zu hauen: seine über alles geliebte Frau und drei muskulöse Palastwächter. Ihm hätte sich ein Anblick geboten, der ihm das Blut in den Adern hätte gefrieren lassen: Seine über alles geliebte Frau wäre nackt auf den Polstern hingestreckt gewesen, mit sehr gerötetem Gesicht, und über sie gebeugt gewesen wären die braunen, schweißnassen Rücken der drei Palastwächter. Jeder von ihnen wäre mit seiner Zunge und mit seinen Händen gerade mit ihrem Körper beschäftigt gewesen. Die Szene hätte sich beim Schein von Aladins Wunderlampe abgespielt, und über allem wäre ein schwerer Duft nach Weihrauch und Myrrhe gehangen. Auch das Stöhnen seiner über alles geliebten Frau hätte nie den Weg aus Schahriars Gehörgängen hinausgefunden. Er wäre vor Schreck so erstarrt gewesen, daß sie vielleicht Zeit zu einer längeren Verteidigungsrede gefunden hätte, allerdings ohne Erfolg, denn bald wäre er durch den das Abendessen ankündigenden Gong aus seiner Erstarrung erwacht und ans Zerhauen gegangen. Sie hätte beispielsweise gesagt: Schahriar-Liebling, ich verstehe, daß dich das auf den ersten Blick schockiert, aber es sieht schlimmer aus, als es ist. Was ist denn schon Besonderes dabei, wenn man einander ein wenig wohltut? Denn das ist das oberste Ziel dieser Wächter, die ihr Leben in deine Dienste (und natürlich auch in meine, da ich zu dir gehöre) gestellt haben: dir (und natürlich auch mir, da ich zu dir gehöre) das Leben so angenehm wie möglich zu machen, dir (und natürlich auch mir, da ich zu dir gehöre) wohlzutun. Sie machen es sich zur Aufgabe, dich in deiner Abwesenheit auf diskrete Weise zu vertreten, was im Grund nichts anderes ist als ein Akt der Loyalität. Denn es könnte ja auch ein Fremder hier eindringen und mir seinen Willen aufzwingen – glaube nicht, daß dies noch nie von jemandem versucht worden ist. Deine Palastwächter würden niemals zulassen, daß ein anderer außer dir dieses Gemach betritt.

Und, Schahriar-Liebling, sei mir nicht böse, aber es ist wirklich rücksichtslos von dir abzureisen, wo du genau weißt, daß ich um die Mitte meines Monatszyklus' besonders erregbar bin. Du kannst nicht leugnen, daß ich dich heute morgen gebeten habe zu bleiben. Denn schon beim Aufwachen ahnte ich, daß es sich um einen dieser gefährlichen Tage handelte. Du aber hast gereizt reagiert, hast was von blöden Weibern gesagt, die nichts von Politik verstünden, einen Mann fertigmachten mit ihren launischen Wünschen, einen aussaugten bis aufs Blut. Dann hast du die Tür so fest zugeschlagen, daß der schöne getriebene Silberteller, den sie uns zur Hochzeit geschenkt haben, von der Wand fiel, und die Sänfte holen lassen. Und ich bin dagestanden im Nachthemd mit meiner Lust. Es wurde noch schlimmer, als Fatima mich ankleidete: Sie zog mir das Nachthemd über den Kopf, wobei die Seide raschelte und meinen Körper an allen Ecken und Enden streifte, kühl und leicht. Dann half sie mir ins Gewand, knöpfte Knöpfe zu mit ihren geschwinden Fingern, band Bänder um meine Taille, streifte Ärmel über meine Handgelenke, legte Stoffalten zurecht über meiner Brust, berührte meine Fußsohlen, während sie mir die Schuhe anzog, meine Handflächen, während sie mir die Ringe ansteckte. – Jeder ihrer hurtigen Handgriffe ist korrekt, nie dauert eine Berührung zu lange. Sie kleidet mich an und aus mit dem Blick einer Krankenschwester, sachlich und interesselos. Sie starrt nicht zu lange auf meine Nackenhaare, meine Schlüsselbeingruben. Und doch ist sie jung, in meinem Alter, und wartet auf ein Zeichen, darauf, daß ich ihre Hand am Gelenk fasse und auf mein Gesicht lege, daß ich mit Daumen und Zeigefinger wie mit den Schenkeln eines Zirkels die Bögen ihrer Brüste nachziehe, daß ich ihr Haar löse. Ihr Haar löse, Schahriar. Und auf dem Rücken liege mit ihren langen Haarsträhnen über dem Gesicht, sie zwischen die Zähne nehme. Aber ich gebe das Zeichen nicht, denn damit würde ich dich wahrhaftig hintergehen. Es wäre ein Betrug, dem du nichts entgegensetzen könntest. – Ich schickte Fatima heute morgen also weg, noch bevor ich völlig angekleidet war – um nicht länger ihre Schönheit zu sehen, um ihren geschwinden Fingern keine weitere Gelegenheit zu geben, meinen Widerstand aufzuknöpfen. Sie ging, die Bilder blieben, viele Bilder von ihr und mir. Ich schaute in den großen Spiegel und sah sie neben mir die schweren gelösten Haare langsam von einer Seite zur anderen schwingen, ich schloß die Augen und sah sie die Augen schließen, den Kopf zurückgebogen durch die schweren gelösten Haare. Dann ließ ich die Palastwächter rufen, denn die Bilder waren durch nichts zu überlagern als durch die grobe Deutlichkeit brauner Muskeln. Die Muskeln, die deine Palastwächter spielen ließen vor mir, haben mich davon abgehalten, ein Zeichen zu geben, haben mich zurückgescheucht ins klar gekennzeichnete Gelände deines Geschlechts. Durchtrenne sie nicht, Schahriar-Liebling, du schneidest dir ins eigene Fleisch.

So hat Schahriars über alles geliebte Frau um ihr Leben geredet. Jeder versucht auf andere Weise, sich aus der Affäre zu ziehen. Fest steht aber, daß sie in Stücke gehauen und den Hunden zum Fraß vorgeworfen wurde, wogegen ich noch lebe. Sie hat ihr nichts genützt, die Solidarisierung mit dem anderen Geschlecht. Auch ich spüre, daß Solidarisierungen mich nicht am Leben erhalten werden. Ich bin zu Solidarisierungen unfähig, wundere mich über diejenigen, die sich in manischer Weise zu solidarisieren suchen, sobald ein zweites menschliches Wesen in ihrem Sehkreis auftaucht. Und wenn kein Mensch auftaucht, erklären sie sich mit Dingen solidarisch (zum Beispiel mit Fahnen oder Erdböden), mit Tieren (zum Beispiel mit Aaren oder Leuen), mit Pflanzen (zum Beispiel mit Eichen oder Nelken). Wenn auch keine Flora, keine Fauna und keine Dingwelt zu Solidarisierungszwecken zur Verfügung stünden, die auf Solidarität Versessenen also im leeren Raum existierten, dann würden sie sich mit Ideen (zum Beispiel mit Platons Höhlengleichnis, mit den auf einer Nadelspitze Platz nehmenden Engeln des Thomas Aquinus, mit Imperativen der kategorischen Art) solidarisieren. Und herrschte auch noch ein Vakuum an Ideen, so würden sie nicht zögern, in immer neuen Zirkelschlüssen zu sich selber zurückzukehren und sich auf die humanste Weise mit sich selbst solidarisch zu erklären. – Auf dem Sofa sitzend und redend/schreibend, höre ich das Scharren einer Schneeschaufel, sehe ich eine Amsel im Vogelhäuschen picken. Sie pickt an einem der Kuchen, die mir die Gutschierin ständig schenkt, die ich aber nicht esse, weil sie sie mit Bauernrahm zubereitet, der einen leichten Stich hat. Ich habe für vieles Verständnis, nicht aber für Bauernrahm, der einen leichten Stich hat. Die Amseln und Grünfinken und alle unsere hungernden, frierenden gefiederten Freunde sind verrückt nach diesen Kuchen und scheißen, nachdem sie sie bröselweise zu sich genommen haben, auf meinen Balkon. Dann frieren sie weiter, und das ganze Aufplustern nützt ihnen nichts. Warum fliegen sie auch nicht nach Süden, in V-Formation, vielleicht nach Nairobi? – Ich höre kurz mit dem Reden/Schreiben auf und blättere die Zeitung durch. Die Stadt hat nun eine restaurierte, erweiterte Oper, die festlich wiedereröffnet wurde. Es war ein glanzvolles Ereignis. Seitenweise frohe Gesichter. Frau Kulturstadträtin Sophie N., an ihrer Seite ihr charmanter Gatte Herbert. Landeshauptfrau Beate S., ihrem ihr seit nunmehr zwanzig Jahren treu zur Seite stehenden Gatten Carl Maria zuprostend. Ein gelungener Schnappschuß zeigt den bezaubernden Gatten von Univ.-Prof. Dr. Liese F. im goldsilbernen Kettenhemd. Der frischgebackene Gatte von Regisseuse Putzi K. beißt gerade herzhaft in eines der siebentausend von der Landesberufsschule Bad Gleichenberg gestrichenen und belegten Brötchen. Die wertvollste Digitalarmbanduhr des Abends trug zweifellos Gunther S., aparter Gatte der Kommerzialrätin Gerda S. Ingmar, der junge, zierliche Gatte von Intendantin Eva P., war unpäßlich und verließ das Opernhaus schon vor dem Ende der Festaufführung, die mit frenetischen Ovationen bedacht wurde. Den meisten Leuten unserer Stadt gefällt weder das renovierte Opernhaus noch der Zubau noch der beide verbindende Stahlbogen. Das weiß ich, weil ich nach meinen Einkäufen auf dem Markt mit dem vollen Korb vor der Oper auf die Straßenbahn warte und die Mitwartenden sich die Zeit mit der Beschimpfung der Opernumbauer und der Stadtgemeinde vertreiben. Oft ufert die Beschimpfung aus in eine Beschimpfung der Europapolitik Reagans, der jungen Generation im allgemeinen, der Lieblosigkeit der englischen Königin gegenüber ihrer sympathischen Schwiegertochter, der Verseuchung der Mur durch Papierfabriken, der Schneeglätte, der Grausamkeiten der peruanischen Potentaten und der Fahrpläne der städtischen Verkehrsbetriebe. Die Reden wachsen sich also aus, arten aus in eine Beschimpfung der Welt. Ich tue, was ich kann, um die Thematik vor dem Ausufern zu retten, sie notdürftig einzudämmen, sage zu den mitwartenden Frauen mit den Plastikeinkaufstaschen und den Kopftüchern sowie zu den mitwartenden Männern mit den Steirerhüten und Wildledermänteln: Bitte bleiben Sie doch beim Thema! und bekenne freimütig: Mir gefällt das neue Opernhaus. Besonders gefällt mir der Verputz, denn er sieht sehr provisorisch aus, und es ist kaum zu glauben, daß keine weitere Farbschicht vorgesehen ist. Versehen mit schwarzen Sprühlack-Graffiti (und während ich das sage, funkeln meine Augen boshaft) gefiele mir der Verputz noch besser. (Aus der Menge der Mitwartenden erheben sich Hört-hört-Rufe.) Mir gefällt auch der Stahlbogen, besonders wenn Kulissen darauf hin- und hergezogen werden. Auch der Zubau gefällt mir: Er sieht aus wie ein LEGO-Haus, und LEGO-Steine waren früher mein liebstes Spielzeug. Die

Gemüter der Mitwartenden erhitzen sich, vereinzelt vernimmt man Rufe, die nach Lynchjustiz verlangen (Hang her high!). Ein etwa vierzigjähriger, gutmütig aussehender Mann macht sich bereitwillig auf den Weg zum Seiler am Jakominiplatz. Die Meute rückt bedrohlich nahe an mich heran, es wird gefährlich, doch da rette ich mich mit einem verwegenen Satz auf das Trittbrett der Straßenbahn. Das einzige, was ich einbüße, sind ein Büschel Petersilie, das in den Klauen, sowie der Gürtel meines Mantels, der in den Fängen eines der Mitwartenden zurückbleibt. Die Straßenbahn ist voll, und ich setze meine Ausführungen fort, zur Hausbesorgerin Christa T. gewandt, die sich zufällig darin befindet: (Viel seelische Gleichgestimmtheit kann ich von Frau T. auch nicht erwarten, aber immerhin wird sie mir zuhören und mich nicht sofort lynchen wollen.) Am liebsten wäre es mir ja, wenn man alle öffentlichen Gebäude verpackte, allein schon wegen der Schonung. Außerdem hat eine Verpackung immer etwas Verheißungsvolles. Ich schlage hellbraunes Packpapier vor. Meine Anregungen sind nicht aus der Luft gegriffen, sondern stützen sich auf mehrere vom Verpackungskünstler Christo geschaffene Präzedenzfälle. Mit einer entsprechenden zartgelben Schleife versehen, würde das Kolosseum aussehen wie eine große Hutschachtel. Man würde sich gespannt fragen, ob aus dem Wiener UNO-Gelände ein sauber verpackter Regenschirm oder ein Spazierstock aufragt – dabei wäre es der Donauturm. Plötzlich befänden wir uns in einer Welt voller unausgepackter Geschenke, und es wäre wie Weihnachten. (Weihnachten fällt heuer auf einen Samstag, sagt Frau T. in die Pause hinein, die an dieser Stelle eingetreten ist, weil mich beim Ausmalen einer solchen Welt kurz eine Sentimentalität überkommen hat. Dann spreche ich weiter:) Ich habe selber Erfahrung mit dem Verpacken. Dunja und ich haben einmal für den Karnevalszug am Faschingsdienstag einen 2CV in braunes Packpapier eingepackt. Wir bekamen den elften Preis. Wir würden uns sofort an ein größeres Projekt wagen, gäbe man uns Gelegenheit dazu. Unser sehnlichster Wunsch wäre es, das Pompidouzentrum in Paris zu verpacken, damit jeder glauben kann, es befindet sich ein schöner großer schweinslederner Koffer unter dem Papier. Wir sind sogar – nach lange dauerndem Schriftverkehr – mit Interrail nach Paris gefahren, um mit dem Magistrat über dieses Vorhaben in Verhandlung zu treten, doch hat man uns auf die unhöflichste Weise abgewiesen und gar nicht bis zu den zuständigen Herren vorgelassen, dabei auf unser Aussehen und unsere Tramperrucksäcke verweisend. Natürlich ließen wir es an Adrettheit fehlen, hatten wir doch im Schnellzug Wien-Paris auf dem Gang übernachtet. Solcherlei irrelevante Beanstandungen waren nichts als lächerliche Vorwände, um die Verwirklichung unserer grandiosen, fortschrittlichen Ideen im Keim zu ersticken. Wir standen also unverrichteter Dinge vor dem Pompidouzentrum; es schmerzte uns, daß man uns verwehrt hatte, es einzupacken. Da wir kaum Geld hatten, holten wir unsere Musikinstrumente aus den Rucksäcken, stellten uns auf dem großen Platz vor dem Zentrum auf und spielten. Dunja und ich haben uns schon in verschiedenen Ländern durch Musizieren Geld verdient. Dabei kommt uns die durch unser Irano-Österreicherinnentum, unser Austro-Perserinnentum bedingte Viel- beziehungsweise Zweiseitigkeit zugute: Zuerst spielen wir im Ausseer Dirndl, Dunja auf dem Hackbrett und ich auf der steirischen Knopfharmonika. Manchmal jodeln wir den Erzherzog-Johann-Jodler, den uns der Vater beigebracht hat. Irgendwann hören wir auf, warten, bis die Menge sich zerstreut hat, und werfen uns geschwind die Tschadors über. Dann tut Dunja so, als wäre das Hackbrett eine persische Trapezzither, und ich vertausche die Knopfharmonika mit einer Sitar, und das Musizieren geht weiter, diesmal so, wie es uns die Mutter gelehrt hat. Eine solche Metamorphose ist in Paris möglich, in Paris und in anderen Metropolen. Hier in Graz aber, liebe Frau T., herrschen andere Zustände, hier muß man fürchten, daß sich bei solchen Darbietungen in der Herrengasse flaschengrün gekleidete Beamte der Exekutive nähern und sagen: Entscheiden Sie sich entweder für die persische oder für die österreichische Volksmusik. Wir dulden hier keine Zweigleisigkeiten, kein Verwischen der völkischen Merkmale. Graz rühmt sich einer ungebrochenen Tradition im Verbieten des Verwischens völkischer Merkmale. In Graz hat alles seine Ordnung. (Frau Christa T. wirft düster ein: Ich mag die Musikanten in der Herrengasse nicht. Sie nehmen zu viel Platz ein und stören mit ihren Instrumenten das schöne Geräusch der Straßenbahnen.) Man muß fürchten, daß ein Exekutivbeamter sagt: Sie wollen doch nicht unser österreichisches Kulturgut lächerlich machen? Sie wollen doch nicht unser väterliches Erbe in den Schmutz ziehen? Und überhaupt, kommen Sie mit auf die Wachstube, wir werden Ihre Daten überprüfen und etwas finden, womit es hapert. – Wir spielen also vor dem Pompidouzentrum in unseren Tschadors eine persische Volksweise. Plötzlich unterbricht ein Pantomime in einiger Entfernung von uns, der sich gerade mitten in einer zarten Szene mit einem imaginären Schmetterling befindet, sein Spiel – und das, obwohl sich eine Menschentraube um ihn gebildet hat. Mit seinem weiß geschminkten Gesicht, seinem schwarzen Trikot, seinem schwarzen Hut, seinen schwarzen Handschuhen und seinem imaginären Schmetterling tritt er zu uns, und wir sehen, daß seine Augen voller Tränen sind. Pantomime, warum sind deine Augen voller Tränen? Es ist der Exilperser Ali aus Schiras, der Rosenstadt, der die von uns gespielte Weise erkannt hat – ein Lied aus seiner Heimatstadt mit dem Titel Du Rose von Schiras – und sich, wie von Zaubermacht getrieben, uns nähert. So viel wird in ihm angerührt durch diese schlichte Melodie, an so viel erinnert er sich: daran, daß seine Mutter, sein Vater, seine Tante und sein

Onkel von den damaligen Machthabern enteignet und ins Gefängnis geworfen worden sind, daran, daß er seine Geliebte in seinem Land zurücklassen mußte, die mit einem reichen alten Mann verheiratet war, den sie nicht liebte, und die schöne Stadt Schiras mit den auf dem Erdboden sitzenden Nomaden aus der Umgebung in ihren bunten Gewändern. Und Alis Geliebte muß froh sein, daß sie überhaupt verheiratet sein darf und nicht bei ihren Eltern ein geschlechtsloses Dasein zu führen gezwungen ist. Als Ali das erzählt, denke ich an meine eigene Lage, die ähnlich ist, an Schahriar, der so viele Jungfrauen genoß und danach töten ließ und vielleicht auch mich töten lassen wird, sobald meine Zunge/Hand ermüdet. (Durch diese Gedanken beunruhigt, rede ich schneller und lauter weiter, so daß Frau T. aus ihrem Dahindämmern aufschreckt:) Ali nahm uns mit in die Rue Mouffetard, wo er mit seinen Freunden wohnte. Darunter befand sich neben einigen Exilpersern zu unserem Erstaunen und durch einen seltsamen Zufall auch Rudi Gutschiers ältester Sohn, ein freundlicher Bursche mit einem fliehenden Kinn und einem grünen Parka, auf den seine niederbayrisch-australische Mutter die australische Flagge genäht hatte. Ich erkannte ihn sofort, weil die alte Gutschierin mir so viele Fotos von ihm gezeigt hatte. Rudy, wie er sich nannte, war zum ersten Mal in Europa; obwohl ihm das Geld ausgegangen war, hatte er keine Lust, seine Großmutter in Kärnten zu besuchen, da er von den mysteriösen Vorfällen in ihrem Haus erfahren hatte. Er hatte Ali, so wie wir, vor dem Pompidouzentrum kennengelernt. Um sich über Wasser zu halten, war er bei den Künstlern, die dort auftraten, überall eingesprungen, wo er gebraucht wurde: Er hatte als Aushilfstrommler bei einer afrikanischen Rhythmusgruppe getrommelt, die Stiefmutter in einer Parodie von Schneewittchen gespielt, einem Mann bei seiner Hundedressur geholfen und sich von einem Magier in Hypnose versetzen lassen, sooft dieser es verlangte, worauf er sich dann jedesmal nackt ausgezogen hatte. Diese Entkleidungen hatten eine schwere Erkältung nach sich gezogen, denn es war bereits empfindlich kalt, und Ali, ein Mensch mit starkem Beschützerinstinkt, hatte ihn in die Rue Mouffetard mitgenommen, wo er sich wieder erholte. (Thymiantee ist ein sehr gutes Mittel gegen Erkältung, sagte Frau T. Den letzten Winter habe ich ausschließlich mit seiner Hilfe überstanden.) Der zweite Nichtperser, der dort wohnte, war Georges Verrier, der Besitzer der Wohnung. Auch seine Geschichte ist nicht alltäglich: Er war der uneheliche Sohn George Orwells, der in den frühen dreißiger Jahren in der Rue Mouffetard gelebt hatte, in sehr ärmlichen Verhältnissen. Orwell hatte Beziehungen zu einer gewissen Nadine Verrier unterhalten, die im Café La Chope an einer Ecke der Rue Mouffetard als Kellnerin gearbeitet hatte. Georges Verrier glich seinem Vater nicht, er war klein, dick und rothaarig und trug einen Vollbart. Er wies jedoch starke Wesensähnlichkeiten mit seinem Vater auf: Wie dieser hatte er ein sehr ausgeprägtes Gefühl für Recht und Unrecht. Er arbeitete bei der Pariser Organisation von Amnesty International mit. So hatte er Ali und die anderen Exilperser kennengelernt. Daneben schrieb er politische Feuilletons für verschiedene Tageszeitungen, auch in dieser Hinsicht der Sohn seines Vaters. Über seinem Schreibtisch hing ein gerahmtes Foto, das seinen Vater in Uniform als freiwilligen Kämpfer im Spanischen Bürgerkrieg zeigte. Georges zitierte ständig aus *1984* und *Homage to Catalonia,* was Dunja sehr beeindruckte. Ich merkte, daß die beiden einander mochten und war nicht überrascht, als Georges eines Nachts leise in das Zimmer kam, in dem Dunja und ich auf Matratzen auf dem Boden schliefen, und sich zu ihr legte. Ich stellte mich schlafend und dachte schadenfroh an Schahriar und Schahseman, denen wieder eine Jungfrau entging. Es werden immer weniger, ihr Brüder, bald werden eure Soldaten, wenn sie ausschwärmen, um euch die Jungfrauen zu holen, mit leeren Händen zurückkehren, so wie die Soldaten des Herodes ohne Jesuskind zurückgekehrt sind. Eure Wut wird sich gegen die Soldaten kehren, und ihr werdet jeden zehnten köpfen lassen. Voll Zorn werdet ihr onanieren, denn das ist euch immer noch lieber als eine Frau, die keine Jungfrau mehr ist, die von einem anderen als euch erkannt wurde. (Mein Ehemann war der erste Mann in meinem Leben, sagt Frau T. stolz, und damit hat es schon seine Richtigkeit.) Dunja, liebe Schwester, sage ich voller Rührung und Pathos, wie schön es ist, dich schwer atmen zu hören neben mir, wie gut, daß du die Arme schlingst um George Orwells Sohn, dem es gleichgültig ist, ob du eine Jungfrau bist oder nicht. Gib dich denen hin, die nicht nach deinem Namen, deiner Adresse, deinem Beruf, deinem Geburtsdatum und deiner Blutgruppe fragen. Es können/sollen mehrere sein, es können/sollen viele sein, es sollen/müssen zarte, lachende Männer sein, die nichts verlangen und denen man nichts abverlangen kann. (Frau T., die gleichfalls schon in eine Rührung hineinglitt, faßt sich und fragt befremdet: Blutgruppe? Wieso?) Schwester, ich rede/schreibe für dich; vielleicht ziehe ich, solange ich rede/schreibe, die Aufmerksamkeit der Königsbrüder auf mich, und dir ist ein Aufschub gewährt. Mein Reden/Schreiben soll dir Feuerschutz bieten. Springt in die Schützengräben und liebt euch. Desertiert, während ich die Brüder von euch ablenke. Verkriecht euch in den Wäldern und liebt euch dort auf dem gefrorenen Waldboden, im Jänner, im Feber. (Ja, es wird ein strenger Winter werden, prophezeit Frau T., im Sommer hat es viele Wespen gegeben.) Ich habe mich in Hitze geredet: Holt euch beim Lieben die Kraft, dem Feind in den Rücken zu fallen. Partisanentum, Freischärlertum ist die einzige Möglichkeit. Und wenn Schahsemans Soldaten dich schließlich doch gefunden und vor ihren König geführt haben, wenn Schahseman dich mit glasigen Augen ausziehen will, dann stoß zu mit dem Krummdolch, den du hinter deinem Rücken bereithältst, mit dem Dolch, der für dich bestimmt war. Das ist die einzige würdige Möglichkeit. (Haben Sie in der Zeitung von dem entsetzlichen Mord gelesen, den dieser Beschäftigungslose an seiner um zehn Jahre älteren Frau begangen hat? Noch an der Leiche hat er sich vergangen, diese Bestie! sagt Frau T. und steigt aus.)

Wie gewöhnlich sitze ich redend/schreibend auf dem Sofa, etwas erschöpft von dem Plädoyer, das ich für die Liebe aus freien Stücken gehalten habe. Es ist schon dunkel, und ich bin immer noch satt von der Knoblauchsuppe, die ich heute mittag gegessen habe. Jetzt läuten die Glocken der Herz-Jesu-Kirche, eine Lärmbelästigung ersten Ranges. Der Knoblauchgeschmack klingt leise und angenehm nach. – Der Knoblauch steht seit der Antike in der Kräuterheilkunde in hohem Ansehen, erkläre ich später meiner Freundin aus Wien am Telefon. Wir telefonieren oft miteinander; seit es von Graz aus die Kurzwahl 92 nach Wien gibt, ist die Leitung fast immer frei. Wenn ich telefoniere, sitze ich in meinem Vorzimmer auf einer Holztruhe. Der Knoblauch enthält zahlreiche Wirkstoffe, die ihn besonders zur Vorbeugung und Behandlung von Arterienverkalkung und Bluthochdruck empfehlen, fahre ich fort, nachdem B. in der Schilderung ihres Reinemachens vom Vortag kurz innegehalten hat. Es gelingt mir jedoch nicht, das Wort zu behalten; sie unterbricht mich und erzählt weiter: Dann habe ich mich über die Küche hergemacht. Ich habe zuerst den Plastikeimer, du weißt ja, den gelben, mit heißem Wasser gefüllt und zwei Meßkappen Meister Proper hineingegeben. Ich hatte mich aber in der Menge geirrt, und die Flüssigkeit schäumte zu sehr und war zu schmierig. Ich goß also die Hälfte davon weg und füllte den Eimer mit heißem Wasser auf. Dann nahm ich ein saugfähiges Tuch – ein Stück von einem meiner alten Flanellleintücher, die ich zuerst noch eine Weile als Bügeldecke verwendet hatte –, tauchte es in den Eimer, wrang es aus und wischte damit die Arbeitsflächen ab. Natürlich mußte ich zuerst alles wegstellen, was auf den Arbeitsflächen stand: den Wasserkessel, die Kaffeedose, den Eierbehälter aus Pappe, die Flasche mit dem Obstsaft, die Plastikpackung mit dem Entkalker, die Käseglocke, ein Netz mit Blutorangen. Ach ja, und eine Rolle Alufolie. Dann wischte ich die Fliesen und den Herd. Vom Wischen der Herdplatten wird das saugfähige Tuch immer schwarz, und das ärgert mich, verstehst du? Ich holte ein Tuch, ein altes Geschirrtuch, aus dem Schubfach im Herd – dort bewahre ich alle meine Putzlappen und Staubtücher auf, das Wettex, die Gummihandschuhe, die Topfreiniger und Schwammtücher – und trocknete nach. Als nächstes stellte ich alle Gewürzgläser vom Regal auf den Kühlschrank, wischte das Regal mit dem saugfähigen Tuch und ließ das Holz trocknen. Währenddessen nahm ich jedes einzelne Gewürzglas in die Hand und wischte es mit dem saugfähigen Tuch gründlich ab. Du kannst dir nicht vorstellen, wieviel Staub sich auf solchen Gläsern ansammelt, der mit dem Wasserdampf, der beim Kochen entweicht – das Regal ist neben dem Herd befestigt –, zu einer schmierigen Schmutzschicht wird, die nicht leicht zu entfernen ist. Hörst du mir zu? Dann stellte ich den Tisch und die Sessel ins Vorzimmer, holte den Besen und die Kehrichtschaufel und kehrte den mit Plastikfliesen ausgelegten Küchenboden auf. Ich kehrte auch hinter dem Kühlschrank und unter den Arbeitsflächen und staunte über die großen Staubflocken, die sich dort fanden. Den Schmutz leerte ich in den Abfalleimer, und danach wischte ich mit einem größeren saugfähigen Tuch, das ich dem Schubfach im Herd entnahm, den Boden auf, nachdem ich es in den gelben Eimer getaucht und ausgewrungen hatte. Als ich mit dem Wischen fertig war und erleichtert im Vorzimmer stand, merkte ich, daß ich beim Reinemachen irrtümlich eine Herdplatte eingeschaltet hatte. Da der Herd in der der Tür gegenüberliegenden Ecke der Küche steht, wie du weißt, mußte ich auf Zehenspitzen und mit großen Schritten über den nassen Küchenboden und wieder zurück hüpfen. Warte einen Augenblick, ich drehe nur das Radio lauter – John Lennon singt gerade Jealous Guy. (Ich überlege, wie ich B. zum Schweigen bringen und die Pariser Geschichte weitererzählen könnte, die in der Straßenbahn so vielversprechend begonnen hatte. Alle wollen erzählen, keiner will lange zuhören. Ich hoffe, daß Schahriar ein geduldiger Zuhörer ist. Ich überlege also fieberhaft, aber es fällt mir nichts ein. Da ist B. wieder:) Dann dachte ich, ich könnte das Wasser mit dem Meister Proper – es war noch warm und nicht allzu schmutzig – noch zum Aufwischen des Balkons verwenden. Ich trug den Eimer also auf den Balkon hinaus und stellte zunächst die auf dem Fensterbrett stehenden Kakteentöpfe auf den Boden. Dann wischte ich mit dem saugfähigen Tuch über das Fensterbrett. Du glaubst nicht, wieviel Ruß auf dem Lappen haften blieb! Ich drehte das Tuch aus und reinigte sorgfältig die Stäbe des Balkongitters, einen nach dem anderen. Danach fuhr ich damit über das Balkongeländer. Dann stellte ich die Kakteentöpfe wieder zurück auf das Fensterbrett, wobei mir ein Stachel in den Mittelfinger drang, den ich bis heute nicht herauszuziehen vermochte. Schließlich wischte ich mit dem saugfähigen Tuch, das jetzt wirklich schon sehr schmutzig war, noch den Steinboden des Balkons auf. Du hast keine Ahnung, wie befriedigt ich war, als ich mich aus der gebückten Stellung erhob! (B. atmet auf, die Befriedigung nachvollziehend, und in diesem Sekundenbruchteil gelingt es mir, das Wort zu ergreifen. Natürlich finde ich so schnell keine passende Überleitung und muß es als gerechtfertigt hinnehmen, daß B. mich später als Rüpel bezeichnet. Ich beginne also:) Leider dauerte die schöne Zeit in der Rue Mouffetard nicht lange. Es ist mir leid um dieses Vierteljahr, in dem wir spät aufstanden, dann zu den Zitaten von Georges unseren Kaffee aus den henkellosen Tassen tranken, viel lasen und vor dem Pompidouzentrum Musik machten. Unterdessen aber stellt das Schicksal bereits seine Weichen. Männer in graubraunen Trenchcoats erkundigen sich bei der Concierge, Madame Christine T., nach Ali und seinen persischen Freunden. Madame T. lädt sie zu einem Kaffee ein und gibt ihnen bereitwillig Auskunft. Dazwischen wechselt sie einige Koseworte mit ihrem Wellensittich. Man weiß nichts Genaues, raunt sie. Aber es ist alles sehr mysteriös. Eigenartige Musik dringt aus der Wohnung. Frauen treten aus der Tür, in merkwürdige geblümte Kleider mit weißen, puffärmeligen Blusen und Schürzen gekleidet. Ein weiß geschminkter Mann in einem schwarzen Trikot wohnt dort, auch ein Ausländer mit einer Flagge auf dem Rücken, bei der es sich nicht um die Trikolore handelt. Wissen Sie Näheres über den weiß geschminkten Mann? Ist Ihnen bekannt, wer der Wohnungseigentümer ist? fragen die Männer, während der Wellensittich fröhlich zwitschert. Madame T. neigt sich zu ihnen, lange flüstert sie. Dann stehen die Männer auf und sagen: Madame, Sie waren uns eine große Hilfe. Als sie gehen, fallen Madame T. seltsame Ausbuchtungen an ihren graubraunen Trenchcoats auf. Sie sieht sie in den Aufzug treten und hinauffahren, wundert sich ein wenig später kaum über knallende Geräusche und hält sie für Fehlzündungen eines Autos. Auch als die Männer in den graubraunen Trenchcoats die Treppe herunterstürmen, schöpft sie keinen Verdacht. Dann schwebt der schöne Aufzug aus Mahagoniholz mit dem Messinggitter langsam nach unten und setzt leise im Parterre auf. Madame T.'s Arglosigkeit verringert sich erst, als niemand aus dem Aufzug steigt. Neugierig geworden, tritt sie näher und stößt einen Schrei aus, als sie den Weißgeschminkten blutüberströmt in einer Ecke des Aufzugs kauern sieht. Noch während der Schrei andauert, brechen Alis Augen. Die Tür zur Wohnung der Concierge steht halb offen, und man sieht einen Teil des Vogelkäfigs, aus dem

Jean-Claude, der nach Madame T.'s im Krieg gefallenen Ehemann benannte Wellensittich, sein frohes Wellensittichlied ertönen läßt. Gleich darauf rutscht Georges Verrier stöhnend das spiralförmige Treppengeländer herunter und bittet Madame T., einen Arzt zu rufen. Die Männer in den graubraunen Trenchcoats haben ihm eine Wade durchschossen. – Für mich ist klar, wer dahintersteckt, sagt B. am anderen Ende der Leitung. Natürlich, die SAVAK, denn der Schah hat überall Hintermänner. Warte einen Augenblick, ich stelle nur schnell Kaffeewasser auf. Dann rufe ich dich zurück und erzähle dir von den Blumen, die ich gestern umgetopft habe. Sie legt auf. – Ich ärgere mich, da B. mir kaum Gelegenheit gibt, viel zu reden/schreiben. Ich habe grundsätzlich nichts gegen ihre minutiösen Schilderungen von Haushaltsangelegenheiten einzuwenden, halte aber meine Berichte doch für gehalt- und spannungsvoller. Es kränkt mich auch, daß sie sich bei unseren Telefongesprächen viel mehr Sprechzeit nimmt, als sie mir zugesteht. Aber bitte. Das Telefon klingelt. – Hier bin ich wieder. In meinem Wasserkessel hat sich so viel Kalk angelegt, daß für das Wasser kaum noch Platz ist. Das harte Wasser hier ist wirklich ein Problem, auch was die Blumen angeht. Für manche Pflanzenarten ist es Gift. Ich habe also die Blumen umgetopft, wobei ich mir über das damit verbundene Risiko im klaren war: Die Pflanzen haben jetzt nämlich ihre Ruheperiode, und ein Umtopfen ist zu dieser Zeit mit beträchtlichen Gefahren für sie verbunden. Aber da ich vergaß, sie zur rechten Zeit umzutopfen, war die Blumenerde schon sehr verbraucht; außerdem waren die Töpfe für die wachsenden Wurzeln der Blumen bereits zu klein geworden. Es mußte also etwas geschehen. Ich trug die Pflanzen vom Wohnzimmer auf den Balkon. Frische Blumenerde und ein paar größere Tontöpfe hatte ich mir besorgt. In die neuen Töpfe legte ich zunächst ein paar Tonscherben, direkt auf das Abflußloch, als eine Art Dränage. Dann löste ich die Pflanzen aus den alten Töpfen heraus. Wenn sie sehr fest saßen, verwendete ich dazu ein langes, spitzes Messer. Aber meist lösten sie sich schon, wenn ich sie auf den Kopf stellte. Danach entfernte ich die Erde am oberen Teil der Ballen; den unteren Teil schüttelte ... (Ich lege den Hörer kurz hin und streiche mir ein Honigbrot. Dann halte ich ihn wieder ans Ohr.) ... drückte ich die frische Erde rings um den Ballen fest. Zum Schluß goß ich die Pflanzen kräftig und stellte sie wieder an ihre Standorte im Wohnzimmer. Weißt du, Pflanzen erfordern sehr viel Pflege und können echte Sorgenkinder sein. Dauernd wird eine krank – man macht sich keine Vorstellung davon, wie viele Krankheiten sich Pflanzen zuziehen können. Ich erinnere mich noch gut an die Zeit, als mein Usambaraveilchen den Grauschimmel hatte. Noch heute mache ich mir Vorwürfe, daß ich die Krankheit nicht gleich erkannte, sondern für Mehltau hielt. Als ich merkte, daß es sich um Botrytis cenerea handelte, war es fast zu spät, denn große Teile der Blätter waren bereits von einem graubraun-pelzigen Schimmel befallen. Es gelang mir im letzten Augenblick, die Pflanze durch Entfernen der infizierten Blätter und durch Spritzen mit Kupferpräparaten zu retten. Und welche Ängste ich ausstand, als meine Kalla den Blasenfuß hatte! Ich weiß noch, es war ein Pfingstsonntag, als ich die gräßliche Entdeckung machte: Die Blattunterseiten waren voller winziger schwarzflügeliger Insekten, die Blüten und Blätter besaugten und weißliche Flecken verursachten. Ein Blatt nach dem anderen vergilbte und fiel ab, und ich stand hilflos daneben! Aber schließlich konnte ich die Kalla doch durch gründliches Spritzen mit einem Blattlausmittel am Leben erhalten, gottlob. Voller Trauer denke ich auch an meine Königin der Nacht zurück, meine wunderschöne, weißblühende Königin der Nacht (B. hält inne und schneuzt sich; ich gebe mitfühlende Geräusche von mir), die ich vernichten mußte. Sie hatte den Bakterienkropf, und ich mußte mitansehen, wie die Wucherungen immer größer wurden. Jede Hilfe kam zu spät. Manchmal wache ich nachts auf, Scheherazade, und mir fallen alle diese furchtbaren Pflanzenkrankheiten ein: die Rostkrankheit, die Brennfleckenkrankheit, der Rote Brenner, die Kräuselkrankheit, die Blattrollkrankheit, die Chlorose, alle diese Geißeln der Flora. Und dann die Schädlinge: Schildlaus, Wollaus, Blutlaus, Weichhautmilbe – und vor allem der Dickmaulrüßler. Oft verursacht er mir Alpträume: Ich träume davon, daß er einen Meter lang ist, einen breiten Rüssel hat und sich auf mich legt. Oder daß Millionen seiner Larven meine Wohnung heimsuchen und sich in einer weißen Masse langsam über den Teppichboden wälzen. Ich sorge mich sehr um die Gesundheit meiner Blumen, sind sie doch das Liebste, was ich besitze. – Ich weiß mittlerweile, daß es nicht möglich sein wird, B. von den Pflanzen abzubringen, und schütze ein Läuten an der Tür vor, um das Gespräch beenden zu können. Kaum habe ich aufgelegt, ruft Dunja mich an und beklagt sich darüber, daß meine Nummer so lange besetzt war: Ich wollte dir nur sagen, daß du in den Geschichten, die du Schahriar auftischst, deine Beziehung zu Christo mit keinem Wort erwähnen darfst. Du bist manchmal so unvorsichtig, wenn du ins Erzählen/ Schreiben kommst, und vergißt alles um dich herum. Denk daran, wie eifersüchtig er ist, denk an das unglückliche Schicksal seiner über alles geliebten Frau! Er darf nichts erfahren von der Zeit in Paris, die auf den Tod Alis und auf den Wadendurchschuß Georges' gefolgt ist. Laß dich nicht dazu hinreißen, auch nur ein Wort von dieser Liebe zu verraten, auch wenn dein Gedächtnis jedes Bild gespeichert hat. Du schneidest dir ins eigene Fleisch. Natürlich waren diese Tage für dich unvergeßlich. Jeder hat dir angesehen, daß du glücklich warst. Du hast gestrahlt, und alles hat auf dich zurückgestrahlt, alles hat dich angelacht: die Crêpesverkäufer, die auf Paris hinunterblickenden Spaziergänger in der Nähe der Sacre Cœur, die nackten rosa Puppen auf dem Flohmarkt, die Reklamegesichter auf den Plakaten in der Métro, sogar die hochmütigen Reiter im Bois de Boulogne. Es hat damit angefangen, daß du ein letztes Mal den Versuch machtest, beim Stadtbauamt wegen der Verpackung des Pompidouzentrums vorzusprechen. Du wartetest auf einer braunen Holzbank vor der Tür Nummer 514. Ein Mann mit einer Mappe unter dem Arm setzte sich neben dich. Die Chemikalien in deinem Körper gingen sofort veränderte Verbindungen ein. Der Mann blätterte in einer Mappe, und du sahst, daß sie detaillierte Skizzen von Christos Running Fence enthielt, den er 1976 in Kalifornien errichtet hatte. Darauf sprachst du den Mann auf französisch an, und er antwortete dir auf englisch, doch mit slawischem Akzent. Kein Zweifel, es handelte sich um den in Gabrovo, Bulgarien, geborenen amerikanischen Künstler Christo! Welch seltsamer Zufall! Er war mit dem Plan nach Frankreich geflogen, den Pont Neuf einzupacken. Dieser Plan war, genau wie unserer, bisher am Widerstand der Pariser Behörden gescheitert. Über einer Skizze des dreihundertundachtzig Meter breiten, von Christo quer durch ein Coloradotal gespannten Vorhangs begegneten sich eure Blicke. So beginnt eine große Liebe. Scheherazade Hedwig Moser spricht mit Christo Javatscheff über Städteplanung, und als sie ihren blaugelben Blick in seine unergründlichen grünbraunen Augen taucht, ihn zögernd wieder herauszieht und über das markante Profil, das energische Kinn und die sehnigen Hände gleiten läßt, ist es vollends um sie geschehen. Und auch Christo, der sich dankbar von ihr eine Zigarette anbieten läßt, weiß sofort, daß es sich um eine schicksalhafte Begegnung handelt, wie sie nur wenigen beschieden ist – außer Sir Lanzelot & Königin Guinevere und Orpheus & Eurydike wohl nur noch Prinz Charles & Lady Diana. Christo wohnte in einem kleinen Hotel in der Rue des Carmes, nicht weit von der Wohnung in der Rue Mouffetard entfernt. Es ist eine Straße, die vom Pantheon abfällt zur Rue des

Écoles und an deren Fuß jeden Vormittag ein Markt abgehalten wird. Auf diesem Markt kaufte dir Christo, bevor ihr auf sein kleines Zimmer im sechsten Stock gingt, eine vierzig Dekagramm schwere grüne Birne. Das Zimmer war acht Quadratmeter groß, hatte schräge Wände und ein kleines Fenster mit Aussicht auf die Kathedrale Unserer Lieben Frau. Der Fußboden war schmutzig, auf dem kleinen Tischchen stand eine geöffnete Packung Milch. Christo deckte den Tisch mit einer geblümten Plastiktischdecke, weißem Plastikbesteck, Papptellern und Schafgarben, bereitete dir das Mahl mit Piment und Safran und schlug dir danach das Bett auf. Ihr liebtet euch leise leise, während sich vor der schlecht schließenden Tür zwei algerische Putzfrauen in ihrer Muttersprache unterhielten. Und Christo war leicht leicht und lag nicht wie ein Stein auf dir und nicht wie ein Alb, sondern wie ein Blatt von einem Ginkgobaum. Ist die Liebe denn ein Blatt von einem Ginkgobaum? Ihr verbrachtet eure Zeit mit Schlafen, Lieben, Essen und Spazierengehen und wart doch ständig müde: Euer Gefühl verlangte euch alle Kräfte ab. Ihr gingt durch Paris, hattet es nicht eilig, bliebt überall stehen, vor allem vor mit Plakatwänden eingezäunten tiefen Baugruben, in denen hohe orange Kräne standen. Stundenlang schautet ihr den Bauarbeitern beim Graben zu. Ihr fuhrt auch gern mit der Métro in die Vororte und besichtigtet abbruchreife Häuser, verrottete Straßenzüge. Und natürlich fielen euch vor allem die zum Verpacken besonders geeigneten Gebäude auf – neben dem Pompidouzentrum und dem Pont Neuf auch der Louvre, der Eispalast, die Oper, der Invalidendom und viele andere, kleinere Bauten. Voll Wehmut blicktet ihr die Wind und Wetter ausgesetzten Gebäude an, entdecktet Anzeichen von Korrosion an den einstmals glatten Wänden, littet Qualen bei dem Gedanken, daß der Regen auf sie niederprasselte, die Sonne auf sie niederbrannte und der Wind um sie pfiff. Es war nicht nur die gegenseitige Liebe, die euch verband, es war auch die

Liebe zu den alten Bauten, das Gefühl der Fürsorge, der starke Wunsch, sie zu schützen vor den Unbilden der Elemente und der Zivilisation. Denn auch die Abgase der Autos, der Fabriken trugen zu ihrer systematischen Zerstörung bei. Ihr begrifft nicht, warum sich euch engherzige Geister bei der Verwirklichung eurer weitblickenden Ideen, beim Verfolg eurer großzügigen Vorhaben in den Weg stellten. Doch wenn euch Bitterkeit zu übermannen drohte, saht ihr einander an und bewirktet ineinander einen kräftigen Adrenalinstoß, der euch wieder froh machte. – Dunja spricht, und Bilder von Paris ziehen durch meinen Kopf, mit einem Braunfilter aufgenommen. Paris, die graue Stadt, gebräunt durch die landläufige Liebe. Und auf jedem der Bilder sind Teile Christos. Die Straße längs der Île St. Louis: heruntergelassene Rolläden, das Licht schräg auf die buckligen Häuserwände fallend, der Kopf Christos hinter einem der parkenden Autos. Ein verfallenes Haus, aus dem die Fenster gebrochen sind. Die Höhlungen sind mit Ziegeln vermauert. Rechts unten eine ins Bild ragende, deutende Hand Christos. Eine Treppe, von Bäumen ohne Laub flankiert, Christo im Herunterschreiten. Christo aus einem Fenster schauend, um ihn die tönernen Pariser Schornsteine, wie die Hülsen, in denen in Schießbuden die Plastikrosen stecken. Die Seine, von einer Brücke aus gesehen; lange Lastkähne darunter. Links vorne Christos Ellbogen, auf dem Brückengeländer liegend. Bäume mit abgeschnittenen Ästen an der Seine, davor Christo mit dem Rücken zum Bild. Eine Straßenkreuzung am Montmartre, an der sich leere Schachteln und Kisten türmen, Reste vom Markt, der dort am Vormittag stattfand; hinter dem Stapel der Oberkörper Christos. Brauntöne. Braun, Christos Lieblingsfarbe, die Farbe der meisten seiner Verpackungen. In seinem Zimmer in der Rue des Carmes standen viele Rollen braunen Packpapiers, zart in sich gestreift. Anfänglich machte es ihm nicht sehr viel aus, daß man ihn seine Verpackungsprojekte nicht durchführen ließ, denn neben unserer Liebe wurde alles andere unwichtig. Doch allmählich fühlte er wieder die Verpackungslust in sich, kaufte neues Papier und große Knäuel hellbrauner Hanfschnüre. – ... er wieder die Verpackungslust in sich fühlte, neues Papier und große Knäuel hellbrauner Hanfschnüre kaufte, sagt Dunja gerade am Telefon. Er ließ es sich nicht anmerken, daß er unter der Tatenlosigkeit litt, zu der er sich gezwungen sah, aber du spürtest es mit sicherem weiblichem Instinkt. Er rollte das Papier ruhelos aus und wieder zusammen, knüpfte mit den Schnüren spielerisch lose Knoten. Er aß wenig, schlief schlecht, rauchte viel, war auch in der Liebe nicht mehr so leistungsfähig. Das gab dir zu denken. Du tratest hinter ihn, der auf dem wackligen Sessel in seinem Zimmer saß, schlangst die Arme um seinen Hals, doch er reagierte nicht. Er verschüttete oft seinen Kaffee und starrte auf einen imaginären Fleck an der Wand. Die Verpackungsentzugserscheinungen wurden immer schlimmer: Auf der Rue des Écoles hätte ihn fast ein Kleinlastwagen mit der Aufschrift Gervais überfahren, weil er das Rot und das Grün der Ampel plötzlich nicht mehr hatte unterscheiden können. Oft ging er die Stufen zur Seine hinunter und sah lange der sich ständig wiederholenden Bewegung der kleinen Wellen zu. Einmal erzählte er dir einen Traum: Er sei mit dir über eine weite, mit braunem Packpapier bedeckte Fläche gegangen. Beim Gehen habe er gespürt, daß sich unter dem Packpapier Schlangen befanden, viele dicke und dünne, weiche, sich windende Schlangen. Er sei erschrocken, als ihm diese Tatsache klargeworden sei, und habe sich bemüht, vorsichtig aufzutreten, um die Schlangen nicht zu reizen. Er habe dir die grausige Entdeckung mitgeteilt und gesagt: Geh wie auf Eiern, denn wir gehen auf Schlangen. Du aber habest diese Warnungen lachend in den Wind geschlagen und seist auf der Schlangenunterlage auf- und abgehüpft. Die sich bewegenden Formen der Schlangen hätten sich deutlich unter dem Papier abgezeichnet. Dann wärt ihr an den Rand der Packpapierfläche gelangt, und du habest unbekümmert eine Ecke des Papiers angehoben; darunter habe es sich braun und grau gewunden, und vor Entsetzen hätten sich die Haare auf seinem Unterarm gesträubt. Du habest dich hinuntergebeugt, dich wieder aufgerichtet und strahlend die Hand ausgestreckt: An deinem rechten Zeigefinger sei ein Skorpion gehangen, dessen letztes Segment mit dem Stachel heftig hin- und hergeschlagen habe. Dieses letzte Bild im Traum, du, heiter und kühn, mit dem sich an deinen Zeigefinger klammernden Skorpion, habe ihn den ganzen Tag verfolgt, und er habe sich den Kopf zermartert mit der Frage, was für eine Bedeutung es habe. Er habe aber keine einleuchtende Erklärung dafür gefunden. Als Christo immer schweigsamer und niedergeschlagener wurde, schlugst du ihm vor, doch wenigstens den Versuch zu machen, kleinere Gegenstände zu verpacken. Du wüßtest zwar, daß dies für ihn nur ein schwacher Trost sein könne, daß es keinesfalls mit dem Verpacken von Großgebäuden und ganzen Straßenzügen, ja Küstenstrichen zu vergleichen sei, wie er es bereits unternommen habe. Immerhin aber sei es besser als gar nichts, und vielleicht würde sich seine Stimmung dadurch heben. Es bräche dir das Herz, ihn so mutlos zu sehen, denn schließlich liebtest du ihn. Doch könntest du ihm den Fortbestand deiner Liebe – und vor allem deiner Treue – nicht garantieren, wenn er sich weiterhin so uninteressiert an deinem Körper zeige. Auf diese Rede hin holte Christo lustlos Papier hervor, rollte es auf dem Fußboden aus, stellte den wackligen Stuhl darauf, schlug den Bogen über der Stuhllehne zusammen und verschnürte das so entstandene Paket. Noch machte es ihm keine Freude; er tat es nur, um dir einen Gefallen zu erweisen. Das Einpacken des Bücherregals munterte ihn schon mehr auf, und nachdem er das Bett verpackt hatte, lächelte er schon. Du atmetest auf, hofftest, Christo habe den Tiefpunkt seiner durch Verpakkungsmangel bedingten Melancholie überwunden, meintest, es ginge nun wieder bergauf. Da bald alle Möbel verpackt waren, stelltest du dich ihm zur Verfügung, regtest ihn dazu an, sich doch an dir zu versuchen. Er griff zu einer Packpapierrolle, anfangs noch zaghaft, wurde jedoch im Laufe des Verpackungsvorganges immer erhitzter und verspürte, als er dich fest verschnürt vor sich liegen sah, eine Lebensfreude, einen Eifer wie schon lange nicht mehr. – Ja, denke ich, während Dunja mir diese Vorfälle ins Gedächtnis zurückruft, nachdem er mich wie ein Geschenk wieder ausgepackt hatte, umarmte er mich so leidenschaftlich wie zu Anfang unserer Verbindung. Hätte ich aber gewußt, was aus dieser meiner Ermutigung entstehen würde, ich hätte sie niemals ausgesprochen. Christo entwickelte sich zu einem besessenen Menschenverpacker. Anfangs begnügte er sich mit mir, doch wurde er es bald leid, ständig nur mich ein- und wieder auszupacken. Die Erregung, in die ihn dies zunächst versetzt hatte, ließ nach. Eines Tages nahm mich die eine der beiden algerischen Putzfrauen beiseite und sagte leise: Mademoiselle, ich möchte Sie von etwas in Kenntnis setzen. Vor einigen Tagen fragte mich Ihr Freund, als ich gerade seinen Papierkorb ausleeren wollte, ob er mich nicht kurz verpacken und wieder auspacken dürfe. Diesen Wunsch begründete er nicht weiter. Ich zögerte – noch nie hatte mich jemand um so etwas gebeten –, worauf er weiter in mich drang, ja mich inständig darum bat. So willigte ich ein, wenn mich sein sonderbares Benehmen auch stutzig machte. Er hielt sich an die Abmachung, packte mich mit großer Freude ein und etwa zehn Minuten später wieder aus. Ich sah zu, daß ich aus seinem Zimmer verschwand. Hätte er es bei diesem einen Mal bewenden lassen, ich hätte Ihnen, Mademoiselle, nichts davon erzählt. Er ist ein freundlicher Mann, der nie mit schmutzigen Schuhen das Hotel betritt. Doch als er mich am nächsten Tag um den gleichen Gefallen bat und ich ihm diesen abschlug (ich hatte keine Zeit, außerdem befürchtete ich Atemnot), wurde er wütend und warf mich auf den schon auf dem Bett ausgebreiteten Bogen Packpapiers. Nach einem kleinen Handgemenge gelang es mir, aus dem Zimmer zu flüchten. Ich möchte Ihnen nur sagen, daß ich in den nächsten Tagen das Zimmer Ihres Freundes nicht betreten werde. Sie müssen also selber nach dem Rechten sehen. Im Vertrauen gesagt, ich ängstige mich. – Ich war über diese Enthüllung beunruhigt. Die Beunruhigung wuchs, als Christo sich während der nächsten Tage nicht blicken ließ. Am fünften Tag nach seinem Verschwinden kontaktierte mich die Polizei. Auf der Wachstube erfuhr ich, daß Christo versucht hatte, folgende Leute mit Gewalt zu verpacken: einen 54jährigen Bankkaufmann aus Carcassonne, der die Seine entlangspaziert war; einen 10jährigen Jungen namens Roland B., der sich auf einem leeren Basketballplatz herumgetrieben hatte; eine 63jährige Marktfrau, die gerade dabeigewesen war, ihren Schirm aufzuspannen; und die 15jährige Janine D., die sich eben auf den Weg in die Ballettstunde gemacht hatte. Hätte es sich lediglich um Verpackungsversuche gehandelt, so wäre Christo sicher glimpflich davongekommen. Was man ihm jedoch darüber hinaus anlastete, war versuchte Notzucht an der minderjährigen Janine D. Nach einem juristisch äußerst anfechtbaren Rechtsverfahren wurde Christo auf unbestimmte Zeit in eine Anstalt für abnorme Rechtsbrecher in der Nähe des Botanischen Gartens im fünften Bezirk eingewiesen. – … auf unbestimmte Zeit in eine Anstalt für abnorme Rechtsbrecher in der Nähe des Botanischen Gartens eingewiesen wurde, sagt Dunja. Wirklich schlimm, was du damals wegen Christo durchmachen mußtest. Aber trotzdem: erzähle den Königen nichts davon, hörst du? Ich muß jetzt auflegen, Tante Steffi kommt zum Kaffee. Hoffentlich hören sie unsere Telefone nicht ab, es ist ihnen alles zuzutrauen.

Ja, wirklich schlimm, was ich damals wegen Christo durchmachen mußte. Es bedrückt mich jetzt noch, daran zu denken. Um diese Gedanken zu vertreiben, setze ich die Kopfhörer auf und schiebe Rockmusik in den Kassettenrekorder. Frank Zappa, Joes Garage, Act II. Das hat mich immer noch aufgemuntert. Fuck me, you ugly son of a bitch. Aber beklecker nicht das Sofa. Rockmusik ist lebensrettend. Gäbe es sie nicht, würde ich augenblicklich Selbstmord begehen. In einer Welt ohne Rockmusik lohnte es sich keinesfalls zu leben. Ohne Rockmusik wäre ich vollkommen tot, so bin ich nur halb tot. Rockmusik ist das einzige, was mir eine Ahnung davon vermitteln kann, daß ich einmal ganz lebendig gewesen sein muß, daß ich nicht immer schon halb tot war, einen Schimmer, einen Schatten von den komplett in einem angelegten, doch von Anfang an auf die brutalste, unbarmherzigste Weise beschnittenen, gestauchten, erstickten Lebendigkeiten. Eine Sehnsucht rührt sich, die vor Jahrzehnten niedergedrückt und mit einem Stein beschwert worden ist. Man bekommt einen undeutlichen Begriff vom ganzen Umfang, von der Vollständigkeit eines niedergemetzelten, verstümmelten Sexus. Nichts kann sich mit der Euphorie messen, in die ich verfalle, wenn ich die Kopfhörer aufdrehe und die Gitarren in hohem Bogen von einem Ohr zum anderen scheppern. Rockmusik schließt auf, fährt in die Eingeweide, treibt das Blut in die Lippen. Die Gefühle, die die landläufige Liebe in mir hervorruft, lassen sich in bezug auf ihre Heftigkeit nicht im mindesten mit jenen vergleichen, die die Rockmusik in mir weckt. Daß ich einem guten Rockkonzert den Vorzug vor der landläufigen Liebe geben würde, versteht sich von selbst. Um jemanden, der die Rockmusik ablehnt, würde ich einen großen Bogen machen. Jemandem, der die Rockmusik ablehnt, ist keinesfalls zu trauen. Er tut so, als ob er lebt, aber er ist abgestorben. Meiner Ansicht nach sollte gegen solche Leute in irgendeiner Weise vorgegangen werden. Vielleicht könnte man sie in Lagern internieren und ihnen so lange Rockmusik vorspielen, bis sie begriffen haben. Vielleicht ist es für manche noch nicht zu spät. Manche Menschen müssen eben zu ihrem Glück gezwungen werden. Eine solche therapeutische Behandlung würde immer nach dem Morgenappell mit den Sex Pistols beginnen, das wäre ein wunderbarer Einstieg. God Save the Queen und Anarchy in the UK. Jeder hätte einen Kopfhörer, es wäre dunkel, und die Wirkung der Musik müßte durch an die Wand geworfene Dias von Sid Vicious und Johnny Rotten unterstützt werden. Und durch Musikvideos natürlich. Nach dem Mittagessen (selbstverständlich wäre die Behandlung in diesen Lagern gut) ginge es mit den Damned weiter, Anti-Pope, Noise Noise Noise, Drinking About My Baby, Smash It Up. Man müßte vielleicht diejenigen mit abgeschlossenem Hochschulstudium getrennt von den Arbeitern und kleinen Angestellten behandeln, denn aller Wahrscheinlichkeit nach würden die Akademiker die weit schwereren Fälle darstellen. Sie wären sicherlich noch um einiges toter als der Rest. Jeder wird begreifen, daß eine höhere Schulbildung die Abtötung lebendiger Impulse beträchtlich beschleunigt. Für eine kleine Gruppe sehe ich allerdings nur sehr wenig Hoffnung, nämlich für diejenigen, die mit klassischer Musik aufgewachsen sind. Solche Toten können mit nahezu hundertprozentiger Gewißheit nicht mehr zum Leben erweckt werden. Daß jemand, der jahrelang im Vivaldi-, Haydn- und Mozartkoma dahingedämmert hat, kaum noch zu retten sein wird, ist einleuchtend. Unter Umständen könnte man es mit starken Dosen Jimi Hendrix (ich empfehle Stone Free, Fire und Can You See Me) oder Colosseum Live versuchen – und vielleicht mit den alten Stones. Jedenfalls halte ich es nicht nur für gedankenlos, sondern für unverantwortlich, ja geradezu für strafbar, wenn bürgerliche Eltern ihre wehrlosen Kinder zum Anhören von Bach, Brahms oder Bruckner zwingen, wo dies doch gleichbedeutend mit ihrer langsamen Tötung ist. Wer kann schon Interesse daran haben, seine Kinder zu töten? Es ist mir unbegreiflich. – Daß die Rockmusik die einzige Musikart von künstlerischer Qualität ist, steht für mich außer Zweifel. Selbstredend läuft sie auch den übrigen Künsten den Rang ab. Die Schriftstellerei beispielsweise – die sogenannte Avantgarde eingeschlossen – übt im Vergleich zur Rockmusik eine vernachlässigbare Wirkung auf den Rezipienten aus. Wenn ich hier niederschreibe

There is / no / love / in / this / world / any / more!
There is / no / love / in / this / world / any / more!
There is / no / love / in / this / world / any / more!
There is / no / love / in / this / world / any / more!
There is / no / love / in / this / world / any / more!
There is / no / love / in / this / world / any / more!
There is / no / love / in / this / world / any / more!
There is / no / love / in / this / world / any / more!
There is / no / love / in / this / world / any / more!
There is / no / love / in / this / world / any / more!
There is / no / love / in / this / world / any / more!
There is / no / love / in / this / world / any / more!
There is / no / love / in / this / world / any / more!
There is / no / love / in / this / world / any / more!
There is / no / love / in / this / world / any / more!
There is / no / love / in / this / world / any / more!

ist dies eine Lächerlichkeit. Wenn man gehört hat, wie Pete Shelley von den Buzzcocks es sechzehnmal hinausschreit, hat man damit sein Leben verändert. – Ich träume oft von Rockmusik und Rockmusikern. Vor einiger Zeit habe ich geträumt, daß Frank Zappa mit seiner Gruppe im Sommer 1974 in Wien war und daß mich eine Zeitung hinschickte, um ihn zu interviewen. Er wohnte nicht in einem Hotel, sondern in der Altbauwohnung in der Hütteldorfer Straße, die meiner Freundin B. gehört. Er öffnete mir in einem schwarzen Kimono, mit umgehängter Gitarre. Er sah genauso häßlich und anziehend aus wie in Wirklichkeit, die Augen standen genauso nahe beieinander wie in Wirklichkeit. Der Inhalt des Interviews, das ich mit ihm führte, ist mir noch genau in Erinnerung:

Ich: Herr Zappa, Sie haben ...

Zappa: Well let's face it there's nothing that sounds like an electric guitar a distorted electric guitar is a universe of sound that transcends the actual noise that is coming out I mean you can take one fuzztone note from a guitar and look at it on a spectrum analyzer and calculate everything that's in it but there's so much more in it than the harmonic components.

Ich: Seit langem sind Sie ...

Zappa: I started off with a Telecaster which I rented from a music store after that I bought a Jazzmaster and after that a Gibson ES-5 Switchmaster one of those big fat hollow-body jobs with three pickups it had a nice neck on it (während er spricht, verlängert sich seine Nase, auch die Textur seines Kimonos beginnt sich zu verändern) but there was a problem with uncontrollable feedback whenever I needed amplification for larger halls so I switched to a solid body a Les Paul gold-top which I used for a couple of albums and eventually I got a Gibson SG the hollowbody had a nice feel and I liked the tone of it but you could never use a fuzztone with it and there was no way to tweeze it up remember in those days there were no graphic equalizers or any other scientific equipment.

Ich: Man hat Sie oft ...

Zappa (verändert sich zusehends; ihm scheinen schwarze Federn zu wachsen, seine Nase wird allmählich zu einem Schnabel): I played the Gibson SG on a lot of tours but on the last tour I played all Strat I've got a Floyd-Rose apparatus on my Strat basically it's a vibrato bar apparatus that doesn't go out of tune which had been the main drawback to playing a Strat.

Ich: Herr Zappa, können Sie mir...

Zappa (wird im Verlauf der nächsten Sätze zu einem schönen großen glänzenden Raben mit umgehängter Gitarre): Even though the Les Paul has a thicker neck you can play certain passages on it three or four times faster than you can on a Strat but you can't get the same type of sustain or vibrato and you can't play glissandos on the Les Paul.

Ich: Darf ich Sie noch ...

Der Rabe: Musik ist schließlich sculptured air durch die verschiedenen frequencies der Instrumente bilden sich patterns in den airwaves diese Frequenzen lösen auch certain psychological and physiological reactions im Zuhörer aus bei einer bestimmten Frequenz bleibt dir das Herz stehen bei einer anderen you want to shit bei einer dritten kriegst du a headache wieder eine andere ruft sympathetic emotions in dir hervor meine Theorie ist daß man Musik nicht nur mit den Ohren aufnimmt sondern through your entire body man hört in der Kehle im Magen in den Armen in den Füßen ... you just get it all over. (Fliegt mit der Gitarre zum offenen Fenster hinaus.)

Ich: Danke für das Gespräch.

Das Sofa, auf dem ich rede/schreibe, könnte eine Spur weicher sein, denke ich gerade. Trotzdem liebe ich es, und ich rede/schreibe nicht nur, sondern schlafe auch darauf, da es ausziehbar ist. Obwohl ich ein Schlafzimmer mit einem einen Meter vierzig breiten Bett habe, mache ich mir Abend für Abend die Mühe, das Sofa auszuziehen. Am liebsten würde ich mich von dem Fleck, auf dem das Sofa steht, nicht wegbewegen. Es ist MEIN PLATZ. Ich bin davon überzeugt, daß meine Anhänglichkeit gegenüber dem Sofa, die meine Anhänglichkeit gegenüber den meisten Menschen bei weitem übertrifft, mit Magnetismus zu tun hat, mit Erdstrahlen, Wasseradern, solchen Phänomenen, Sie verstehen. Ich bin nämlich sehr empfänglich für Unsichtbares, Unsichtbares läßt mich ausschlagen wie ein Seismograph. Meine Antennen sind auf Unsichtbares eingestellt, auf Körperloses. Alles andere ist aufdringlich, bedrückt mich und ist mir auf die Dauer unerträglich. Manchmal überfällt mich beim Anblick der Dingwelt ein Ekel, daß es mich würgt, zum Beispiel vor einer Woche, als ich mit einem Schöpflöffel eine dicke Gemüsesuppe in einen glänzenden, tiefen weißen Porzellanteller leerte. Einmal geschah es auch, daß mein Blick auf die im Vorzimmer stehende Reihe meiner Schuhe fiel und ich mich augenblicklich erbrechen mußte. Es ist eine schöne Vorstellung, sich die Dinge wegzudenken und sich eine völlig von ihnen gesäuberte Welt auszumalen, in der sich dann Ideen, Charismen und Auren ausbreiten können. Wie gesagt, meine Empfänglichkeit für Unsichtbares ist außergewöhnlich groß. Ich wollte wissen, was es mit meinem Sofaplatz auf sich hat, und ließ einen Rutengänger kommen, der meine Wohnung mit einer Wünschelrute abging. Als er an die Stelle trat, wo sich beim Reden/Schreiben auf dem Sofa mein Kopf befindet, begann die Wünschelrute in seinen Händen heftig auszuschlagen, worauf er erschrak und mich beschwor, das Sofa zu verschieben oder mir zum Reden/Schreiben eine andere Sitz-/Liegegelegenheit zu suchen, was ich aber nicht tun werde. Mich freut der Gedanke sehr, mitten in einer unsichtbaren Kräfteballung zu sitzen. Er sprach von furchtbaren Krankheiten, die über mich kommen könnten, ja unweigerlich würden, wenn ich auf so eigensinnige und starrköpfige Weise darauf bestünde, weiter an einem von solchen tückischen Energien heimgesuchten Ort zu reden/schreiben, sprach von Kopftumoren, von Geistesverrückungen und Hirngespinsten. Aber das Sofa ist MEIN PLATZ. – Meine ausgeprägte

Vorliebe für Körperloses erklärt bis zu einem gewissen Grad auch meinen Widerstand gegen Schahriar und seinesgleichen, die den Dingen eine Bedeutung zumessen, die ihnen nicht zusteht. Das einzig Nichtkörperliche, das Schahriar gutheißt, ist die Macht, wogegen ich diese als einzig Nichtkörperliches verachte und fürchte. Sonst aber zählen für ihn nur kostbare Juwelen, erlesene Speisen und Getränke, prunkvolle Paläste, farbenprächtige Teppiche, blinkende Goldstücke, schwere, golddurchwirkte Stoffe, herrliche Gartenanlagen und samthäutige Frauen. Und ein so vernachlässigbares Ding wie ein Jungfernhäutchen beschäftigt ihn in einer Weise, die man nur noch als besessen bezeichnen kann. Solange Schahriar sich ausschließlich in meinen Gedanken aufhält oder sich in angemessener Entfernung von mir befindet, bleibe ich ruhig. Wenn er aber näher und näher rückte, bis ich ihn als Ganzes gar nicht mehr wahrnehmen, sondern nur Teile seines Ganzen überdeutlich sehen könnte – die schwarzen Haare in seinen Nasenlöchern, die Poren seiner Haut, das Weiße in seinen Augen, die Falten seines Bauches, die Rillen seiner Fingernägel, die Pigmentflecken in seinem Gesicht –, würde ich mich, dessen bin ich sicher, auf das Hysterischste gebärden, mit Händen und Füßen um mich schlagen und zu allem fähig sein. Denn so krasse Dinglichkeiten ertrage ich nicht. Um wieviel schöner ist meine Beschäftigung mit Männern, die mir fernbleiben, die tot sind oder die es im landläufigen Sinn gar nicht gibt. Wie befriedigend ist meine Beziehung zu Christo, von der ich nicht weiß, ob sie je bestanden hat, und noch viel weniger, ob sie noch besteht. Daß mir Christo damals auf dem Stadtbauamt in Paris begegnet ist, ist ja eine im Grunde unbeweisbare Hypothese und wurde – Sie erinnern sich – lediglich von meiner Schwester Dunja am Telefon als Behauptung formuliert, eben jener Dunja, die aller Wahrscheinlichkeit nach jetzt mit Tante Steffi beim Kaffee sitzt, ebenjener Tante Steffi, deren erster Mann bei einem Grubenunglück nahe Llanwrtyd Wells in Wales ums Leben gekommen war. Dieses Grubenunglück hatte sich 1961, also im sechzehnten Jahr der Ehe zwischen Tante Steffi und dem Waliser Dafydd Llewellyn-Lloyd, zugetragen. Durch einen seltsamen Zufall verheirateten sich mein Vater und alle seine Geschwister mit Ausländern/Ausländerinnen, obwohl ihnen dies seitens der Einwohner ihres Geburtsortes Kirchdorf sehr übelgenommen wurde und nichts als Schimpf und Schande, ja Verfemung eintrug. Tante Steffi, ein sehr gerader und furchtloser Mensch, machte jedoch aus ihrer Verachtung der österreichischen Männer niemals ein Hehl, und wenn sie etwas zu unterzeichnen hat, so schreibt sie alle Nachnamen hin, die ihr das Schicksal beschert hat. Sie schreibt also: Stephanie Eröd-Llewellyn-Lloyd-Moser. Ihr zweiter Ehemann ist nämlich der 1956 auf abenteuerliche Weise aus Ungarn geflüchtete, aus Szeged gebürtige Uhrmachermeister Ödön Eröd, unser Onkel Odön, bei dem Tante Steffi ein spätes Glück gefunden hat. Zwar hatte sich ihre erste Ehe mit dem Waliser gut angelassen, doch wendete sich, bedingt durch verschiedene Umstände, vieles zum Schlechten. Tante Steffi und der britische Besatzungssoldat Dafydd Llewellyn-Lloyd hatten sich nach Kriegsende kennengelernt. Dafydd hatte die damals nicht unsaubere Steffi auf einer Bank etwas außerhalb von Kirchdorf sitzen und verträumt über den Ossiacher See schauen sehen. Leise war er hinter sie getreten und hatte ihr einen ganzen Sack voller Kaugummis und Schokoladepralinen, den er immer zu dem Zweck mit sich herumtrug, mühelosen Kontakt zur weiblichen Ortsbevölkerung zu finden, in den Schoß geleert. Das Mädchen mußte nicht lange mit sich ringen, da sie dem fanatischen Getue der Nazis nie hatte etwas abgewinnen können und dem auf tausend Jahre geplanten, doch etliche Jahre früher abgewürgten Großdeutschland keine Träne nachweinte. Sie war vor und während des Krieges sogar mehrere Male streng verwarnt und einmal vom Direktor der achtklassigen Volksschule von Kirchdorf mit einem Zwanzig-Zentimeter-Lineal so fest auf das linke Ohr geschlagen worden, daß es darin zwei Tage lang gesummt hatte und daß sie darauf heute noch schlecht hört, weil sie sich, waren Hitlerreden im Radio oder an öffentlichen Orten über Lautsprecher übertragen beziehungsweise von ebenjenem Lehrer vorgelesen worden, des Lachens nicht hatte erwehren können. Dies hatte sich stets so abgespielt, daß es zunächst um ihre Mundwinkel zu zucken begonnen hatte. Sie hatte daraufhin verzweifelt und ohne viel Hoffnung versucht, an möglichst Trauriges zu denken, zum Beispiel an die sechs Polen, die vor kurzem vor dem Feuerwehrhaus von Kirchdorf aufgehängt worden waren. Doch selbst daß sie sich das Gesicht des einen hängenden Polen in aller Deutlichkeit vorgestellt hatte, hatte nichts genützt: Das Zucken der Mundwinkel war in ein regelrechtes Kitzeln, das Kitzeln der Mundwinkel in ein unterdrücktes Kichern übergegangen. An diesem Punkt hatte Steffi dann gewußt, daß jeder weitere Widerstand sinn- und zwecklos war, worauf sie sich mit einem Gefühl der Erleichterung, ja der Wollust einem schallenden Gelächter überlassen hatte. (Tante Steffi, die sich bei Dunja zum Kaffee eingeladen hat, beißt gerade in einen Punschkrapfen und sagt undeutlich: Seine Wörter, Sätze und Wendungen riefen in mir ein ungeheures Lachbedürfnis wach. Der Art, wie er sein R rollte, konnte mein lachlustiges Gemüt einfach nicht widerstehen. Wenn er sagte, Würrrde die Welt auf einige Jahrrhunderrte dem deutschen Prrofessorrr überrrantworrrtet, so würrrden nach einerrr Million Jahrren lauterrr Krrretins bei uns herumwandeln: Rrrriesenköpfe auf einem Nichts von Körrrperr, mußte ich Tränen lachen. Oft genügte ein Satz zum Auslösen unbändigen Gelächters, zum Beispiel: Es wird nur dem das Leben gegeben, der am stärksten darum ficht! Ficht! Ein Wort wie ficht kann ich unter keinen Umständen hören, ohne zu lachen, das ist mir unmöglich. Oder: Man muß alles tun, um für alle Zukunft einer geistigen Verkrüppelung weiter Kreise des deutschen Volkes vorzubeugen. Oder: Da nur ein klares Rassebewußtsein die Erhaltung unserer Rasse sichern kann, müssen wir jede rassische Infektion verhindern! Oder: Die Oberammergauer Passionsspiele müssen unbedingt erhalten bleiben! Wegen meiner Lachreaktion auf diesen letzten Satz schlug mir der damalige Direktor der achtklassigen Volksschule von Kirchdorf mit einem Zwanzig-Zentimeter-Lineal so fest auf das linke Ohr, daß es drei Tage darin summte und daß ich heute noch schlecht darauf höre. Jetzt siehst du mich noch groß an und findest diese Sätze nicht komisch, sagt Tante Steffi an der Kaffeekanne vorbei zu Dunja, aber deine Lachzeit kommt noch. Du bist schließlich eine halbe Moser, und was eine Moser ist, die lacht leicht. Menschen wie Hitler haben ihre Wirkung auf die Lachmuskeln der Moserfamilie nie verfehlt. Und da Menschen wie Hitler in regelmäßigen Intervallen aufzutreten und sich hinter Mikrofone zu stellen pflegen, wird auch dir dein Lachstündlein schlagen, dessen kannst du gewiß sein.) Dafydd Llewellyn-Lloyd hatte Steffi also mit Kaugummis und Schokoladepralinen überschüttet, und diese begann die Pralinen zu essen, ohne sich umzusehen. Erst als er sich neben sie stellte, schaute sie auf und fand ihn annehmbar. Sie spazierte mit ihm in die Ortschaft zurück, und einen Tag später wurde sie beim Milchholen zum ersten Mal von einem Dorfbewohner angespuckt. Damit begann ihre Verfemung, die zeitweise nachdrücklich, zeitweise weniger nachdrücklich war (da sie sich ihr durch Auswandern entzog), doch nie ganz abriß. (Tante Steffi beißt in einen zweiten Punschkrapfen und fährt fort: Ich ging also mit Dafydd nach Wales, in einen Bergwerksort, wie er nicht trostloser von den englischen Romanautoren des neunzehnten Jahrhunderts hätte entworfen werden können. Das Weggehen aus Kirchdorf war mir nicht schwergefallen, da, bedingt durch die auf die etwas einschichtige Lage zurückzuführende Inzucht, neunzig Prozent seiner Bewohner hinsichtlich ihrer Intelligenz an der Grenze zwischen Debilität und Imbezilität anzusiedeln sind. Außerdem hatte ich tiefes Zutrauen zu Dafydd gefaßt, was sich nicht zuletzt auf die zufällige Namensgleichheit mit dem Pferdeknecht David gründete, den ich als einzigen Bewohner von Kirchdorf gern gehabt hatte. Der alte David hatte zwei große Kröpfe, an denen ich gern herumdrückte; unter der faltigen Haut ließen sich die beiden Wucherungen leicht nach allen Seiten verschieben. Da er schlecht sah, rollte ich ihm seine Zigaretten. Den Tabak bewahrte er in einer Dose auf, das dünne Papier mußte man aus einer länglichen rosa Hülle zupfen. Manchmal ließ er mich auf einem der zwei Haflinger seines Bauern reiten, das heißt, er setzte mich auf das Pferd und führte es am Zügel. Dafür ließ ich ihn ein bißchen an mir herumgreifen; es machte mir nichts aus, er war mein Freund, und ich spürte, daß ich ihm damit eine kleine Freude bereiten konnte. Als ich mich von ihm verabschiedete, bevor ich nach England ging, befühlte er ein letztes Mal mit seinen von der Arbeit steinhart gewordenen Händen meine Brüste und grinste.) – Dunja hört Tante Steffi aufmerksam zu, verwundert und gerührt über diese Schilderung einer Freundschaft, die sich zwischen zwei so verschiedenen Menschen entwickelt und über Jahre gehalten hatte. Dann erzählt Tante Steffi, sie habe sofort eine instinktive Abneigung gegen den walisischen Boden, die walisische Luft und die walisischen Menschen gefaßt und nie mehr abgelegt – im Gegenteil: Diese Abneigung habe sich im Lauf der sechzehn Jahre, die sie in Wales verbrachte, noch verstärkt und sei zu einer Abneigung imposanten Ausmaßes geworden, zu einer Abneigung, die sich sehen lassen konnte. Allmählich seien ihr Wales und die Waliser zuwider geworden. Sie habe es kaum ertragen können, die Waliser in ihren Vorgärten stehen und ihre Rosen beschneiden zu sehen. Sie habe gebebt vor innerem Groll, wenn sie sie Tee trinken sah und walisische Lieder singen hörte. Die Waliser hätten sofort eine ebenso instinktive Abneigung gegen sie gefaßt, die sich gleichfalls ständig verstärkt habe. Sie (Tante Steffi) räume ein, daß sie diese leidenschaftliche gegenseitige Abneigung zum Großteil selbst verschuldet habe, daß sie vielleicht zu wenig flexibel gewesen sei. Sie habe sich beispielsweise auch noch nach Jahren geweigert, hinter einem Waliser und vor einem Waliser in einer walisischen Schlange zu stehen. Sie sei, wo sie sich doch fairerweise hätte als das letzte Glied einer Kette anstellen müssen, lieber geradewegs zum Fahrkartenschalter, geradewegs zur Autobustür, geradewegs zur Warenhauskasse gegangen, habe auf diese Art und Weise den Unmut der Waliser auf sich gezogen und sei binnen kurzer Zeit in ganz Südwales genauso verfemt gewesen, wie sie es zuletzt in Kirchdorf gewesen war. Auch habe sie sich bei vielen Gelegenheiten über die Gewohnheiten der Waliser lustig gemacht. Ihre Lachlust, die durch das Auftreten Adolf Hitlers aus ihrer Latenz gehoben worden und vulkanartig ausgebrochen, dann aber eine Zeitlang etwas abgeklungen war und eher unterirdisch weitergeschwelt hatte, sei erstmals wieder mit voller Wucht in Erscheinung getreten, als sie mit ihrem Mann bei einem seiner Arbeitskollegen zum Abendessen eingeladen gewesen sei und Minzensoße vorgesetzt bekommen habe. Nachdem sie die Soße gekostet und diese so anders geschmeckt habe, als sie es sich vorgestellt hatte, so absolut eigenartig, habe es wie früher um ihre Mundwinkel zu zucken, dann zu kitzeln angefangen. Ihr Mann, dem sie von diesem sie von Zeit zu Zeit in zwingender Weise überfallenden Lachbedürfnis erzählt hatte, habe an ihrer Miene ablesen können, daß der Ausbruch eines schallenden Gelächters gefährlich nahe war, daher habe er das Gespräch auf mehrere in den letzten Jahren in Südwales geschehene Grubenunglücke gelenkt und diese tragischen Geschehnisse so detailliert wie möglich geschildert, in der Hoffnung, ihr werde dadurch das

Lachen im Ansatz vergehen. Sie (Tante Steffi) habe allerdings den schweren Fehler begangen, nach der Aufforderung der Gastgeberin ein zweites Mal von der so eigentümlich schmeckenden Soße zu kosten, und danach sei kein Halten mehr gewesen, und ihr Gelächter habe sich über den festlich gedeckten Tisch gewälzt, sei gegen die Wände geprallt, von diesen zurückgeworfen worden und an den Trommelfellen der bestürzten Gastgeber zerschellt. Nach diesem Vorfall seien sie von dieser aus Aberystwyth gebürtigen, siebenköpfigen Familie nie mehr eingeladen und von allen Bergarbeitern des Ortes in auffälliger Weise geschnitten worden. Die Waliser hätten ihr (so Tante Steffi) das Leben wahrhaftig nicht erleichtert, vielmehr zur Hölle gemacht, und keinerlei Verständnis für ihren mitteleuropäischen, genauer: alpenländischen Geisteszustand gezeigt, sie überall, wo sie auftauchte – beim Fleischer, beim Friseur, auf dem Postamt – auf das Befremdetste angeblickt. Die Kunde von dem peinlichen Lachzwischenfall habe sich wie ein Lauffeuer in ganz Südwales verbreitet, doch habe sie, Tante Steffi, dessenungeachtet nicht die Kraft besessen, es zu keiner Wiederholung des Lachzwischenfalls kommen zu lassen. Im Gegenteil, der nächste Lachzwischenfall habe sich in aller Öffentlichkeit, nämlich beim Gemischtwarenhändler McKirriemuir, einem von den Orkney-Inseln stammenden Schotten, zugetragen. Dieser habe ihr eine Dose Baked Beans empfohlen, ja nicht nur empfohlen, sondern sie aus dem Regal und in die Hand genommen und in den höchsten Tönen gepriesen. Er habe sie hinter den Ladentisch gezogen und in seine Küche geführt, wo seine Frau gerade dabeigewesen sei, eine Dose Baked Beans zu wärmen. Sie (Tante Steffi) sei vom Gemischtwarenhändler McKirriemuir aufgefordert worden, doch von diesem Gericht zu kosten, und habe, da dies die Höflichkeit gebot, tatsächlich einen Eßlöffel voll weißer Bohnen in Tomatensoße (denn darum handelt es sich bei Baked Beans, sagt

Tante Steffi erklärend zu Dunja, während sie sich eine dritte Tasse Kaffee eingießt) zu sich genommen, obwohl sie gleichzeitig einen Lachausbruch befürchtet, ja bereits für unabwendbar gehalten habe. Dieser Lachausbruch sei auch unmittelbar auf das Kosten der Baked Beans gefolgt und weithin hörbar gewesen. Sie sei schallend lachend in den Laden zurückgegangen, wo die vielen wartenden Kunden ihr bereits auf das Befremdetste entgegengeblickt hätten. Dieser nun in aller Öffentlichkeit das, was die aus Aberystwyth gebürtige, siebenköpfige Familie bisher immer nur zu behaupten imstande gewesen war, bestätigende Vorfall habe ihr (Tante Steffis) Schicksal in Südwales besiegelt. Der Prozeß ihrer Verfemung sei von diesem Vorfall an rasch vorangeschritten, und bald sei sie in Südwales das gewesen, was die Parias in Indien sind, eine Ausgestoßene. Jede Besorgung, die sie hatte erledigen müssen, jeder Einkauf sei ein Spießrutenlaufen gewesen, man habe Spaliere gebildet, Spottspaliere, und sie habe ausgelacht, angespuckt, ausgepfiffen und verhöhnt durch diese Spottspaliere gehen müssen. Natürlich habe die Tatsache, daß Österreich zusammen mit Deutschland den Krieg verloren hatte, noch erschwerend auf ihre ohnehin schon genügend schwierige Situation gewirkt. Hätten die Bewohner dieses Bergwerksortes in Südwales gewußt (so Tante Steffi zu Dunja), daß selbst Hitler vor ihrem Lachen nicht verschont geblieben war, sie hätten sich ihr gegenüber vielleicht etwas toleranter verhalten. – Zu alldem kamen noch, sagt Tante Steffi zu Dunja, meine Zweifel hinsichtlich meiner Liebe zu Dafydd, die ich ständig mit meiner Liebe zu Kalle Waalkes verglich, dem einzigen Vergleichsobjekt, das mir damals zur Verfügung stand. Zu den äußeren Schwierigkeiten kamen also noch die inneren Schwierigkeiten, die meine Zweifel, mein ununterbrochenes Abwägen der einen Liebe gegen die andere, mir bereiteten. – Ich, die auf dem Sofa liegende und redende/schreibende Scheherazade Hedwig Moser, kenne die Geschichte von Kalle

Waalkes, Tante Steffis ERSTER LIEBE, in verschiedenen Versionen, in der Version meines Vaters, in der durch die Version meines Vaters gefilterten Version meiner Mutter, in der durch die Version Tante Steffis gefilterten Version von Tante Steffis Sohn Georg, in der gleichfalls durch die Version Tante Steffis gefilterten Version Dunjas sowie in der Version der Gutschierin. Aus allen diesen Versionen eine neue Version gestaltend, könnte ich Schahriar folgende Geschichte erzählen/schreiben: Während des Krieges wurde Tante Steffi zum Arbeitsdienst eingezogen, nach Schleswig-Holstein geschickt und dort dem Fischer Arne Waalkes aus dem Küstenstädtchen Büsum in Dithmarschen zugeteilt. Wenn Tante Steffi vorhat, jemandem die Geschichte ihrer ERSTEN LIEBE zu erzählen, holt sie weit aus und stellt einen kurzen Abriß der Landesnatur, Bevölkerung, Wirtschaft und Geschichte Schleswig-Holsteins voran. Mir selber hat sie diese Geschichte noch nicht erzählt, Dunja hingegen schon öfter. Das liegt unter anderem daran, daß sie Dunja lieber hat als mich, da allgemein behauptet wird, diese sei ihr wie aus dem Gesicht geschnitten. Auch schätzt sie meine Widerspenstigkeit – wie sie es nennt – gegenüber den Königsbrüdern nicht sehr und sähe nicht ungern eine Traumhochzeit zwischen Dunja und Schahseman, den sie zwar nicht persönlich kennt, doch auf Fotos abgebildet gesehen und ausgesprochen männlich gefunden hat. Sie selber habe sich immer eine Traumhochzeit erträumt, sagt sie zu Dunja, doch sei ihr eine solche nie vergönnt gewesen. Ihre erste Ehe sei auf dem Standesamt von Llanwrtyd-Wells geschlossen worden, und sie habe weder ein weißes Kleid aus neun Metern Brüsseler Spitze (doppelt breit) getragen, noch hätten drei vierjährige Mädchen in entzückenden rosa Kleidchen und drei fünfjährige Bübchen in reizenden Samtanzügelchen Blumen gestreut/ihr die Schleppe getragen. Vielmehr sei sie in ein graues, aus Decken der Deutschen Wehrmacht geschneidertes Kostüm gekleidet gewesen. Und Dafydd habe keineswegs ausgesprochen männlich, sondern eher verlegen, wenn nicht verloren, gewirkt. Auch habe ihm der dunkle Schnurrbart Schahsemans und folglich die Ähnlichkeit mit Omar Sharif gefehlt (denn diese bescheinigt Tante Steffi dem Schahseman). Auf dem Standesamt von Llanwrtyd-Wells sei es auch sehr kalt und allein deshalb schon keine Traumhochzeit gewesen. Außerdem habe sie von der Ansprache des Standesbeamten, der in unangenehmer Weise ein typisches Exemplar eines Walisers dargestellt habe, kein Wort verstanden. Ihre zweite Hochzeit mit Ödön Eröd habe sich bedauerlicherweise auch nicht in die Kategorie Traumhochzeit einstufen lassen. Schon an ihrem und Ödöns etwas fortgeschrittenem Alter (sie habe die Vierzig, Ödön die Fünfzig bereits überschritten gehabt) sei ihr Traum von einer Traumhochzeit gescheitert. Es habe sich zwar um eine kirchliche Trauung gehandelt – ein für eine Traumhochzeit unumgängliches Erfordernis –, aber sie sei noch vor dem Ringwechsel von einer Gallenkolik und nicht, wie der Geistliche fälschlicherweise vermutet hatte, vom Zeigefinger Gottes in die Knie gezwungen worden. Das weiße Kleid aus neun Metern Brüsseler Spitze (doppelt breit) und die sechs blumenstreuenden, schleppetragenden Mädchen und Bübchen hätte sie sich zu diesem Zeitpunkt, der ja ein viel späterer war als der Zeitpunkt des Eheschlusses mit Dafydd, ohne weiteres leisten können, doch hätte es ihr als einer Frau, die die Vierzig bereits überschritten gehabt hatte, nicht angestanden. Ödön habe zwar tatsächlich einen Schnurrbart getragen, doch sei dieser nicht mehr dunkel zu nennen, sondern von sehr vielen grauen Fäden durchzogen gewesen. Und zur allerersten Hochzeit mit Kalle Waalkes, die ohne Zweifel eine Traumhochzeit gewesen wäre, sei es aufgrund einer der gemeinen Vereitelungen des Schicksals, die in ihr Leben mehr als einmal auf die hinterhältigste Weise eingegriffen hatten, nie gekommen. – Tante Steffi beginnt also die

Schilderung ihrer ERSTEN LIEBE (so berichtet mir Dunja, denn mir hat Tante Steffi diese Geschichte aus obgenannten Gründen nie erzählt) mit folgenden Worten: Schleswig-Holstein ist das nördlichste Land der Bundesrepublik Deutschland, seine Hauptstadt heißt Kiel. Es grenzt im Norden an Dänemark, im Westen an die Nordsee, im Osten an die Ostsee, im Südosten an die DDR und gliedert sich von Westen nach Osten in vier deutlich ausgeprägte, N-S-gerichtete Zonen, in die Marschenzone, die Altmoränenzone der Hohen Geest, die Sanderzone der Vorgeest und in die Jungmoränenzone des östlichen Hügellandes und den Ostsee-Küstenraum der Förden und Buchten. Alle Landschaftszonen sind glazialen oder marinen Ursprungs. Klimatisch liegt Schleswig-Holstein im Bereich vorherrschender Westwindlagen und hat ein ausgeprägtes ozeanisches Klima. Im Durchschnitt fallen jährlich siebenhundertundzwanzig Millimeter Niederschlag. Die Jahresmitteltemperatur liegt bei neun Grad Celsius. Mit 5,8 Prozent Waldareal ist Schleswig-Holstein das waldärmste Land der Bundesrepublik Deutschland. Zu den wirtschaftlich genutzten Bodenschätzen zählen die Erdölvorkommen West- und Ostholsteins sowie die Kreidevorkommen im Raum Itzehoe-Lägerdorf. – Ich bewundere Dunjas Langmut, denn Dunja unterbricht Tante Steffi nie und wartet geduldig, bis sie den Abriß über Landesnatur, Bevölkerung, Wirtschaft und Geschichte Schleswig-Holsteins beendet hat. Ich wäre spätestens beim Wort Jahresmitteltemperatur vom Kaffeetisch aufgesprungen, hätte dabei eine Tasse meiner geblümten Gmundner Keramik umgestoßen und möglicherweise zerbrochen und erregt ausgerufen: Wie die Hauptstadt von Schleswig-Holstein heißt, interessiert mich nicht! Woran Schleswig-Holstein grenzt, interessiert mich nicht! Welchen Ursprungs die Landschaftszonen sind, interessiert mich nicht! Wieviel Niederschlag jährlich fällt, interessiert mich nicht! Wie hoch die Jahresmitteltemperatur ist, interessiert mich nicht! Komm bitte zur Sache! Ich vermute allerdings, daß Tante Steffi auf einen solchen Ungeduldsausbruch meinerseits beleidigt reagiert und das Zimmer verlassen hätte. Also ist es besser, man verhält sich wie Dunja und kommt nach einer Weile doch in den Genuß der eigentlichen Liebesgeschichte. Vor der eigentlichen Liebesgeschichte aber erzählt Tante Steffi noch von der Eisenbahnfahrt von Kirchdorf nach Büsum, von den Tieffliegerangriffen auf diese Eisenbahn und von der neunzehnjährigen Villacherin, die neben ihr am Fenster gesessen und deren Kopf plötzlich auf ihre (Tante Steffis) Schulter gesunken sei, weil ein Bombensplitter durch das halboffene Fenster geflogen und in den Kopf des Mädchens gedrungen war, worauf dieses auf der Stelle zu reden aufgehört habe und tot gewesen sei. Tante Steffi (so berichtet mir Dunja) sei dagesessen und habe nicht gewußt, was sie mit dem auf ihre Schulter gesunkenen Mädchenkopf mit dem dazugehörigen, sich immer schwerer an sie lehnenden Körper hätte tun sollen. Sie habe das Problem dadurch gelöst, daß sie aufgestanden sei (wobei das tote Mädchen auf die Holzbank glitt) und sich in ein anderes Abteil gesetzt habe. Aber es habe sich (so gab Tante Steffi laut Dunja zu) dabei nur um eine teilweise Problemlösung gehandelt, da die Schwere des Mädchenkopfes noch lange an ihrer Schulter zu spüren gewesen sei und da sie manchmal, wenn Kalle seinen blonden Kopf an ihre Schulter gelehnt habe, aufgeschreckt sei, in der Meinung, es sei der brünette, eben von einem Bombensplitter getroffene Kopf des Mädchens. Diese Begebenheit muß man sich von Tante Steffi erzählen lassen, will man in den Genuß der eigentlichen Geschichte gelangen. Die eigentliche Liebesgeschichte setzt mit einer breit angelegten Schilderung des damals etwa sechstausend Einwohner zählenden Küstenstädtchens Büsum ein. Wie Dunja mir berichtet, beschreibt Tante Steffi die malerischen Häuser und verwinkelten Gäßchen, die fleißigen Hafen- und Werftarbeiter auf das Detaillierteste. Bis Tante Steffi sich dazu entschließt, diese Panoramaeinstellung durch einen Schnitt zu beenden und zu einer Nahaufnahme der Fischerkate des Arne Waalkes überzugehen, dauert es nach Dunjas Schätzung eine halbe Stunde. Insgesamt vergehen, wie Dunja sagt, vom Beginn des Abrisses über Schleswig-Holstein bis zum Bericht über das erste Treffen zwischen Tante Steffi und Kalle Waalkes gut eineinhalb Stunden. Wenn Tante Steffi zu diesem Bericht ansetzt (so Dunja), wird ihre Stimme weich, ihr Blick entrückt. Sie sagt: Ich sitze gerade am Strand und flicke ein Fischernetz. (Meine Hauptaufgabe während dieses Arbeitseinsatzes bestand im Flicken der Fischernetze, die Arne Waalkes für den Heringsfang benötigte.) Da tritt eine Gestalt im Gegenlicht auf mich zu und steht über mir. Außer ihren Umrissen ist nichts Genaues an ihr auszumachen, da sie die untergehende Sonne hinter sich hat und dadurch geschwärzt ist. Von deren Strahlenkranz umgeben, steht sie also eine Weile über mir, schwarz und groß, und macht mich unsicher, da ich ihre Züge nicht erkennen kann. Erst als die Sonne untergeht, wird die Gestalt sichtbar und verliert an Rätselhaftigkeit, doch nicht an Liebreiz. Sie sagt, sie sei Kalle, Arne Waalkes' Sohn, und es gibt keine Gründe, dies zu bezweifeln. Kalle setzt sich zu mir, und wir sitzen in den Dünen, die Netze flickend und redend, bis es zu dunkel wird, um etwas zu sehen. Er erzählt, daß er in Flensburg in einem Internat ist und jetzt Ferien hat.

Die Balkontür ist offen, draußen ist ein grellgelbes Licht, der Föhn bläst herein und macht mir das Reden/Schreiben auf meinem Sofa schwer. Man hört es tauen, es tropft, viele Tropfen fallen, die Amseln und Grünfinken brauchen die Kuchen der Gutschierin nicht mehr, sie finden schon wieder etwas im aperen Erdboden. Alles ist unnatürlich, es ist viel zu früh für den Frühling, die Säfte steigen viel zu früh, der Goldflieder treibt viel zu früh aus, alles ist ahnungslos, freut sich ahnungslos über den vermeintlichen Frühlingsanfang, der kein Frühlingsanfang ist, sondern eine von der Natur gestellte Falle, mittels der alles Lebendige in einen Frühlingstaumel verfallen, sich in einem Frühlingsglück wähnen soll. Vor mir in einer Vase steht eine gelbe Narzisse, grellgelb wie das Licht, eine unnatürliche Blume, im Glashaus gezüchtet zur Vortäuschung des Frühlings, zum schnellen Verwelken. Dieses grelle, tropfende, laue, windige Wetter ist nichts als eine perfide Simulation, der Gesang des Mädchenchors aus dem Internat der Ursulinen, der hereingeweht wird durch die offene Balkontür, nichts als ein Teil dieses Frühlingsvortäuschungskomplotts. Der Goldflieder treibt aus in der Steiermark, viel zu früh im Jahr, und auf die Steiermark mit dem austreibenden Goldflieder fallen jeden Tag die Rückstände von 162 000 Litern Kerosin, das von den die Steiermark überfliegenden Flugzeugen verbraucht wird. Die Wärme, das Licht, das Singen, das Steigen der Säfte ist im höchsten Grad widernatürlich, eine infame Vorspiegelung, eine gemeine Irreführung. In allem ahnungslos Lebendigen weckt die Natur eine Vorfreude, eine Lust, die sie abtöten wird, wenn sie den echten Frühling ausbrechen lassen wird, den grausamen April. Den echten Frühling, der die ganze Steiermark verheeren wird mit der Vehemenz der Türkeninvasionen, der Hunneninvasionen. Die ganze elende Frühlingswahrheit unserer Zeit wird an den Tag kommen, die Perversion der von den Menschen für immer verdorbenen Natur: Schwärme von Schmetterlingen werden aus ihren Kokons ausschlüpfen, den Kopf- und Brustabschnitt der Puppenhüllen sprengen. Blutflüssigkeit und Luft werden in die noch schlaffen Flügel gepreßt werden, die Flügel werden sich strecken. Nach sieben Stunden werden sie fliegen, die verkrüppelten Schmetterlingsschwärme, die Schmetterlinge mit deformierten Gliedmaßen, verkürzten Fühlern, verkümmerten Flügeln, gestörten Farb- und Zeichnungsmustern. Gleichzeitig werden die mutierten, pervertierten Gefühle der Menschen ausschlüpfen und sich an ihr Zerstörungswerk machen wie die Hunnen, die Türken. Die Menschen werden mit ihren ausgeschlüpften Frühlingsgefühlen übereinander herfallen, einander vernichten, ruinieren, bis ins Innerste verwüsten. Paarweise werden sie sich in den Frühling hinausgetrieben fühlen, den Pegelstand der gestiegenen Säfte hoch in sich, werden in Schneeglöckchenwiesen, in Krokuswiesen stehen und mit dem gegenseitigen Zerstörungswerk beginnen, an dessen Anfang die sogenannte Liebe und an dessen Ende die blanke Verständnislosigkeit, der blanke Haß stehen. In der pervertierten Natur vollzieht sich die Gefühlsvernichtung, die Hoffnungsvernichtung sehr zügig, da die Gefühle sofort von der Perversion der Natur angesteckt werden. Deshalb ist es besser, die Natur bei der Erweckung und beim Vollzug der sogenannten Liebe zu meiden, sich dazu in eine nüchterne, nicht solche Erwartungen, solche Vorfreude weckende und dann in fürchterlicher Weise enttäuschende Umgebung zurückzuziehen, sich von der entarteten Natur abzukehren und mit Absicht den entgegengesetzten Weg einzuschlagen, den Weg in die Sachlichkeit, in die Erwartungs- und Hoffnungslosigkeit. Ich ärgere mich darüber, Tante Steffis ERSTE LIEBE mitten in der Natur begonnen haben zu lassen, sie erzählt haben zu lassen vom Meer, vom Sonnenuntergang, von allen diesen den Niedergang der sogenannten Liebe beschleunigenden Naturkulissen, diesen Versatzstücken der schäbigsten Art, die alle aufkeimenden Gefühle sogleich mit einem Element der Duselei infizieren, woran diese schließlich elendig zugrunde gehen. Keinesfalls hätte ich eine von einem Strahlenkranz umgebene Gestalt auftreten lassen dürfen, in einem solchen Strahlenkranz liegt bereits der Untergang alles Aufkeimenden beschlossen. Ich hätte die Geschichte anders beginnen lassen sollen, in einem Labor beispielsweise, einem chemischen Versuchslabor mit vielen weißen und verchromten Flächen. Tante Steffi hätte beispielsweise in ein solches Labor, das beispielsweise das Institut für Biochemie hätte sein können, hineingehen und dort eine Übersetzung abliefern können, die sie beispielsweise für einen Assistenten dieses Instituts angefertigt hätte. Beispielsweise hätte es um die Entstehung von Mikro- beziehungsweise Makroaggregaten in über dreiundzwanzig Tage alten Blutkonserven gehen können, um die Größe dieser Mikro- beziehungsweise Makroaggregate und deren Messung. Tante Steffi wäre sich über einige in diesem Abriß beschriebene chemische Vorgänge nicht völlig im klaren gewesen und hätte den Assistenten gebeten, ihr diese Vorgänge zu veranschaulichen. Dies hätte der Assistent bereitwillig getan. Er hätte sie in einen Raum geführt, in dem ein zur Messung der Größe dieser Aggregate benütztes Dichtemeßgerät gestanden wäre, hätte es eingeschaltet und ihr die Funktionsweise erklärt. Er hätte ihr auseinandergesetzt, was man unter Meßteil, unter Meßauflösung versteht, hätte ihr ein bei diesem Experiment verwendetes U-förmiges Glasrohr und einen Netzkaskadenfilter gezeigt. Sie hätte präzise Fragen gestellt, er hätte präzise Antworten gegeben. Sie hätten sich also in aller Sachlichkeit unterhalten, hätten keineswegs den Blick in des anderen unergründliche schwarze/blaue/gelbe Augen getaucht, hätten ihn keineswegs über Näschen/markante Profile/purpurne Wänglein/energische Kinne/Kirschenmünder/sehnige Hände/Perlenzähne gleiten lassen. Sie hätten einander kaum angesehen, da sie ganz in den verschiedene Methoden der Blutmikrofiltration beschreibenden Text vertieft gewesen wären. Keiner hätte auch nur im geringsten das untrügliche Gefühl gehabt, es handle sich um den Beginn einer großen Liebe. Es wären also keine Hoffnungen, keine Erwartungen geweckt worden, und so hätte von allem Anfang an eine berechtigte Hoffnung, eine berechtigte Erwartung auf etwas bestanden, das einmal nicht in blanker Verständnislosigkeit, in blankem Haß geendet hätte. Auf diese Weise wäre also Tante

Steffi dem Betrug der Natur, der Fata Morgana der warmen Jahreszeiten nicht erlegen. Doch war ihr ein solches Umschiffen der Frühlings- und Sommerklippen durch das Eintreten in ein chemisches Labor zum Zwecke des Ablieferns einer Übersetzung nicht möglich, weil sie niemals einen Beruf, nicht einmal den einer Säuglingsschwester, einer Friseuse und schon gar nicht den hochspezialisierten einer Übersetzerin, erlernt hatte, sondern zum frühestmöglichen Zeitpunkt zur Arbeit auf dem elterlichen Bauernhof herangezogen worden war. Die Bauern von Kirchdorf behaupteten, jede Arbeitskraft dringend zu benötigen, und ließen ihre Kinder meist nicht einmal die achtklassige Volksschule abschließen. Der Direktor der achtklassigen Volksschule zeigte Verständnis für die Bauern und stellte insbesondere deren Töchter bereitwillig zur Feldarbeit frei. Tante Steffi, die gern in die Schule ging, war nicht imstande, gegen diese von den Bauern und vom Direktor angezettelte Verschwörung anzukommen. Die Bauern und der Direktor sahen zwar nicht aus wie Schahriar und Schahseman, doch unter dem braunen Kärntneranzug des Direktors, unter den ledernen Kniehosen der Bauern verbargen sich die olivenhäutigen Könige, die längst beschlossen hatten, daß die Bauerntöchter keinesfalls lesen und schreiben und sich keinesfalls eine Sprache aneignen sollten, sondern stumm das Herdfeuer anzuzünden und nicht ausgehen zu lassen, stumm Milchkannen zu tragen, Schweineblut auszulassen und unter ihnen zu liegen hätten. Die Bauern und der Direktor schrieen nicht Hingabe oder Tod! und rollten die Augäpfel nicht, sie zückten auch keine Krummdolche. Ein Kopfabschlagen, ein Zerhauen, ein Steinigen, Ersäufen oder Vierteilen der Töchter war nicht nötig, denn innerhalb weniger Jahre waren die Töchter ganz von selbst gestorben, verendet am Erdäpfelklauben, am Stallausmisten, am Butterrühren, am Selchen, am Bemühen, sich als tüchtige Bäuerinnen zu erweisen, und tot gingen sie zwischen Küche und

Kammer hin und her, als lächelnde Leichen legten sie den Knechten die Knödel auf den Teller. Als Tote waren sie den Bauern gerade recht, das bißchen Nekrophilie beichteten diese leichten Herzens am Ende des Sonntagsgottesdienstes, der Maiandacht, denn sie wußten, daß ihr Pfarrer ihnen diese Sünde wider die Natur gern nachsehen würde, da er insgeheim dasselbe wie sie über die Erziehung der Töchter dachte. (Im Nachlaß dieses Geistlichen soll sich unter anderem eine silberne Zigarettendose mit der fast unleserlichen, fein ziselierten Gravur Nur tote Töchter sind gute Töchter befunden haben. Ich neige – aus Gründen, auf die ich an dieser Stelle nicht näher eingehen möchte, die aber im weitesten Sinne auch mit dem Widerstand der Amtskirche gegen die Priesterweihe von Frauen zusammenhängen – im Gegensatz zur überwiegenden Mehrheit zu der Ansicht, daß es sich bei dieser Behauptung nicht um ein vom Anarchisten und Denkmalsprenger Andreas Sablatnig in verleumderischer Absicht ausgestreutes Gerücht handelt, sondern um die Wahrheit.) In Büsum in Schleswig-Holstein also ließ sich Tante Steffi, die ahnungslose Steffi, mitten in die heimtückische Natur hineinfallen, die mit allen möglichen der sogenannten Liebe förderlichen Kulissen auffuhr und sie damit von allen Seiten umstellte. Erst viel später, nachdem in Tante Steffi bereits eine Ahnung von der ganzen Niedertracht der Natur aufgestiegen war, wurde sie klüger: Ihre erste Begegnung mit Ödön Eröd, bei dem sie ein SPÄTES GLÜCK gefunden hat, fand in seiner Uhrmacherei statt, in einem geschlossenen Raum voll tickender Uhren – Küchenuhren, Armbanduhren, Pendeluhren, Weckeruhren, Taschenuhren. Und was wäre weiter von der täuschenden Natur entfernt als diese durch nichts zu täuschenden Uhren, was wäre sachlicher und nüchterner als die Messung der Zeit? Der Ort der Begegnung war also ein geradezu idealer für ein in vollkommener Hoffnungs- und Erwartungslosigkeit beginnendes und damit zu umso berechtigteren Hoffnungen und Erwartungen Anlaß gebendes SPÄTES GLÜCK. Tante Steffi hatte sich an den Uhrmachermeister Ödön Eröd gewandt, weil ihre Armbanduhr seit einigen Tagen rückwärts ging. Sie ging auf die Minute genau, nur rückwärts. Tante Steffi war das unheimlich, und sie hatte die größte Mühe, sich nicht einzubilden, daß die Pflanzen im Garten seit diesem Zeitpunkt ihre Blüten, die halb geöffnet waren, wieder geschlossen hatten, daß die Sonne im Westen auf- und im Osten unterging, daß die Autos rückwärts fuhren, daß alles sich bewegte wie in einem Film, der rückgespult wurde. Ödön Eröd reparierte die Uhr auf der Stelle, um Tante Steffi die Angst zu nehmen, die Zeit habe sich auf den Rückweg gemacht. Bei dem Gedanken, sie könnte nochmals jung sein, graut Tante Steffi. Sie mag das Neue, Junge nicht, sie hat einen Sinn für das Ältere, langsam Gewordene. Keinesfalls möchte sie die straffe, glatte Haut wieder, die sie als Mädchen gehabt hat, sie hängt an ihrer von Falten wie von einem Raster durchzogenen, schlaffen Haut. Sie empfindet ein Gefühl der persönlichen Würde, des eigenen Wertes, wenn sie ihr Gesicht im Spiegel sieht, die fast weißen, schütteren Haare, die sie nicht färbt, die gelben, schadhaft gewordenen Zähne, die sie sich nicht reißen und durch ein künstliches Gebiß ersetzen läßt, das hängende graue Fleisch der Wangen, auf das sie kein Rot legt, die blutleeren Lippen, die sie nicht übermalt und verbreitert. Onkel Ödön stört es nicht, wenn Tante Steffi ihr Alter zur Schau trägt, denn es paßt zu seiner Vorstellung von einem SPÄTEN GLÜCK. Ihm liegt nichts an Fleisch, das fest und unzugänglich ist, an dem sein Griff nichts ausrichtet, er möchte Spuren hinterlassen, Einbuchtungen, Druckstellen, möchte seine Hände senken in gewalktes, geknetetes altes Fleisch, das nachgibt. – Noch immer sitzen Tante Steffi und Dunja beim Kaffee, noch immer erzählt Tante Steffi von Büsum und Kalle Waalkes. Doch wie sie IHRE UNSCHULD VERLOREN hat, erzählt sie nicht, das hat sie noch nie jemandem erzählt, darüber wird hier erstmals in authentischer Form berichtet: Kalle ist zwanzig Jahre alt, gesund und kräftig, und im Internat bietet sich ihm keine Möglichkeit, mit Frauen in Berührung zu kommen. Bisher hat er sich mit den Körpern seiner Schulkameraden zufriedengeben müssen, und so erfüllt ihn die Aussicht auf Exploration eines Mädchenkörpers mit Entzücken. Steffi ist VERLIEBT, AHNUNGSLOS und zu Experimenten aller Art aufgelegt. Kalle ist von Natur aus findig, doch ist die Suche nach einem ungestörten Ort sehr schwierig. Die Fischerkate seines Vaters ist klein, in jedem Zimmer schlafen mindestens zwei Familienmitglieder. Die Dünen sind nicht einsam genug. Hätte Tante Steffi davon erzählt, so hätte sie vermutlich gesagt: Wir gehen also ins Meer hinaus, Hunderte Meter – denn die Nordsee ist dort seicht –, so weit, bis uns das Wasser bis zum Hals steht. Da drehen wir uns zueinander und streifen die Badekleidung ab. Ich halte meinen Badeanzug und Kalles Badehose in der linken Hand und sehe über Kalles Schulter hinweg, wie der schwarze Stoff im Wasser hin- und hergeschwemmt wird, unseren Bewegungen folgend. Ich hätte die Kleidungsstücke gern losgelassen und mich fester an Kalle geklammert, aber mein Pflichtgefühl hält mich davon ab. So ist die Farbe Schwarz unter der Wasseroberfläche für mich seitdem mit meiner Sexualität verbunden. Unsere Körper sind grünlich und zusammengestaucht im Wasser, die Körper von Meerestieren. Kalte weiße Finger bewegen sich auf kalten Häuten. Der Auftrieb hebt mir die Brüste. Ich verliere meine Unschuld, und Kalle merkt nichts; das Blut vermischt sich mit dem Wasser in einer roten Wolke. Das Wasser schwappt bis in die letzten Winkel meines Unterleibes, füllt meine Gebärmutter wie einen Stechheber, wie ein Goldfischglas. Ich bin leicht, Kalle hebt mich mit seinen Bewegungen. Wir stehen auf dem Sandgrund, spüren, wie uns das Wasser den Sand unter den Füßen wegzieht, machen uns auf den Rückweg mit bläulichen Lippen. Von da an gehen wir den ganzen Sommer lang jeden Tag mehrmals ins Meer. Und weißt du, Dunja, hätte Tante Steffi gesagt, wenn sie dieser die Geschichte vom Verlust ihrer Unschuld beim Kaffee erzählt hätte, was sie aber aufgrund eines NATÜRLICHEN Schamgefühls, einer angeborenen Scheu vor dem Anschneiden dieses HEIKLEN Themas der Sexualität in Gegenwart eines vermeintlich UNVERDORBENEN jungen Mädchens nicht getan hat, weißt du, dieses Erlebnis des Verlusts meiner UNSCHULD im Wasser hat prägend auf mich eingewirkt und mich im Hinblick auf mein späteres sexuelles Verhalten, meine späteren sexuellen Wünsche auf das Nachhaltigste beeinflußt. Sexuelle Begegnungen mußten, sollten sie zufriedenstellend für mich verlaufen, wenn irgend möglich im Meer stattfinden; zumindest mußte mir auf glaubwürdige Weise eine Meeresatmosphäre vermittelt werden. Das Land Kärnten mit seinen vielen Seen war für solche Vortäuschungen nicht ungeeignet, daher fand der erste Koitus zwischen dem britischen Besatzungssoldaten Dafydd Llewellyn-Lloyd und mir im Schilfgürtel des Ossiacher Sees statt, an einem warmen Maiabend. Natürlich ist der Ossiacher See in mehr als nur einer Hinsicht nicht mit der Nordsee zu vergleichen: Sein Wasser ist süß, nicht salzig, er ist kaum fünfzehn Quadratkilometer groß, wogegen die Nordsee eine Fläche von fast sechshunderttausend Quadratkilometern bedeckt; an seiner tiefsten Stelle ist er siebenundvierzig Meter tief, während die mittlere Tiefe der Nordsee dreiundneunzig Meter beträgt. Er ist lieblich, es fehlen ihm die Weite, die Gefährlichkeit, die Gezeiten des Meeres. Immerhin aber standen wir im Wasser (allerdings nicht auf feinem Sand, sondern auf Schotter), und so brachte mir der Geschlechtsakt zwar nicht die vollkommene, doch eine teilweise Erfüllung, auch Dafydd schien durchaus zufrieden. Bald darauf folgte ich ihm nach Wales, wie du weißt, und ehelichte ihn auf dem Standesamt von Llanwrtyd Wells in einem grauen, aus Decken der Deutschen Wehrmacht geschneiderten Kostüm. Daß dieser Schritt ein verhängnisvoller Irrtum war, stellte sich bald heraus. Ich war hinsichtlich meiner sexuellen Erfüllung auf das Meer fixiert, von ihm abhängig, ich verglich jedes Erlebnis mit Dafydd mit jener ersten Begegnung, dem Verlust meiner Unschuld durch Kalle in der Nordsee. Anfangs gab sich Dafydd Mühe, eine meinen Wünschen entsprechende Umgebung zu finden oder zu schaffen: Sooft wie möglich fuhren wir an die Küste der Irischen See, nach Aberaeron, Tywyn, Machynlleth, Pwllheli, Llandudno, Amlwch, Llangefni – bis nach Braich y Pwll kamen wir. Diese Wochenend- und Ferienaufenthalte gehörten zum Glücklichsten und Befriedigendsten in unserer Ehe, und ich wäre gern in einen der Küstenorte gezogen. Dafydd stammte jedoch aus einer Bergarbeiterfamilie (der Beruf des Bergarbeiters ließ sich in seiner Familie in direkter Linie bis auf das Jahr 1147 zurückverfolgen) und war nicht bereit, seinen Beruf zu wechseln. Der Bergwerksort, in dem wir lebten, war weit von der Küste entfernt, und wir nahmen viele Entbehrungen auf uns, um in den Genuß eines Geschlechtsaktes in der Irischen See zu gelangen. Noch im Dezember standen wir bis zum Hals im eiskalten Wasser, und dies hatte zur Folge, daß Dafydd in diesem ersten Winter unserer Ehe fast gestorben wäre. Seine Lunge, die durch seine Arbeit im Bergwerk ohnehin angegriffen war, entzündete sich, und die schwere Krankheit fesselte ihn neun Wochen ans Bett. Ab Mitte Februar versuchten wir, uns mit verschiedenen – notgedrungen unvollkommenen – Nachahmungen der Umweltbedingungen und Lebensverhältnisse einer Meeresküste zu behelfen, um unsere Ehe vor dem Hineingleiten in eine irreparable Zerrüttung zu bewahren. Dies in unauffälliger Weise zu betreiben, gestaltete sich nicht immer einfach, und die Waliser, bei denen ich aus weiter oben ausführlich beschriebenen Gründen ohnehin schon verfemt war, trieben den schon weit fortgeschrittenen Prozeß meiner Verfemung nur noch weiter. Wir ließen die Badewanne mit kaltem Wasser vollaufen, kauften beim Gemischtwarenhändler McKirriemuir zwei Kilogramm Kochsalz und schütteten es ins Badewasser. Diese Simulation war jedoch unzureichend und führte bedauerlicherweise nicht zum gewünschten Ergebnis. Also machten wir uns daran, zusätzlich feinen Sand zu besorgen: Da dieser in unserem Ort nicht zu haben war, gingen wir in der Nacht mit Säcken auf den Kinderspielplatz und füllten diese mit Sand aus dem Sandkasten. Mit dem Sand bedeckten wir vor dem Einlassen des Fließwassers den Boden der Badewanne, so eine einigermaßen täuschende Nachahmung des Meeresgrundes schaffend. Als auch dies lediglich zu mäßigen Ergebnissen führte, fuhren wir – es war noch Winter – an einem windigen Sonntag mit einem Kassettenrekorder an die Küste, setzten uns auf eine Bank am Strand und nahmen auf einer 90-Minuten-Kassette das Meeresrauschen auf. Eine Zeitlang lohnte sich die Mühe, und der sexuelle LUSTGEWINN, den wir so ERZIELTEN, war fast ebenso groß wie der, den Kalle und ich in der Nordsee ERZIELT hatten. Allmählich aber mehrten sich die Leserbriefstimmen im Llanwrtyd Wells Echo, die nach einer strafrechtlichen Verfolgung derer verlangten, die sich nicht scheuten, unschuldigen Kindern den Sand aus dem Sandkasten zu stehlen. Man forderte strenge Sanktionen – verschärften Kerker, Einzelhaft bei Wasser und Brot, in einem Fall sogar das Erhängen (Hang them high!) – gegen die bislang noch nicht gefaßten Täter, die sich in dieser besonders verabscheuungswürdigen Weise an Kindern vergingen. Dafydd und ich kamen ins Gerede, da die Kellnerin Mary Thomas behauptete, sie habe durch das Fenster des unserem Haus gegenüberliegenden Gasthauses gesehen, wie wir mit je einem vollen Jutesack auf der Schulter das Haus betreten hätten. Als dies McKirriemuir zu Ohren kam, hielt er es für seine Pflicht, die örtliche Polizei von unserem ungewöhnlich hohen Verbrauch an Kochsalz in Kenntnis zu setzen. Es folgte eine schwere Zeit, denn nun wurde auch Dafydd in die Verfemung, in das Spießrutenlaufen einbezogen. Man konnte uns jedoch nichts nachweisen, und schließlich wurden zwei arbeitslose, aus Amlwch gebürtige Jugendliche, die ein Beamter der Exekutive eines Nachts Sandburgen bauend im Sandkasten des Kinderspielplatzes angetroffen hatte, des Vergehens beschuldigt, vor Gericht gestellt und rechtskräftig zu je zwei Jahren Besserungsanstalt verurteilt. Natürlich wagten wir daraufhin weder, uns Sand aus dem Sandkasten zu holen, noch mehr als die durchschnittliche Menge Kochsalz bei McKirriemuir zu kaufen. Infolgedessen schritt die Zerrüttung unserer Ehe rapide fort, und um diese aufzuhalten, beschlossen wir, von nun an (es war immer noch sehr kalt) jedes Wochenende mit unserem Sunbeam an die Küste zu fahren und dort einige mitgebrachte Benzinkanister mit Meerwasser und einige mitgebrachte Eimer mit feinem Sand zu füllen.

Ich drehe das Radio an, das am Fußende meines Sofas steht. Der Zeitung habe ich entnommen, daß eine Geschichte über Tom Waits gesendet wird, den amerikanischen Sänger und Musiker, dessen Alben Rain Dogs, Swordfishtrombones und Asylum Years im Augenblick zu meinen liebsten gehören. Ich habe etwas zu spät eingeschaltet, bin gleich mitten in der Geschichte, die von einer schönen Frauenstimme vorgelesen wird: »... fühlt sich die Frau nach dem entsetzlichen Ende dieser Liebe nicht fähig, ihr Leben weiter so zu führen, wie sie es bisher getan hat. Sie läßt sich von ihrer Arbeitsstelle für ein halbes Jahr karenzieren und reist in eine Großstadt, denn sie hat das Bedürfnis, unter Menschen zu sein, aber von niemandem gekannt zu werden. Außerdem will sie eine äußere Entsprechung für die innere Hölle finden, in der sie sich befindet, und nach ihrer Ansicht sind in Großstädten viele Kreise der

Hölle verborgen. Sie hält sich also in einer Großstadt auf, in Paris oder New York oder in irgendeiner anderen. In der Höllenstadt Dis jedenfalls, der Stadt mit den flammenden Gräbern, deren Deckel gehoben sind. Sie wohnt in einem kleinen, billigen, von Farbigen geführten Hotel. Die Matratze ist fleckig und durchgelegen; wenn sie nachts aufsteht und über den kalten Terrazzofußboden geht, um Wasser aus dem Sektglas zu trinken, das auf dem gesprungenen Porzellanbord über dem schmutzigen Waschbecken steht, bleiben Schmutzteilchen an ihren nackten Sohlen haften. Einmal fällt sie beinahe aus dem schmalen hohen Fenster, aus dem die Scheibe gebrochen ist, in den darunterliegenden Friedhof. Über das Hotel und den Friedhof führt eine breite Straße, deren Verkehr alles vibrieren läßt. Die Frau, die sich in der Rezeption als Scheherazade Hedwig Moser, Staatsbürgerschaft: österreichisch, eingetragen hat, geht lange durch die Stadt, ohne Stadtplan. Sie geht in die Richtung, in der die Vororte liegen, vorbei an Plakatwänden mit zerrissenen, besprühten Plakaten, an Bahngeleisen, zwischen denen graues Gras wächst, an stillgelegten Fabriken. Sie merkt, daß sie sich verlaufen hat, und bleibt an einer Tankstelle stehen. Neben ihr an einer Betonsäule lehnt ein dunkelhaariger Mann mit einem schwarzen Hut, unter dem ein von Neonlicht grünliches, schmales Gesicht liegt. »Hey baby, got lost?« sagt er freundlich und bietet sich ihr als Führer an. Während der nächsten Tage ist sie mit Tom Waits, dessen Heimatstadt diese Großstadt ist, unterwegs. Früher hat er an einer Tankstelle gearbeitet, bis er wegen ständigen Zuspätkommens entlassen wurde. Der Besitzer habe ihm nachgerufen, daß er es nie zu etwas bringen würde, erzählt Waits und lacht wie ein Verrückter. Einmal gehen sie über eine eiserne Brücke, die über die Seine, den East River, den Main führt. Jemand steht auf dem Geländer und will springen. Als die Frau hinlaufen und ihn zurückhalten möchte, faßt Tom Waits sie am Arm und lacht:

»Don't panic, baby, let him jump, just let him jump.« Und dann springt der Mann. Sie gehen auch in den Park der Stadt, dessen Büsche manchmal gebrauchte Präservative als Blüten tragen. Eine alte Frau mit einem sehr laut aufgedrehten Kofferradio am Ohr und mehreren Plastiksäcken geht an ihnen vorbei und fragt Waits: »Have you seen my man? He left me in 1959. Have you seen him?« Auf einer demolierten Bank sitzen zwei Männer und eine ältere Frau in einem grellrot und giftgrün karierten Kostüm und einem topfartigen Strohhut, der ihr bis über die Augen reicht, mit einem breiten schwarzen Band. Die Männer sind zahnlos. Sie haben eine Flasche Wein zwischen sich und reden vertraut miteinander. Dann sehen sie einen Mann, der statt eines Auges eine offene Wunde, einen roten Krater hat. Mit der Subway, U-Bahn, Métro, Underground fahren sie zurück ins Zentrum. Ein Paar steht gedrängt zwischen den Leuten; das Mädchen hält sich mit einer Hand an einem Haltegriff fest, mit der anderen bringt sie ihren Freund, an den sie sich drückt, schnell und geschickt zu einem Orgasmus. Es geht ruhig und verstohlen vor sich. Als Tom Waits es bemerkt, lacht er laut. Abends essen sie immer in der gleichen Imbißstube in der Bahnhofgegend, dort, wo die Prostituierten in den Schaufenstern zur Auswahl sitzen. Als Tom Waits auf die Toilette gehen will und die Tür öffnet, fällt ihm ein lallender Mann mit einer Nadel im Arm entgegen. Lachend macht Waits die Tür wieder zu. Jeden Abend kommt eine etwa sechzigjährige Frau mit einer schief sitzenden eisgrauen Kunsthaarperücke, unter der man ihr verklebtes graubraunes Haar sieht, in das Lokal, um sich zu betrinken. Man kommt ins Gespräch, und zum Beweis, daß sie einmal eine bekannte Opernsängerin gewesen ist, singt sie Tom und der Frau aus Österreich eine Arie vor. Immer wieder erzählt sie ihnen von einem Mann namens Fernando: »Fernando was an extremely handsome man,« sagt sie, »but he had a rotten character.« Wenn junge Männer in das Lokal kommen, spricht sie sie an und kokettiert mit ihnen. Die Frau aus Österreich fühlt sich wohl in der Gesellschaft von Tom Waits. Er drängt sie zu nichts, belehrt sie nicht, versucht sie von nichts zu überzeugen, sie keines Besseren zu belehren, er gängelt sie nicht, er will sie nicht beeindrucken, beeinflussen, bezaubern, bestechen, manipulieren, für sich einnehmen, er ist da und geht mit ihr durch die Straßen und trinkt und lacht viel. Sein junges Gesicht spiegelt seine Erfahrung genausowenig wie das Gesicht des Dorian Gray. So wie sich das Leben des Dorian Gray in seinem Bildnis zeigt, offenbart sich das Leben des Tom Waits in seiner Stimme. An einem Abend nimmt Tom Waits die traurige Frau aus Österreich in ein Animierlokal in der Hafengegend mit, wo man ihn kennt. Er setzt sich ans Klavier und singt bis zum Morgen. Er singt so, daß sie sich Begräbnisse von Schwarzen in New Orleans vorstellt. Dann tanzt er eine Weile mit einer chinesischen Prostituierten in einem langen engen schimmernden Kleid mit einem Schlitz, der beim Tanzen gelegentlich den Blick auf eine Beinprothese freigibt. Als die Sonne über der Bowery aufgeht, zieht er die Chinesin zur Tür, die zu den Zimmern führt, ruft der Frau aus Österreich »Bye baby!« zu und schließt die Tür hinter sich und der Chinesin. « Das war die Geschichte von Tom Waits und Scheherazade Hedwig Moser, ausgestrahlt von Ö 3 an einem Donnerstag.

Die Großstädte mit den Menschenschüben
die vierunddreißig Kreise der Hölle
Die Dante nicht gesehen hat
die Fegefeuerbetonschluchten
Das Paradies kann beginnen
wo die Menschen nicht sind
wo nur die Erinnerung an sie ist

Die unterste Stufe der Seligkeit
sind die Flußauen die Strominseln
an denen vorüber die Schiffe nach Ungarn fahren

Die unterste Stufe der Seligkeit
ist die Freiheit von der Liebe
die Erinnerung an sie
beim Gehen auf dünnwandigen Schneckenhäusern
beim Antippen der länglichen Früchte des Springkrauts
die Kapsel springt auf
die Samen werden weggeschleudert

Die unterste Stufe der Seligkeit ist genug
der Himmel des wandelbaren Mondes
unter dem das hallende Klopfen der Spechte
den Wald durchzieht
wie die Musik von Orff
oder der Soundtrack eines guten Kriminalfilms

Die Seligen des Mondhimmels
blasse Schemen
gehen unter den abgestorbenen
vom Sturm gebrochenen Bäumen

Hier ist der Wald nicht licht
ein großes dunkles Paket
verschnürt mit unzerreißbaren Reben
mit blühenden Schlingpflanzen

Weiße Bienen kriechen langsam
in enge rote Blütentrichter
in den sauren Wiesen
springen die jungen Jadefrösche
wie Heuschrecken
Geräusche von Habichtsschwingen in der Luft
von dünnen Reiherbeinen in den Tümpeln

Weißblühendes Geflecht
ist über die Bäume
die Sträucher gezogen
wie ein Schleier
vor dem Vollzug der Liebe
vor dem Bruch der Gelübde
vor dem Fall

Hedera helix, der Gemeine Efeu. Als immergrüner Kletterstrauch ist der Efeu von der Natur so ausgerüstet, daß er sich mit Haftwurzeln selbstklimmend festhalten kann. Allmählich wächst der Efeu mein Zimmer zu, das kein Turmgemach ist, sondern Teil einer Neubauwohnung. Ich bin in keinen tausendjährigen Schlaf gesunken, sondern sitze redend/schreibend auf meinem Sofa. Schlaf kann ich mir keinen leisten – ein kurzes Einnicken, und Schahriar würde sich auf mich stürzen. Aber ich habe den Efeu nicht ohne Hintergedanken gekauft: Er wächst verhältnismäßig rasch, und es ist nur noch eine Frage der Zeit, bis das Zimmer vollkommen zugewachsen ist, bis niemand mehr eindringen kann. Ich lasse das Zimmer zuwachsen, denn daß der schöne junge Prinz mich findet, halte ich für unwahrscheinlich. Sehr wahrscheinlich ist hingegen, daß Schahriar mich findet, denn er ist ununterbrochen hinter mir her, liegt ständig auf der Lauer. Ich gieße meinen Efeu gewissenhaft, damit er schnell wächst. Sorgsam befestige ich ihn an der Wand, wo er Runde um Runde zieht. Man muß sich umwachsen, einwachsen, zuwachsen lassen, um sicher zu sein; man muß dafür auch Nachteile in Kauf nehmen: Niemand kann herein, man kann aber auch nicht mehr hinaus. Der Efeu wächst, ich höre den Efeu wachsen. Unter dem Fenster steht der Wolf Schahriar mit den spitzen Eckzähnen, den Zähnen, die er zum Knochenbrechen, zum Reißen und Schneiden braucht. Die Eckzähne (Kanini) stehen bei den Tieren mehr oder weniger stark vor.

Sie sind durch eine sehr lange Wurzel im Kiefer verankert. Der Wolf hat Kreide gegessen und säuselt: Dornröschen, laß dein Haar herunter! Bald ist der Efeu so dicht, daß kein Krummdolch ihn durchtrennen kann. Ich verabscheue Schahriar dafür, daß er mich zu so radikalen Maßnahmen zwingt, doch ich muß geschützt sein, für den Fall, daß eines Tages doch irgendein Ereignis eintritt, das mein Reden/ Schreiben verhindert, unterbindet, vereitelt, durchkreuzt, hintertreibt, für den Fall, daß ich eines Tages nicht mehr reden/schreiben will/kann. Der Efeu wächst um mich und meine Bilder. Ich leite ihn an meinen Bildern vorbei, meine Bilder dürfen nicht überwachsen werden. Auf einem der Bilder ist eine Fledermaus vor schwarzem Hintergrund dargestellt, die Bildunterschrift lautet: UNSERE FLEDERMÄUSE. EINE SONDERAUSSTELLUNG DES NATURHISTORISCHEN MUSEUMS WIEN. Ein Flügel ist halb ausgebreitet, ein kaputter Regenschirm. Fledermaus. Flattermaus. Sie braucht die Schatten, wie der Efeu. Sie hält sich in Baum- und Felshöhlen, in Mauerspalten, Boden- oder Kellerräumen auf. Durch Mund und Nase stößt sie Laute aus und ortet so mit Hilfe der zurückgeworfenen Ultraschallwellen ihren Standpunkt. Auch ich orte. Hufeisennase, Mausohr, Langohrfledermaus. Niemand kann eindringen, Schahriar nicht, der schöne junge Prinz nicht, aber Batman ist da, der Fledermausmann. Der schwarze Bildhintergrund wird zu seinem schwarzen Umhang, er fliegt aus dem Bild und auf mich herab. Batman meistert jede Situation mit Kraft, Umsicht und Weitblick. Batman, der Superheld, der Meisterakrobat, Retter der Witwen und Waisen. Batman breitet seinen schwarzen Mantel über mich. Graf Dracula breitet seinen scharlachroten Mantel über mich. Mausohr, Langohrfledermaus, Vampir. Die Vampire fliegen erst bei Dunkelheit aus und ernähren sich ausschließlich vom Blut von Säugetieren und Vögeln. Dabei schneiden sie an wenig behaarten oder unbehaarten Körperstellen mit ihren messerscharfen Schneide- und Eckzähnen völlig schmerzlos eine Wunde und lecken das ausfließende Blut auf. Graf Dracula beugt sich in seinem scharlachroten Mantel über mich und gräbt seine Zähne in meinen Hals, den ich ihm entgegenrecke. So werde auch ich zum Vampir, zum Wiedergänger, zum Nachzehrer. Und wenn es Schahriar doch gelingen sollte, das Efeudickicht zu durchdringen, es zu zerhauen mit seinem Krummdolch, wird er mich auf dem Sofa hingestreckt finden, bleich und lächelnd, endlich bereit zur Hingabe. Sobald er sich auf mich gelegt hat, mir seinen heißen Atem ins Gesicht stößt, entblöße ich meine Eckzähne. Ob ich zubeiße, ist eine andere Frage. – Schahriar ist weder jung noch schön. Was sein Äußeres betrifft, so existieren mehrere Varianten: Entweder ist er sehr mager, die mit Pigmentflecken übersäte Haut hängt ihm lose über die Knochen, über die eingesunkene Brust. Unter seiner Gesichtshaut ist das Schädelskelett deutlich zu erkennen, das Zahnfleisch über den Zahnhälsen ist weit zurückgewichen. Er ist bucklig, seine Arme und Beine sind lang, die Knie und Ellbogen treten stark hervor. In seinem Palast gibt es viele Spiegel, doch kommt ihm niemals der Gedanke, er könnte für die Jungfrauen, die ihm seine Soldaten aus allen Teilen des Reiches holen, nicht begehrenswert sein. Schahriar kann aber auch fett sein, mit seinem Bauch erdrückt er die Jungfrauen fast. Er hat ein schweres Doppelkinn, seine Haut ist weiß und weich und fast unbehaart. Seine Brüste sind größer als die der meisten Jungfrauen, die Finger kaum beweglich. Er ist klein, hat schmale, mit viel Fleisch bedeckte Schultern und ein breites Becken. Er sieht seinen hängenden Bauch, doch zur Vorstellung, die von ihm Abend für Abend genossenen Jungfrauen könnten schlanke Gleichaltrige vorziehen, fehlt ihm das Einfühlungsvermögen. Manchmal hat Schahriar auch einen stumpfen Gesichtsausdruck, eine niedrige, fliehende Stirn. Sein Körper ist dicht mit drahtigem Kraushaar bedeckt, das die feine Haut der Jungfrauen zerkratzt wie Stahlwolle. Er ist stark, hat einen mächtigen Oberkörper und kurze, krumme Beine. Wenigstens ist er jünger als die anderen beiden Varianten. Auch ihm käme es nicht in den Sinn, die ihm ins Bett gelegten Jungfrauen könnten ihn abstoßend finden. Die Gedanken der Jungfrauen interessieren ihn nicht, es geht ihm darum, sich ihrer als erster zu bedienen. Selbst die Tötungsbefehle gibt er gelangweilt, was nach der Erstbenützung geschieht, ist ihm gleichgültig. – Als mein Vater Hans Moser meiner Mutter im Stadtzentrum von Schiras versehentlich auf den Tschador trat, war diese noch mit Achmed Kaschoggi, einem entfernten Verwandten Schahriars, verheiratet. Meine Mutter war neunzehn Jahre alt, Kaschoggi dreiundsiebzig, fast blind und in seinem Äußeren ein genaues Abbild der oben beschriebenen ersten Variante. Meine Großmutter, die gelbäugige Kurdin, war sehr gegen diese Verbindung, doch mein Großvater, der Kaschoggi als seinem Geschäftsfreund und Geldgeber verpflichtet war, setzte die Heirat durch. Meine Mutter leistete erstaunlich wenig Widerstand, weil ihre beste Freundin bereits mit Kaschoggi verheiratet war und sie sich das Zusammensein mit ihr und den anderen Frauen im Harem kurzweilig vorstellte. Sie erhoffte sich eine Solidarität, ein Zusammenhalten aller Ehefrauen gegen den alten Ehemann, eine harmonische und zärtliche Gemeinschaft, in der sie durch erotische Beziehungen untereinander für die fast völlige Impotenz des Ehemannes entschädigt werden würden. Keine dieser Hoffnungen sollte sich erfüllen: Vor einigen Jahren stieß ich während des Osterputzes im Dachboden des Hauses meiner Eltern in Kirchdorf zufällig auf ein Tagebuch, das meine Mutter während der Zeit ihrer Ehe mit Kaschoggi geführt hatte. Ich setzte mich auf eine alte Matratze unter der Dachluke und las das Buch. Daß nicht die geringste Solidarität unter den Frauen bestanden habe, schrieb sie, daß es im Harem nichts als Streit gegeben habe, daß eine die andere herabgesetzt, belogen, beschimpft, angeschwärzt, bestohlen, verachtet, gehaßt, hintergangen habe. Daß es zu Handgreiflichkeiten gekommen sei, daß ihr damals durch einen Faustschlag, den ihr die ehemals beste Freundin versetzt habe, ein Eckzahn gelockert worden sei, eben jener Eckzahn, den sie sich, da er bereits gelockert war, einige Zeit später ausbrach, als mein Vater ihr auf den Tschador trat und sie hinfiel. Da das Leben im Harem unerträglich gewesen sei, hätten sich die Frauen, obwohl dies mit Lebensgefahr für sie verbunden gewesen sei, Liebhaber genommen. Sie hätten dabei sehr vorsichtig vorgehen müssen, da auf Ehebruch der Frau die öffentliche Steinigung stand. Auch in diesem Punkt herrschte unter den Frauen keine Solidarität. Eine habe die andere verraten, in der Hoffnung, diese würde gesteinigt werden und so als Teilerbin des ungeheuren Vermögens Kaschoggis ausfallen. Der Harem Kaschoggis, der aus sieben Frauen bestanden habe, sei binnen kürzester Zeit durch die Steinigungen auf drei Frauen reduziert gewesen. Die Zeit der öffentlichen Steinigungen ihrer Haremsgenossinnen sei eine äußerst trostlose gewesen, da man die übrigen Frauen gezwungen habe, dabei anwesend zu sein; der Steinigungsvorgang sollte ihnen eine Mahnung sein. Während dieser Zeit sei meine Mutter sehr schweigsam geworden und habe sich in Bücher vergraben. Im Tagebuch stand geschrieben: Am liebsten lese ich zur Zeit Geoffrey Chaucers Canterbury-Geschichten, insbesondere die Geschichte des Kaufmanns. Ich habe den Band in einem Buchgeschäft gefunden. Es ist mir klar, daß es nicht ratsam ist, irgend etwas außer dem Koran zu lesen. Zu wissen, daß sich unter seinen Frauen eine befindet, die solche Bücher liest, würde Kaschoggi rasend machen. Er ist unberechenbar, vielleicht würde er mich dafür steinigen lassen wollen. Ich habe das Buch also in dunkelbraunes Packpapier eingeschlagen und lese es in einem vom Haus weit entfernten Winkel von Kaschoggis Garten. Wie oft ich die Geschichte von Januar und Mai schon gelesen habe, weiß ich nicht mehr. Es bereitet mir jedesmal neue Freude, vom schändlichen Betrug der schönen jungen Mai an ihrem alten Mann Januar zu lesen. Dieser wird von den Göttern vorübergehend mit Blindheit geschlagen, und währenddessen klettert Mai auf einen Birnbaum im Garten, in dessen Krone bereits der schöne junge Diener Damian auf sie wartet. Sie vergnügen sich im Birnbaum, und Januar, der darunter steht, sieht nichts, er hört nur ein Blätterrascheln. Als ihm die Götter das Augenlicht unvermittelt wiedergeben und er seine Frau und Damian in unzweideutiger Situation im Birnbaum erblickt, versteht es Mai, ihm die Zweifel an ihrer Treue auszureden. Ich brauche die Lektüre dieser Geschichte, um weiterleben zu können, die Lektüre des Korans ist nutzlos. Die Lektüre dieser Geschichte hält mich aufrecht, ich denke an meine englische Schwester Mai, wenn Kaschoggi seine spitzen Hüftknochen in mich bohrt, mich quält mit seinen nie gelingenden Versuchen. Angeregt durch die Geschichte des Kaufmanns, male ich mir während dieser erbärmlichen Ansätze zum Beischlaf die verschiedensten Betrugssituationen mit den verschiedensten schönen jungen Männern aus, konzentriere mich auf diese Vorstellungen, bis ich das Gewicht, den Atem Kaschoggis nicht mehr spüre. – Sie sei auch bei der Steinigung der ehemals besten Freundin anwesend gewesen, schreibt meine Mutter. Diese Steinigung sei, da es sich bei öffentlichen Steinigungen immer auch um Volksbelustigungen gehandelt habe, in der größten Tageszeitung unter Vermischtes angekündigt gewesen und habe auf dem Hauptplatz von Schiras stattgefunden. Der erste Stein sei vom Großvater der ehemals besten Freundin, dem Familienoberhaupt, geworfen worden, worauf die anfängliche Scheu überwunden gewesen sei und alle sich emsig an der Steinigung beteiligt hätten. Sie (meine Mutter) habe sich mit dem Werfen eines einzigen größeren Steins begnügt, als Vergeltung für den Faustschlag, den ihr die ehemals beste Freundin versetzt und durch den sich einer ihrer Eckzähne gelockert hatte. Während die Steinigung im Gange gewesen sei, sei plötzlich eine Gruppe von gegen den alten Brauch der Steinigung demonstrierenden linksradikalen Studenten aufgetaucht und habe die Steinigenden mit Pflastersteinen beworfen. Im Zug der folgenden tumultartigen Szenen – die Steinigenden entzogen der noch nicht ganz zu Tode Gesteinigten ihre Aufmerksamkeit und schleuderten die Steine den Demonstranten entgegen – sei meine Mutter von einem Pflasterstein an der Schläfe getroffen worden und einem der Demonstranten, einem schönen jungen Mann namens Ali, in die Arme getaumelt. So habe eine große Liebe begonnen. Ali habe Farah Kaschoggi, geborener Emami, auf die Beine geholfen, und als er seinen schwarzen Blick in ihre unergründlichen Augen getaucht, ihn zögernd wieder herausgezogen und über das Näschen, die Purpurwänglein, den halboffenen Kirschenmund mit der Perlenreihe der Zähne und den dünnen Blutfaden gleiten lassen habe, der sich von der Schläfe bis zum Kinn zog, sei es vollends um ihn geschehen gewesen. Und auch Farah, die sich dankbar auf seinen starken, schwarzbeflaumten Arm stützte, habe sofort gewußt, daß es sich um eine schicksalhafte Begegnung handelte, wie sie nur wenigen beschieden ist – außer Romeo & Julia und Damian & Mai wohl nur noch Mick Jagger & Jerry Hall. Trotz des damit verbundenen Risikos hätten sie sich ein wenig später heimlich im illegalen Waffenlager der von Ali angeführten, gegen das Willkürregime des Schahs gerichteten Widerstandsgruppe getroffen, sich dort eine Liegestatt aus zum Barrikadenbau bestimmten Sandsäcken bereitet und sich auf dieser geliebt. Einige Monate lang seien sie jeden Mittwoch nachmittag dort zusammengekommen, doch dann sei das Waffenlager entdeckt worden, und Ali habe sich im letzten Augenblick ins Ausland absetzen können. – Hier brach das Tagebuch meiner Mutter ab. Ich saß noch eine Weile unter der Dachluke, mir ihr Schicksal durch den Kopf gehen lassend, und kletterte die Dachbodenstiege erst hinunter, als sie zum Mittagessen rief. Was ich nicht wußte und auch nie erfahren sollte, war, daß es sich bei dem linksradikalen Studenten Ali infolge eines unfaßbaren Zufalls um denselben Ali handelte, der Dunja und mir Jahre später auf dem Platz vor dem Pompidouzentrum begegnete, um jenen Ali, der sich gerade mitten in einer pantomimischen Szene mit einem imaginären Schmetterling befand, als er uns die persische Volksweise Du Rose von Schiras spielen hörte und sich, wie von Zaubermacht getrieben, uns näherte. Hätte ich gewußt, daß der Exilperser Ali, der uns in die Wohnung in der Rue Mouffetard mitnahm und bald darauf von Mitgliedern der SAVAK erschossen wurde, mit dem ersten Liebhaber meiner Mutter (denn Kaschoggi war nie imstande gewesen, sie zu DEFLORIEREN) identisch war, ich hätte mir die Zuneigung erklären können, die er zu Dunja und mir gefaßt hatte, ich hätte gewußt, an wen wir ihn erinnerten, wenn er gelegentlich sagte, daß wir ihn an jemanden erinnerten. Aber bis heute habe ich nicht das Geringste über diese Zusammenhänge in Erfahrung bringen können. – Über den Zeitraum zwischen dem Abbrechen des Tagebuchs und dem ersten Zusammentreffen meiner Mutter mit meinem Vater weiß ich so gut wie nichts, aus gelegentlichen Bemerkungen meines Vaters schließe ich allerdings, daß der Zustand meiner Mutter ein äußerst verstörter und verschüchterter gewesen sein muß. Während dieses Zeitraums könnte sich also folgendes zugetragen haben: Kaschoggi könnte trotz fortgeschrittener Blindheit und Senilität hinsichtlich der EHELICHEN TREUE Farahs einen Verdacht geschöpft haben. Meine Mutter könnte ihre Unschuld beteuert, ihn allerdings nicht davon überzeugt haben. Er könnte dreimal Ich verstoße dich gesagt haben, womit die islamische Ehescheidung rechtskräftig ist, und Farah zu ihrer Familie zurückgeschickt haben. Im Schoße der Familie könnte sie eine Zeitlang gelebt haben, Kaschoggi verwünschend und Ali nachhängend, bis zu dem Tag, an dem ihr Hans Moser auf den Tschador tritt. Farah Kaschoggi, geborene Emami, weiß sofort, daß es sich um eine einmalige Gelegenheit handelt, dieses Land, das den Frauen keine Chance läßt, zu verlassen. Sie setzt also alles daran, von Hans Moser geschwängert und, in natürlicher Folge, nach Österreich mitgenommen und geheiratet zu werden. Daß Hans Moser ein Ehrenmann ist, der die Konsequenzen aus seinen Handlungen tragen wird, sagt ihr ihr UNTRÜGLICHER orientalischer INSTINKT. Sobald sich eine günstige Gelegenheit bietet, gibt sie sich ihm mit aller gebotenen Leidenschaftlichkeit hin, wobei sie den ihr bereits als Kind beigebrachten Bauchtanz gekonnt als Mittel zur Verführung einsetzt. Sie muß zu ihrem Bedauern feststellen, daß die sexuelle Potenz Hans Mosers nicht an die Alis heranreicht, ein Umstand, der ihr im Lauf ihrer zweiten Ehe immer wieder Kummer bereiten wird. Mit der von den Persern männlichen Geschlechts behaupteten sexuellen Überlegenheit über die Männer anderer Nationen hat es also tatsächlich etwas auf sich. Zeitlebens wird Hans Moser aktiv gegen diese Behauptung ankämpfen, mit immer geringer werdendem Erfolg. Trotz seiner eher unterdurchschnittlichen sexuellen LEISTUNGSFÄHIGKEIT aber gelingt meine Zeugung schon bei der ersten Begegnung. Meine Mutter hat sich in Hans Moser nicht getäuscht: Er erklärt sich bereit, sie nach Österreich mitzunehmen und zu heiraten. Da sein Vertrag jedoch erst sieben Monate später abläuft, ist meine Mutter bereits hochschwanger, als sie die Maschine nach Frankfurt besteigen. Ich erinnere mich auf das Lebhafteste an diese Flugreise, die ich teils als sieben Monate alter Embryo, teils als Neugeborenes miterlebte. Es sind Erinnerungen an Erschütterungen, laute Stimmen, Stöße, Vibrationen, an Schatten, Formen, Hitze und Kälte, schreckliche Erinnerungen der sensorischen Art. Die Geschichte meiner Geburt ist mir oft erzählt worden, manchmal vom Vater, manchmal von der Mutter: Kurz nach dem Start der Maschine der Iran Air habe ein Passagier meine hochschwangere Mutter barsch zum Aufstehen aufgefordert, ihr eine Pistole zwischen die Schulterblätter gedrückt und sei, sie vor sich herstoßend, ins Cockpit eingedrungen. Er habe den Piloten gezwungen, Kurs auf den Jemen zu nehmen. (Wie sich später herausstellte, hatte es sich um einen von einer persischen Baufirma unter Vertrag genommenen jemenitischen Gastarbeiter gehandelt, der aus sexueller Not – man hatte ihm nicht erlaubt, seine Ehefrau nach Persien mitzunehmen – eine Perserin vergewaltigt, sich seiner Verhaftung und drohenden Hinrichtung durch Flucht entzogen und in seiner Verzweiflung das Flugzeug in seine Gewalt gebracht hatte.) Bei meiner Mutter, einer leicht erschütterbaren Frau, setzten aufgrund dieser Aufregungen unverzüglich die Wehen ein, und wenige Stunden später wurde ich im Cockpit dieser Boeing 727 der Iran Air geboren. Wir befanden uns in einer Höhe von etwa fünftausend Metern, auf dem sechsundvierzigsten östlichen Längen- und dem dreiundzwanzigsten nördlichen Breitengrad, direkt über dem Gebirgszug Dschebel Tuwaiq in der saudiarabischen Wüste. Für ein Siebenmonatskind war ich sehr schwer. – Nach einer Zwischenlandung in Aden kam die Boeing etwas verspätet in Frankfurt an, und Hans Moser zog kurz darauf mit einer persischen, in einen Tschador gehüllten Frau und einem Neugeborenen in Kirchdorf ein, ein Umstand, der die Dorfbewohner auf Jahre hinaus mit Gesprächsstoff versorgen sollte. Kurze Zeit später fand in der katholischen Kirche des Dorfes unter der Teilnahme zahlreicher Schaulustiger die Hochzeit und gleichzeitig meine Taufe statt. Es gab einige Unstimmigkeiten mit dem Pfarrer: Meine Mutter – daran gewöhnt, in der Öffentlichkeit immer den Tschador zu tragen – war nicht gewillt, diesen während der Zeremonie abzulegen, und der Pfarrer gab schließlich nach, sich mit dem Argument tröstend, daß auch die Jungfrau Maria in ein ähnliches Tuch gehüllt gewesen war. Hinsichtlich meiner Benennung ließ sich ein Kompromiß erzielen: Der Pfarrer erklärte sich bereit, mich auf den Namen Scheherazade zu taufen, sofern meine Eltern einwilligten, mir einen zweiten, christlichen Vornamen zu geben. Nach meiner Großmutter väterlicherseits erhielt ich also zusätzlich den Namen Hedwig. – Anfangs bewohnte mein Vater mit seiner kleinen Familie zwei Zimmer im Haus seiner Eltern. Meine Mutter, für die der Aufbruch nach Österreich gleichbedeutend mit dem Aufbruch in die Freiheit gewesen war, wurde in ihren Erwartungen enttäuscht: Ihre Schwiegermutter Hedwig Moser mischte sich ständig in Haushaltsangelegenheiten ein und machte ihr das Leben ZUR HÖLLE. Meine Mutter, die mir von diesem MARTYRIUM erzählte, sagte, die Schwiegermutter habe ihr beispielsweise nicht erlaubt, Reis zu kochen, mit der Begründung, Kärnten sei kein Reis-, sondern ein Erdäpfel-, eventuell noch ein Maisland, und in und um Kirchdorf gäbe es Erdäpfel genug. Bei einer Gelegenheit habe die Schwiegermutter einen Sack mit teuren Pistazien, die meine Mutter sehr gern ißt, weggeworfen, mit dem Argument, vor dem Haus stünde ein Walnußbaum, der sehr viel trage. Auch habe sie sich das Teetrinken meiner Mutter verbeten und ihr im Laufe eines besonders heftigen Streites gewaltsam Kathreiner-Kaffee eingeflößt. In Kirchdorf trinkt niemand schwarzen Tee, soll sie gesagt haben, und du wirst dabei keine Ausnahme machen. Das Henna, das sich meine Mutter aus Persien kommen ließ und mit dem sie sich die Haare und Nägel färbte, sei ihr EIN DORN IM AUGE gewesen. Eines Tages – dies habe den Gipfel der schwiegermütterlichen Bosheit dargestellt – habe sie das Henna über der im Wäschetrog eingeweichten Weißwäsche meiner Mutter ausgeschüttet, und alle Leintücher, Polster- und Tuchentbezüge seien binnen kurzem rostrot gewesen und es bis heute geblieben. Da es in Kirchdorf keine

Moschee gab, habe meine Mutter nach diesem sie auf das äußerste bestürzenden Vorfall ihren kleinen Gebetsteppich unter den Arm genommen und sei in die katholische Kirche geeilt, wo sie eine Kerze angezündet, den Teppich vor dem Gekreuzigten ausgerollt, sich darauf niedergeworfen und zu Allah/Jesus gebetet habe. Sie habe Allah/Jesus darum angefleht, die schlimmsten Schicksalsschläge über die Schwiegermutter hereinbrechen zu lassen, sie mit Krankheiten der heimtückischsten und schleichendsten Art zu schlagen. In der Zeit danach nahm die Glaubenskrise meiner Mutter ihren Anfang, denn die Schwiegermutter erfreute sich trotz aller das Gegenteil erflehenden Gebete weiterhin bester Gesundheit. Heute ist sie sechsundachtzig Jahre alt, eine rüstige Greisin, die gesund und gut aufgelegt ist und noch alle zweiunddreißig Zähne hat. Meiner Mutter hingegen fehlt ein Eckzahn. Sie ist häufig depressiven Stimmungen unterworfen und betritt keine Moschee/Kirche mehr, da sie den Glauben an Allah/Jesus, an eine ausgleichende Gerechtigkeit verloren hat. Nach wie vor geht sie nicht ohne ihren Tschador aus dem Haus; um ihre Gestalt mit dem WALLENDEN Umhang, die durchs Dorf HUSCHT und die Fleischhauerei Findenig, die Bäckerei Puschnig betritt, RANKEN sich viele Geschichten. Manche sagen ihr nach, sie habe den bösen Blick und verhexe die Ehemänner der anderen Frauen. Die Bäuerin Walpurga Huber, deren Hof etwas außerhalb des Dorfes liegt, beharrt seit nunmehr siebeneinhalb Jahren darauf, sie habe meine Mutter in einer mondhellen Juninacht auf ihrem Gebetsteppich über ihr Anwesen fliegen sehen. Meiner Mutter gegenüber aber bemühen sich die Dorfbewohner, höflich zu sein: Um ihr die Verständigung mit ihnen zu erleichtern, richten sie auch heute noch ausschließlich kurze Sätze an sie und verwenden Verben in ihrem Beisein nur im Infinitiv. Das Faktum, daß sie längst fließend Deutsch spricht, hat nichts an ihrem Verhalten geändert. Du wollen Karree oder

Schlögel? wird sie beispielsweise von der Fleischhauerin Franziska Findenig gefragt. Und auf ihre in korrektem Deutsch formulierte Frage, warum die Dauerwelle so teuer gewesen sei, antwortet ihr die Friseuse Gabi: Das sein guter Preis für Welle. Wenn dir zuviel, du gehen zurück nach Persien. – Und mein Vater? Zu behaupten, er wäre seit seiner Hochzeit mit Farah Emami-Kaschoggi angespuckt worden, so wie seine Schwester Steffi angespuckt worden war, nachdem sie sich öffentlich mit dem britischen Besatzungssoldaten Dafydd Llewellyn-Lloyd gezeigt hatte, entspräche nicht der Wahrheit. Seine Verfemung in Kirchdorf ist anderer Art: Wenn er das Wirtshaus Orasch betritt, hören alle Gäste zu reden auf. Beim Eisschießen auf dem zugefrorenen Ossiacher See will man ihn nicht mehr in der Mannschaft haben. Man sagt ihm, daß den Jüngeren Platz gemacht werden müsse. Dasselbe sagt der Chorleiter des Gesangsvereins, bei dem mein Vater bisher mitgesungen hat. Wenn er an Gruppen von Dorfbewohnern vorbeigeht, hört er leises Lachen.

Ich stehe von meinem Sofa auf. Das Reden/Schreiben über das Schicksal meiner Eltern schwächt und deprimiert mich jedesmal. Um mich abzulenken, gehe ich ins Kino, in mein Lieblingskino mit einem langen, schmalen Saal, unbequemen Sitzen und einem knarrenden dunklen Bretterboden. Ein zartes weißes Gesicht wie aus einem Film, umrahmt von roten Haaren, sitzt an der Kasse. Es ist ein Film von Roman Polanski über eine Frau, die einen toten Embryo in einem langen durchsichtigen Plastiksack hinter sich herzieht. Obwohl der tote Embryo immer größer und schwerer wird, obwohl sich die Passanten nach ihr umsehen, läßt sie den Sack nicht zurück. Der Schauplatz ist Wien, und der Film zeigt, wie sie den Embryo durch die Straßen und Gassen der Innenstadt schleift, an einem Tag im Herbst, an dem der schneidende Wiener Wind bläst. Vor der Oper ist sie aus der Straßenbahn gestiegen, da war der Embryo nicht mehr als zwanzig Zentimeter lang. Aber schon während sie die Kärntner Straße entlanggeht, beginnt er zu wachsen. Sie geht langsam an den teuren Geschäften vorbei und biegt in die Himmelpfortgasse ein. Dann geht sie über Weihburggasse, Blutgasse und Sonnenfelsgasse bis zur Schönlaterngasse. Als sie das Panigl betritt, ist der Embryo schon zwanzig Kilogramm schwer. Das Panigl ist noch fast leer. Sie stellt sich an die Theke, legt den Sack neben sich auf den Boden und bestellt ein Achtel Wein. Sie ist schön und könnte Cathérine Deneuve sein, aber ich bin mir nicht sicher. Es ärgert mich, daß ich eine Viertelstunde zu spät gekommen bin und Vorspann und Anfang des Films versäumt habe. Woher hat sie den Embryo? Die Frau schaut in ihr Glas und beachtet ihre Umgebung nicht. Ab und zu wendet sie sich zum Sack und spricht ein paar begütigende Worte. Die Tür geht auf, und meine Wiener Freundin B. kommt ins Panigl, mich an der Hand hinter sich herziehend. Wir stellen uns an die Theke, und B. stolpert über den Sack und sagt zur Frau: Passen Sie doch auf Ihr Gepäck auf! Dann küßt sie den Barmann auf beide Wangen und bestellt zwei Glas Bier, eines für sich, eines für mich. Sie nimmt meine Hand, küßt die Innenfläche und verhält sich sehr zärtlich zu mir. Offensichtlich sind wir ein Paar. Das wundert mich nicht, denn B. wirkt auf mich sehr anziehend, selbst wenn sie mir am Telefon von ihrem Wohnungsputz erzählt. Sie hat sich einen blauen Schimmer ins Haar gesprüht und Silberflitter auf den Jochbeinen. Wir sind beide nicht nüchtern. B. hat nur Augen für mich, ich dagegen habe nur Augen für die Frau mit dem Embryo zu ihren Füßen. Ich nehme B.'s Hand von meinem Nacken und spreche die Frau an: Entschuldigen Sie, sind Sie Cathérine Deneuve? Ich habe den Vorspann nicht gesehen, wissen Sie. Und was ist mit dem Embryo? Die Frau schaut von ihrem Glas auf. Nein, ich bin nicht Cathérine Deneuve, ich bin eine unbekannte Schauspielerin aus Tucson, Arizona. Mein Künstlername ist Fay South. Ich bin Roman vor einigen Jahren auf einer Orgie in Kalifornien begegnet, ich war noch sehr jung. Das ist meine erste Filmrolle. Ich habe nicht sehr viel Text zu sprechen, auch im Hinblick auf Ausdrucksfähigkeit stellt die Rolle keine besonderen Anforderungen. Das einzig Schwierige besteht darin, den Embryo hinter mir herzuzerren. Am Ende des Films ist er nämlich etwa neunzig Kilogramm schwer. Der Embryo und ich trennen uns im Film nie. (B. unterhält sich inzwischen mit dem glatzköpfigen Mann hinter der Theke, beobachtet uns aber eifersüchtig aus den Augenwinkeln. Ihr Silberflitter blitzt auf, wenn sie das Gesicht dreht.) Aber Roman zuliebe würde ich während der Dreharbeiten auch einen doppelt so schweren Embryo hinter mir nachziehen. Roman war meine ERSTE LIEBE; zum Zeitpunkt der Orgie, anläßlich deren wir uns kennenlernten, war ich erst vierzehn. Er ist ein sehr guter Liebhaber, nur leider vollkommen liebesunfähig. Natürlich liebe ich ihn immer noch, die Orgie war mein schönstes Erlebnis. Ach Roman, mein Wiesel, mein geschwindes Nagetier. Plötzlich blickt sie zur Tür und sagt laut:

– Horch! Mein Geliebter!
– Ja, draußen steht er,
– an der Wand unsres Hauses;
– er blickt durch die Fenster,
– späht durch die Gitter.
– Ein Apfelbaum unter Waldbäumen
– ist mein Geliebter unter den Burschen.
– Sein Zeichen über mir heißt Liebe.

Sie sieht mich an und sagt erklärend:

– denn ich bin krank vor Liebe.

Roman Polanski betritt das Panigl, in einem dunklen Anzug, klein, unauffällig und schüchtern wie in seinem Film *Der Mieter.* Man sieht ihm an, daß es ihm peinlich ist, als Fay South auf ihn zugeht und bittet:

– dein Gesicht laß mich sehen,
– deine Stimme hören!
– Denn süß ist deine Stimme,
– lieblich dein Gesicht.

Roman (verlegen): Ach Fay, fang doch nicht schon wieder damit an!

Fay (klagend): – Verzaubert hast du mich.
– Ich habe mein Kleid schon abgelegt –
– wie soll ich es wieder anziehen?

Roman: Immer diese Anspielungen! Es hat dich doch niemand gezwungen, dich an der Orgie zu beteiligen. Du wolltest ja verführt werden. Ich habe ohnehin genug Scherereien mit deiner Mutter gehabt.

Fay: – Wende deine Augen von mir,
– denn sie verwirren mich.

Roman: Fay, sei doch vernünftig. Du bist eine begabte Schauspielerin, aber deine Sentimentalität erschwert die Dreharbeiten.

Fay: – Komm, mein Geliebter, wandern wir auf das Land,
– schlafen wir in den Dörfern.

Roman: Meinetwegen fahren wir morgen abend mit dem Kamerateam nach Grinzing. Aber jetzt nimm den Embryo und geh zurück ins Hotel, ein anstrengender Drehtag liegt vor uns. (Geht ab.)

Fay (zu den Gästen, die die Szene mitangesehen haben):
– Habt ihr ihn gesehen,
– den meine Seele liebt?

Sie nimmt den mittlerweile fünfundzwanzig Kilogramm schweren Embryo aus dem Sack und wiegt ihn in den Armen:

Na, hast du ihn gesehen, deinen Vater? (nachdenklich)
– Stark wie der Tod ist die Liebe,
– die Leidenschaft ist hart wie die Unterwelt.
– Ihre Gluten sind Feuergluten,
– gewaltige Flammen.

Nach einer Weile stopft sie den Embryo wieder in den Sack, zahlt, nimmt den Sack und geht. Ich rufe ihr nach: Soll ich dir den Sack tragen helfen? Sie antwortet nicht. Ich nehme meinen Mantel, verabschiede mich flüchtig von B. und laufe die Schönlaterngasse hinunter. Fay ist nirgends zu sehen. Ich suche sie in den Gassen um den Stephansdom, finde sie nicht. Was es mit dem Embryo auf sich hat, weiß ich also immer noch nicht. Ich gehe langsam zur Kärntner Straße, finde ein Kino in einer Seitengasse, setze mich hinein und sehe mir den Film bis zum Ende an. In der letzten Szene erwacht der riesige Embryo zum Leben und erdrosselt Fay mit seiner eigenen Nabelschnur. Fay tut mir leid, das hat sie nicht verdient. – Vielleicht ist es ein lehrreicher Film gegen die Abtreibung, vielleicht bekommt er von der Katholischen Filmakademie das Prädikat Besonders Wertvoll. Aber das sähe Polanski gar nicht ähnlich. Vielleicht ist es einfach ein guter Film, der für den Oscar nominiert wird, vielleicht bekommt der Embryo den begehrten Filmpreis für die beste männliche Nebenrolle eines ausländischen Schauspielers. Vielleicht bekommt ihn Lars Ekberg, der schwedische Komponist, für die originelle, auf einer Singenden Säge gespielte Titelmusik, nicht unähnlich der Titelmusik von *Der Dritte Mann.*

Jedenfalls hat B. mich schon längere Zeit nicht mehr angerufen. Vielleicht ist sie mir böse.

Exkurs über die Abwesenheit des freundlichen Zwinkerns.

Nein, B. ist mir nicht böse. Nachdem ich aus dem Panigl verschwunden bin und der glatzköpfige Mann hinter der Theke abgelöst worden ist, geht sie mit ihm noch in die Wunderbar, wo er ihr einen Teil des Silberflitters wegküßt. Den Rest küßt er ihr dann in ihrer Wohnung weg. B. hat nämlich WAHLLOSE Männer- und Frauenbeziehungen. Sie hat einen deutlichen Hang zur PROMISKUITÄT. B. ist Lehrerin und lebt in der ständigen Angst, eines Tages, wenn es sie plötzlich ÜBERKOMMT, einen minderjährigen Schüler zu verführen und deshalb entlassen zu werden. In dieser Hinsicht versteht der Direktor KEINEN SPASS. Einmal ist es ihr schon passiert, nach einem Schulball, mit einem kleinen blonden Schüler. Aber das Ganze hat kein NACHSPIEL gehabt, niemand erfuhr davon, und der Schüler war ihr sehr dankbar. – B. liegt in ihrem großen Bett im Dunkeln, der Ölofen gibt manchmal kurze dumpfe Geräusche von sich wie ein Hund, von dem man glaubt, daß er träumt. Neben ihr liegt warm der glatzköpfige Mann und schläft leise. Jetzt stört er mich noch nicht, denkt sie, aber beim Frühstück wird er mir schon lästig sein. Natürlich hat sich auch in dieser Nacht der Popanz der Mutter über ihr und dem glatzköpfigen Mann erhoben und die Augen voller Entsetzen gerollt. Dieser Popanz ist eine Mischung aus einem weiblichen Geist aus der Flasche, einem großen rosa Luftballon mit aufgemalten Augen, einer zotteligen Ziegenbockmaske aus einem Tiroler Perchtenlauf, einem bunten, wackelnden chinesischen Drachen aus Papier und einer streng und stumpfsinnig blickenden Pappmaché-Madonna aus einer italienischen Prozession. B. geht dem Zusammenhang zwischen ihrer Promiskuität und dem Mutter-Popanz nie auf den Grund, sie ist kein analytischer Typ. Daß ein Zusammenhang besteht, weiß sie. Vielleicht hat es damit zu tun, daß die Mutter, soweit sie zurückdenken kann, bei den lächerlichsten Anlässen die Augen gerollt hat. Selbst als sie noch im Kinderbett lag, hat die Mutter, wenn sie sich über sie beugte, jedesmal entsetzt die Augen gerollt. Anfangs hat sie das noch geängstigt, und sie hat versucht, Dinge zu tun, die der Mutter keinen Anlaß geben würden, die Augen zu rollen; aber solche Dinge gab es offenbar nicht, denn es passierte immer wieder das gleiche. Als die Mutter aber dann bei einer Gelegenheit wirklich nicht die Augen rollte, es vergaß oder absichtlich unterließ, ging B. etwas ab. Sie merkte, daß sie sich schon sehr ans Augenrollen gewöhnt hatte und bei allem, was sie tat, mit dieser Reaktion rechnete. Also hat sie ihre Taktik geändert und beschlossen, das Augenrollen der Mutter zu PROVOZIEREN. Wenn meine ganze Anstrengung, die Aufbietung all meiner MORALISCHEN KRAFT, die Unterwerfung unter die idiotischsten Gesellschaftsregeln nicht vermag, meiner Mutter das Augenrollen auszutreiben und in ein freundliches Zwinkern zu verwandeln, dann werde ich dafür sorgen, daß sie sie weiter rollt. Das ist immerhin eine Reaktion. Das ist immerhin besser als gar nichts. Also gab sie der Mutter Grund, ihr ganzes Säuglingsalter und ihre frühe Kindheit, Vorpubertät, Pubertät und Nachpubertät hindurch die Augen zu rollen. Der anwesenden Mutter. Aber da Mütter die Eigenschaft haben, einen wie das Auge Gottes, wie die Erinnyen überallhin zu verfolgen, um einem auch noch das kleinste, am Ende der Welt genossene Vergnügen zu vergällen, sieht sie sich gezwungen, auch noch diesem sie überallhin begleitenden Mutterpopanz Gründe zum Augenrollen zu liefern. Das erfordert Zeit und Mühe. Nicht daß es sie freut, den mütterlichen Popanz alltäglich, allnächtlich sich über sie erheben zu sehen, zu sehen, wie er größer wird, ihr Atemluft, Wohnraum, Traumleben, Lebensfreude nimmt. Im Gegenteil, sie fühlt sich nach seinem Erscheinen immer elend, ausgehöhlt, zerstört, gedemütigt. Aber es hat sich so eingespielt, es war wohl von allem Anfang an darauf angelegt, daß es sich so einspielt. Es bestand wohl von allem Anfang an der Plan, sie in dieser Weise abhängig zu machen, eine Süchtige aus ihr zu machen, die sich lebenslänglich ihr Suchtgift, die rollenden Mutteraugen, würde verschaffen müssen. – B. dreht sich im Bett auf die andere Seite und sieht den Popanz wieder in der Ecke. Wer weiß, vielleicht hat der Popanz längst genug vom Augenrollen, vielleicht rollt er sie nur noch widerstrebend oder gelangweilt. Doch für eine Änderung des bestehenden Zustandes ist es längst zu spät. Es hat sich alles so eingespielt, das entsetzte Augenrollen, DIE ABWESENHEIT DES FREUNDLICHEN ZWINKERNS. Es wurde von allem Anfang an der falsche Weg eingeschlagen. Und da die Mutter und sie konsequente, zielstrebige Menschen sind, die das, was sie beginnen, auch zu Ende führen und nicht LEICHTSINNIG aufgeben, wird es auch dabei bleiben, denkt B. Schade, denkt sie, es hätten einen ganz andere Mutterbilder verfolgen können, solche, von denen man sich gern hätte verfolgen lassen. So weiche Wolken zum Versinken, so lustige, lachende Popanzerln. Es gibt ja viele Möglichkeiten. Es gibt da ja unendlich viele Möglichkeiten. Außer in Gestalt des augenrollenden Gespensts tritt die Mutter aber nur noch in Gestalt der leicht vorwurfsvollen Dulderin auf, und da ist ihr das entsetzte Augenrollen noch lieber. Andere Möglichkeiten haben sich ihr nie geboten. Die Gestalt der leicht vorwurfsvollen Dulderin kennt sie gleichfalls seit dem Kleinkindalter, und sie haßt sie. Nichts lähmt sie mehr, nichts stürzt sie in größere Verzweiflung als das Auftauchen dieser scheinheiligen, alle Zuversicht in ihr abtötenden, sie mit ihrer ständigen Depressivität augenblicklich infizierenden Pietà, dieser Stummen Büßerin, dieser Erdrückerin, dieser sich in der Nacht ihr auf die Brust legenden Drude, die einem all ihr Unglück, alles Unglück der Welt anlastet, einem die Schuld daran gibt. Sie spricht es nicht aus, aber es liegt in ihrem Blick, dem traurigen. – Nein, da schon lieber der Schreckenspopanz, auch wenn er noch so entsetzt ist, ihr Angst einjagt, ihr den Mund zuhält, wenn sie ihre Meinung sagen will, handgreiflich wird, wenn sie sich nicht einschüchtern läßt, sie zu lauter Dingen zwingt, die sie nicht tun will. – Dabei gäbe es so viele Möglichkeiten, denkt B. nochmals. Das ahnt sie und das weiß sie und das hat sie gesehen. Aber es hat sich eben so eingespielt.

Es ist schade, daß Wohnungsputz und das Umtopfen von Pflanzen die ausschließlichen Gesprächsthemen meiner Freundin B. sind. Das liegt daran, daß der Mutterpopanz sie von frühester Kindheit an gezwungen hat, dem Säubern, Polieren, Aufwischen, Abstauben, Glattstreichen und Auskehren allergrößte Aufmerksamkeit zu schenken. Sie ist dazu abgerichtet worden, sich als Kind möglichst wenig zu bewegen, um nichts in Unordnung zu bringen, keine glattgekämmten Teppichfransen zu verwirren, keine Zierpolster einzudrücken. Schon in frühester Kindheit wies die Mutter sie ständig auf die außerordentliche Bedeutung hin, die dem Reinigen, Sterilisieren, Desinfizieren zukommt. Zu den ersten Wörtern, die sie gelernt hat, gehören die Adjektiva KEIMFREI, BLITZSAUBER, TADELLOS, STUBENREIN, ORDNUNGSLIEBEND, die Substantiva REINLICHKEIT, GLANZEFFEKT, BOHNERWACHS und WEISSWÄSCHE und die Verba BÜRSTEN, AUSKOCHEN, FEGEN und SCHEUERN. Man hat ihr also ein eingeschränktes Vokabular beigebracht, es ihr aber derart eingehämmert, daß es ihr nicht möglich ist, ohne es auszukommen. Die Wörter für andere Lebensbereiche hat sie sich später selber mühsam angeeignet, aber sie ist gegenüber den meisten anderen immer noch im Nachteil. Daß sie Gespräche immer wieder auf dieses ihr von Anfang an vertraute Thema lenkt, auf dieses Gebiet, dessen Terminologie sie beherrscht wie keine andere, ist ihr also nicht zu verargen. Das Problem besteht für sie darin, daß ihre Interessen zwar längst anderswo liegen, beispielsweise auf dem Sektor der wahllosen Geschlechterbeziehungen, daß sie aber so fixiert ist auf die ihr so früh beigebrachte Reinigungssprache, daß sie es nur begrenzte Zeit ohne sie aushält, daß es sie immer wieder zurückzieht zu diesem ihr so geläufigen Vokabular, das die Aura aller Assoziationen und Konnotationen frühkindlicher Geborgenheit um sich hat. Gelegentlich hat sich dies in ihrem Leben schon störend ausgewirkt: Im Panigl sind Männer, die ihr gefielen und mit denen sich alles gut anließ, vor ihr geflüchtet, weil sie ihnen ausführlich schilderte, wie sie tags zuvor die Fenster putzte oder die Teppiche bürstete. Eine frühe Prägung, die wohl nicht mehr rückgängig zu machen sein wird. – Dabei könnte sie ausgesprochen interessante Dinge erzählen, denn sie hat viel erlebt. Sie hat sich beispielsweise mit elf Jahren einem Wanderzirkus angeschlossen, nachdem sie sich auf dem Zirkusgelände herumgetrieben und zum ersten Mal gesehen hatte, wie schmutzig die Dinge sein können. Sie war fasziniert von den Männern mit schmutzigen Händen, Gesichtern und Haaren und schmutziger Kleidung, die das Zelt und die Zuschauerbänke aufstellten. Sie stellte es sich schön vor, daß nie mehr die Rede sein würde von Staubtüchern und Möbelpolituren. Sie zeigte den Männern, wie tolpatschig sie sein konnte und wie gut sie sich auf das Schneiden von Grimassen verstand, und man nahm sie schließlich als Clownlehrling mit. Sie zog also mit dem italienischen Wanderzirkus Franzetti durch Südösterreich, die Ostschweiz und Norditalien und übte mit Aldo Scarlatti, einem um dreißig Jahre älteren Sarden, eine Clownnummer ein, die recht erfolgreich war. Mit dreizehn Jahren zog sie in seinen Wohnwagen, nachdem seine Frau Domenica vom Trapez gefallen war und sich das Genick gebrochen hatte. Eine Zeitlang lebte sie zufrieden mit Aldo in seinem unbeschreiblich schmutzigen Wohnwagen. Sie aßen an einem mit Speiseresten übersäten Tisch und schliefen unter einer vor Schmutz steifen Bettdecke. Wenn sie Aldo durch die fettigen, verklebten Haare fuhr, seinen schmutzverkrusteten Rücken streichelte und seinen durchdringenden Schweißgeruch wahrnahm, war sie glücklich wie nie zuvor. Doch die unglückselige Erziehung, die sie genossen hatte, erwies sich auf die Dauer als stärker: Sie begann, im Wohnwagen aufzuräumen, das vor Schmutz starrende Geschirr abzuwaschen, sie tat es wie ein Automat, wie eine Schlafwandlerin, ohne es zu wollen. Unbewußt, mechanisch begann sie wieder die Handgriffe zu tun, die Wörter zu gebrauchen, die man sie so früh gelehrt hatte. Aldos Liebe zu ihr verringerte sich schnell. Verständnislos sah er zu, wie sie sich veränderte. Das erste Mal schlug er sie, als sie die Bettwäsche wechseln wollte. Es war ihm unmöglich, in einem sauberen Bett zu schlafen. Als er merkte, daß sie sich regelmäßig zu waschen begann, versetzte er ihr einen so heftigen Faustschlag, daß ihr ein Zahn ausbrach. Nach ihrem Versuch, gegen die Ameisen, Silberfischchen, Spinnen und Mehlwürmer im Wohnwagen vorzugehen, schleifte er sie an den Haaren über das Zirkusgelände. Das Ende kam, als er sie dabei überraschte, wie sie eine Vase mit frischen Blumen auf den Tisch stellen wollte: Er warf sie aus dem bereits fahrenden Wohnwagen, wobei sie sich drei Rippen brach. Anschließend verbrachte sie einige Wochen in einem Krankenhaus in der Nähe von Padua, und danach holte die Mutter sie heim in die blitzblanke Wohnung im burgenländischen Marktort.

Es läutet an der Tür. Ich stehe von meinem Sofa auf und öffne. Draußen steht Frau Christa T., die Hausbesorgerin. Sie setzt einen Fuß in die Tür und sagt: Ihnen ist es wohl völlig gleichgültig, daß Prinzessin Margaret (54) schwer erkrankt ist? Daß Befürchtungen laut geworden sind, sie sei an Lungenkrebs erkrankt, jener tückischen Krankheit, der schon ihr Vater und auch ihr Onkel, der Herzog von Gloucester, zum Opfer gefallen sind? Zugegeben, es wäre ihre eigene Schuld: Sie raucht seit ihrem sechzehnten Lebensjahr sechzig filterlose Zigaretten täglich (in einer zwanzig Zentimeter langen Schildpattspitze) und hat bisher trotz mehrfacher Bronchitis und einer Lungenentzündung alle Warnungen in den Wind geschlagen. Die Quittung bekommt sie jetzt. Aber das ist noch lange kein Grund, sich ihr gegenüber derart interesselos zu verhalten, wie Sie das tun! Wo doch Lord Snowdon (52), ihr geschiedener Gatte, der sofort an ihr Krankenbett geeilt war, die Klinik sichtlich niedergeschlagen verließ! Gottlob hat sie Kinder, die sie lieben: Lady Sarah (25) und Lord Linley (27) brachen unverzüglich ihren Venedigurlaub ab und flogen zu ihrer kranken Mutter. Nehmen Sie sich ein Beispiel! Selbst Diana (23) und ihre Schwägerin Anne (34) begruben aus Rücksicht auf die Ereignisse das Kriegsbeil. Und Diana, die mit ihren beiden Söhnen auf Schloß Sandringham alle Hände voll zu tun hat, nahm sich viel Zeit, um Margaret telefonisch zu trösten. Sie hat bekanntermaßen ein inniges Verhältnis zur Prinzessin, die ja auch kürzlich Taufpatin für Baby Henry wurde. Und Sie? Haben Sie etwa Patenkinder? Nichts haben Sie, nicht einmal Mitleid mit der Frau des Rennfahrers Alain Prost (29), deren Ehe um ein Haar von Prinzessin Stephanie von Monaco (19) zerstört worden wäre. Daß die aparte Anne-Marie Prost (28) sich wochenlang aus Kummer gänzlich von der Außenwelt abkapselte, kümmert Sie nicht. Gottseidank aber hat dieser schamlose Flirt inzwischen sein Ende gefunden: Der Rennfahrer, der aus steuerlichen Gründen im Schweizer Ort St. Croix nahe dem Genfer See wohnt, hat sich für seine Frau und sein Söhnchen Nicolas (3) entschieden. Meine Ehe ist mir viel zu wichtig, als daß ich sie leichtfertig aufs Spiel setze, gestand er seinen Freunden. Anne-Marie ist wieder glücklich – sie hat ihren Mann zurückgewonnen. Doch es ist müßig, Ihnen solches zu erzählen, fährt Christa T. fort, ohne den Fuß aus der Tür zu nehmen. Verständnislos sehen Sie mich an, ohne jedes Mitgefühl, jede Anteilnahme an menschlichen Verstrickungen. Was sagen Ihnen die Wörter Mann, Frau, Kind, Ehe, Glück, Eheglück? Nichts sagen sie Ihnen. Und daß Romy Schneiders Töchterchen (3) die Frauengeschichten ihres Vaters Daniel Biasini (37) mitansehen muß, gefällt Ihnen wohl noch? Selbst seine Freunde befürchten, daß sein unmoralischer Lebenswandel ein schlechtes Beispiel für das Mädchen ist. Das Geheimnis um den Tod ihrer Mutter ist schon schlimm genug für sie. Wenn Daniel so weitermacht, wird das Kind nie zur Ruhe kommen, meinen sie. Frau T. betritt die Wohnung und schließt die Tür hinter sich. Sie glauben wohl, daß diese großen, die ganze Menschheit betreffenden Fragen Sie nichts angehen? Daß es Ihnen gelingen wird, sich vor einer Stellungnahme zu diesen schicksalhaften Ereignissen zu drücken? Ich sage Ihnen – und hinter mir steht die gesamte Mietergemeinschaft –, daß wir nicht zulassen werden, daß in diesem aus Mitteln der Wohnbauförderungsgesellschaft während der entbehrungsreichen Nachkriegsjahre erbauten Haus jemand lebt, der sich nicht ehrlich darüber freut, daß Robert Stolz ein geborener Grazer ist, daß das Neujahrskonzert der Wiener Philharmoniker bereits zu einer internationalen Einrichtung geworden ist, jemand, dem man seinen Groll darüber ansieht, daß verantwortungsvolle Stadträte es dem entarteten Künstler Christo nicht gestattet haben, den Uhrturm des Grazer Schloßberges in braunes oder naturfarbenes Packpapier einzupacken. Wir, die Mietergemeinschaft, fühlen uns auch verspottet und lächerlich gemacht, ja überwacht durch Ihr ständiges Notieren. Es geht nicht an, daß Sie in einer Ecke des Aufzugs stehen, die Mitfahrenden anstarren und ununterbrochen in ein Heftchen schreiben. Was notieren Sie? Was notieren Sie? Was schreiben Sie auf über eine Mietergemeinschaft, der nichts vorzuwerfen ist, die einen Weltkrieg, wenn nicht zwei Weltkriege durchgestanden und im Jahre fünfundvierzig bei Null angefangen hat? Was für Notizen machen Sie sich? Diese Mietergemeinschaft lebt unauffällig, legt Wert darauf, sich in nichts von ihrer Umgebung zu unterscheiden, deren Farbe anzunehmen. Nichts an dieser Mietergemeinschaft rechtfertigt, daß etwas über sie zu Papier gebracht wird, es ist nichts Aufzeichnenswertes an dieser Mietergemeinschaft. Was schleichen Sie durch das Treppenhaus und murmeln in Ihren Kassettenrekorder? Wir wollen nirgends schriftlich niedergelegt, mündlich aufgezeichnet sein. Frau T. überschreitet die Schwelle zum Zimmer, dringt vor bis zur Zimmermitte und sieht sich um: Wo sind Ihre Aufzeichnungen? Die Mietergemeinschaft wird dafür sorgen, daß man Ihre Aufzeichnungen beschlagnahmt, Ihre Aufzeichnungen werden sich gegen Sie kehren, Ihnen das Genick brechen. Man wird Ihre Notizen früher oder später gegen Sie verwenden, Notizen haben sich glücklicherweise immer noch gegen ihre Urheber gekehrt. Es ist nicht nötig, daß etwas schriftlich niedergelegt, mündlich aufgezeichnet wird. Frau T. sieht beschriebene Seiten auf dem Sofa liegen, blättert darin und liest: Viele große Plüschtiere? Unsere Geliebten, auf denen wir reiten? Ekstatischer Schaum? Ein Mund, in den die Frau hineingehen konnte wie in eine Tropfsteinhöhle? Batman breitet seinen schwarzen Mantel über mich? Eine Liegestatt aus zum Barrikadenbau bestimmten Sandsäcken? Das also sind Ihre die Mietergemeinschaft betreffenden Aufzeichnungen? Das sind keine Aufzeichnungen, das sind Diffamierungen, Verleumdungen, Verunglimpfungen von Menschen, die an der Wiege der Ersten, der Zweiten Republik gestanden sind. Ich kann unter Eid aussagen, daß kein Mitglied der Mietergemeinschaft, Haustiere eingeschlossen, ekstatischen Schaum produziert. Ich kenne jede Wohnung in diesem Haus, und in keiner befindet sich eine Liegestatt aus zum Barrikadenbau bestimmten Sandsäcken. Niemand breitet schwarze Mäntel über irgend jemanden, und schon gar nicht über Sie; außerdem wohnt hier kein Herr Batmann. Und einen Mund, in den eine Frau hineingehen kann wie in eine Tropfsteinhöhle, gibt es nicht. Tropfsteinhöhlen gibt es. Vor dem Krieg war ich mit meinem verstorbenen Verlobten in der Adelsberger Grotte, das war schön. Es war ein Ausflug der Blaskapelle, bei der mein verstorbener Verlobter Trompete spielte, ich erinnere mich noch gut an die Nußpalatschinken, die wir in Laibach aßen. Vor dem Krieg war alles schöner, die Filme, das Wetter, die Mode, die Männer. Mein verstorbener

Verlobter war ein sehr schöner Mann. Eine gewisse Ähnlichkeit mit Emil Jannings war ihm nicht abzusprechen. 1942 wurde er zur Deutschen Wehrmacht eingezogen und im U-Boot-Krieg gegen Großbritannien und die USA eingesetzt. Sein Boot operierte vor der amerikanischen Küste und wurde 1943 versenkt, zu einem Zeitpunkt, da er selber schon längst tot war. Er starb einen tragischen und zugleich heldenhaften Tod, doch die Schilderung seines Todes wird Sie wohl kaum bewegen – Sie, die nicht einmal der Bericht über die von einer tückischen Krankheit befallene Prinzessin Margaret zu rühren imstande ist. Mein Verlobter war nicht nur ein schöner Mann, er war auch ein ungewöhnlich begabter Trompetenbläser und wurde sogleich der Musikkapelle an Bord des U-Bootes eingegliedert. Anläßlich eines Besuches von Admiral Dönitz, dem Oberbefehlshaber der Deutschen Kriegsmarine, spielte diese Musikkapelle an einem sehr heißen Julinachmittag das Deutschlandlied. Da viele lange Reden gehalten wurden, stand mein Verlobter eineinhalb Stunden in seiner Paradeuniform, die ihm um eine Nummer zu klein war, in der prallen Sonne und wartete nervös auf das Zeichen zum Einsatz. Der Kapellmeister, der die musikalische Sensibilität, den innigen Ausdruck meines Verlobten – teils eine natürliche Gabe, teils das Ergebnis jahrelangen Übens als Erster Trompeter der Blaskapelle Kleinlobming – schätzte, hatte ihm die ehrenvolle Aufgabe übertragen, bei dieser feierlichen Gelegenheit ein Solo zu intonieren. An diesem heißen Julitag jedoch wirkten die Hitze, die Aufregung, die zu enge Uniform und die Veranlagung meines Verlobten zu Bluthochdruck auf unheilvolle Weise zusammen. Nachdem er eine halbe Strophe des Deutschlandliedes in einer so zu Herzen gehenden Weise gespielt hatte, daß dem als barsch bekannten Dönitz die Tränen in die Augen traten, stieg durch die Anstrengung des Blasens sein Blutdruck plötzlich stark an. Noch vor dem Ende der zweiten Strophe fiel er tot um, das Opfer einer Gehirnblutung. Dönitz, ergriffen von seinem Spiel, verlieh ihm postum das Eiserne Kreuz Erster Klasse. Dieses wurde mir, zusammen mit der Trompete und einem ausführlichen Bericht, bald darauf von einem gewissen Kalle Waalkes übersandt, einem Norddeutschen, der auf demselben U-Boot stationiert gewesen war und sich mit meinem Verlobten angefreundet hatte. – Was fällt Ihnen ein, ruft Frau T. plötzlich, als sie mich schreiben sieht, sich schon wieder Notizen zu machen? Ihnen ist wohl nichts heilig, nicht einmal der Heldentod eines Blasmusikers. Ich verbiete Ihnen jegliche schriftliche Fixierung dieser historischen Ereignisse, da ich allen Grund zu der Annahme habe, daß Sie diese verfälschen, verzerren, absichtlich mißdeuten und auf die gröbste Weise entstellen werden. Sie reißt mir das Blatt aus der Hand. Bei der Mieterversammlung am nächsten Mittwoch werde ich dieses Papier als Indiz gegen Sie verwenden, und ich zweifle nicht daran, daß das Mietertribunal Sie nicht länger in diesem Haus dulden und Ihre Eliminierung beschließen wird. Ich kann auch bestätigen, daß Sie seit Ihrem Einzug in diesem aus Mitteln der Wohnbauförderungsgemeinschaft während der entbehrungsreichen Nachkriegsjahre erbauten Haus gegen alle Regeln der Hausordnung verstoßen haben. Frau T. zieht sich auf die Schwelle der Wohnungstür zurück. Jemand, der den großen europäischen Fürstenhäusern die ihnen gebührende Achtung versagt, ist im höchsten Grad verdächtig, schleudert sie mir zum Abschluß entgegen. Jemand, der aus der Reihe tanzt, der auf dem Balkon keine roten Pelargonien anpflanzt wie wir, sondern weiße Wicken, hat das Recht auf Mitgliedschaft in der Mietergemeinschaft für immer verwirkt. Frau T. wirft meine Wohnungstür mit aller Kraft hinter sich zu. Ich setze mich wieder auf das Sofa, um zu reden/schreiben. Mir ist Frau T. nicht unsympathisch, ich verstehe Frau T. Warum unterstreicht Frau T. unwichtige Unterschiede zwischen sich und der Mietergemeinschaft einerseits und mir andererseits? Eine gemeinsame Linie ist vorhanden: Frau T. ist interessiert an Geburten, Hochzeiten, Krankheiten und Toden in Fürstenhäusern. Auch ich interessiere mich für Geburten, Hochzeiten, Krankheiten und Tode. Wenn ich zu wählen habe zwischen Geburten, Krankheiten, Hochzeiten und Toden, ziehe ich Tode vor. Tode sind das Interessanteste. Es ist ein Schnitter, der heißt Tod, der geht übers Land mit der Sichel, der Sense. Ein anderer Tod heißt Thanatos und hat Flügel. Wieder ein anderer reitet durch die Lüfte auf einem fahlen Pferd. Ein vierter trägt die Fackel gesenkt und verbrennt sich nicht die Hände dabei. Ich kenne noch andere Tode: Auf einem Maskenfest habe ich um Mitternacht einen Tod gesehen mit einer Motorsäge in der Hand. Tode mit Kreissägen, Rasenmähern, zeitgenössische Tode. In meinem Zimmer baumelt ein weißer Tod, ein kleines Plastikskelett mit beweglichen Gliedern wie ein Harlekin. Ich habe ihn geschossen in einer Schießbude auf einem Jahrmarkt. Viele Tode laufen über das Land, der Lawinentod, der Tod durch den Strick, der Stromtod, der Herztod, der Krebstod, der Unfalltod, der Tablettentod, der Rasierklingentod, der Liebestod. Amor, der Liebestod, schießt seine Pfeile ab auf das Mädchen; die bläulich brennenden Pfeile treffen, so daß das Mädchen entbrennt in schwerer Liebe zum Tod. Der Tod und das Mädchen. Das Mädchen fleht nicht um Aufschub, es sehnt sich nach dem Tod, es läuft ihm nach, denn der Tod ist schön. Ein schöner Mann. Ein schöner Tod. Neuerdings werden die beiden sehr häufig zusammen gesehen, ein unzertrennliches Paar, schreiben die Gazetten. Wann läuten endlich die Hochzeitsglocken? schreiben die Gazetten. Ein junges Mädchen und ein Mann mit Erfahrung, das verspricht todsicheres Glück, schreiben die Gazetten. Glück, bis daß der Tod sie scheidet, Treue bis in den Tod, schreiben die Gazetten. So schnell hat sich das Mädchen angefreundet mit dem Liebestod. Das Mädchen hat einen slawischen Namen, es heißt Olga, Sonja und Mascha, es hat schöne große Augen, es wird weißer und weißer in den Umarmungen des Todes. Der Tod ist süß und klebrig und groß. Tod ist Liebe und Liebe ist Tod. Das Mädchen redet/schreibt nicht, es schweigt. Schweigen ist nicht Gold, Schweigen ist der Tod. Ich verstehe das Mädchen nicht, ich rede um mein Leben, an das er mir will, Schahriar, der König. Ich will nicht gesteinigt, ersäuft, gevierteilt, gehenkt werden. Ich reihe die Wörter zu Schnüren und knüpfe Netze. Vielleicht verfängt sich der Tod darin. (Doch er verfängt sich nicht darin.) Ich ziehe Kreise aus Wörtern um mich, vielleicht überschreitet der Tod sie nicht, denn er liebt die Wörter nicht, das weiß ich. (Aber er überschreitet sie.) Ich sage die Zaubersprüche her, jedes Wort ist ein magisches Wort, es gibt nur magische Wörter. (Sie sind nicht magisch genug.) Sesam, schließe dich, sage ich, und meine Türen schließen sich. Vielleicht geht der Tod nicht durch Türen. (Aber der Tod geht durch Türen.) Vielleicht schließen die Wörter dicht. (Doch die Wörter schließen nicht dicht.) Vielleicht ist es besser, sich anzufreunden mit dem schönen Gevatter Tod. (Es ist besser, sich anzufreunden mit dem schönen Gevatter Tod.) Vielleicht hat Olga recht, Sonja mit der schweren stummen Todesliebe, Mascha, die den Tod so schnell gefunden hat. (Olga hat recht, Sonja hat recht, Mascha hat recht. Wer den Tod liebt, hat recht, wer den Tod schnell findet, hat recht.) – Daß mir als Todesart bestimmt ist, von einem Mann erschlagen zu werden, wußte ich schon als kleines Mädchen. Wie es sich genau abspielen wird, kann ich nicht sagen, es gibt mehrere Möglichkeiten. Es gibt ja viele Möglichkeiten. Es gibt da ja unendlich viele Möglichkeiten. Es könnte zum Beispiel sein, daß ich nach Ungarn fahre, nach Szombathely, Steinamanger. Ich fahre dorthin anläßlich eines Betriebsausfluges mit der Belegschaft des Magistrats. Ich habe nämlich das Reden/Schreiben aufgegeben, weil es sinnlos ist, weil es nichts bringt, weil es mich nicht mehr interessiert, und bin

Magistratsangestellte geworden, Standesbeamtin, vollziehe Trauungen und führe Geburten-, Ehe- und Sterbebuch. Ich bin bekannt für meine zu Herzen gehenden Ansprachen bei den Trauungen, die nicht einfach so dahingesagt sind, sondern sehr PERSÖNLICH. Unsere Abteilung hat einen Autobus gemietet, wir sind eine LUSTIGE GESELLSCHAFT, wir freuen uns auf den billigen Wein, das billige Pusztaschnitzel, den billigen Käse, die billige Salami, wir singen LUSTIGE LIEDER, zum Beispiel Es zog ein Regiment von Ungarland herauf. Neben mir sitzt ein Angestellter einer anderen Abteilung, des Amtes für Sport und Städtefreundschaften, der gebeten hat, mit unserer Abteilung mitfahren zu dürfen. Er hat seit längerem EIN AUGE AUF MICH GEWORFEN. Er heißt Heinrich Groszschädl und geht mir auf die Nerven. In Szombathely fahren wir sofort zu einem Restaurant und beginnen zu essen und zu trinken. Auch eine ungarische Hochzeitsgesellschaft befindet sich in diesem Restaurant. Ich fühle mich sogleich heimisch. Weil Heinrich Groszschädl sich neben mich gesetzt hat und mir auf die Nerven geht, mische ich mich unter die ungarische Hochzeitsgesellschaft und komme mit dem Bräutigam ins Gespräch. Es stellt sich heraus, daß er aufgrund eines seltsamen Zufalls gerade die Großnichte meines Onkels Ödön Eröd, des aus Szeged gebürtigen zweiten Mannes meiner Tante Steffi, geheiratet hat. Onkel Ödön, der seiner Großnichte in Zuneigung verbunden ist, hat sie brieflich über sein SPÄTES GLÜCK auf dem laufenden gehalten. Der Bräutigam spricht gut Deutsch, und wir unterhalten uns angeregt. Da er vorhat, nach Österreich auf Hochzeitsreise zu fahren, bittet er mich, ihm meine Adresse aufzuschreiben und ihn zu diesem Zweck zu seinem Lada zu begleiten, in dem ein Kugelschreiber liege. Er setzt sich auf den Fahrersitz, holt den Kugelschreiber aus dem Handschuhfach und bedeutet mir, auf dem Beifahrersitz Platz zu nehmen und die Adresse in sein Adressenbuch zu schreiben, was ich auch tue. Sobald ich neben ihm sitze, schlägt er beide Türen zu und fährt los. Ich weiß sofort, worauf es hinausläuft, und finde mich mit meiner unmittelbar bevorstehenden Ermordung ab. Er fährt in der Dunkelheit mit mir aus dem Ort hinaus und auf ein verlassenes freies Feld. Dort bleibt er stehen, holt eine Rohrzange aus dem Kofferraum (er ist Installateur von Beruf) und erschlägt mich damit. Die Rückwirkungen dieses Mordes erschüttern das SPÄTE GLÜCK von Tante Steffi und Onkel Ödön. – Eine andere Möglichkeit wäre, daß ich das Reden/Schreiben aufgegeben habe, weil es sinnlos ist, weil es nichts bringt, weil es mich nicht mehr interessiert, und zur finanziellen Versorgung eine Ehe eingegangen bin. Der Ehemann ist ein Zahnarzt mit einer gutgehenden Praxis in der Oststeiermark, in die ich ihm gefolgt bin. Seine ausführlichen Schilderungen des Einsetzens von Stiftzähnen, Goldplomben, Plastikprovisorien und Brücken gehen mir auf die Nerven. Ich bin unglücklich in der Oststeiermark, obwohl mich die Leute dort als Zahnarztensgattin sehr VEREHREN, und vernachlässige meine Hausarbeit. Der Zahnarzt ist anfangs geduldig, denn er liebt mich sehr. Im Lauf der Zeit aber häufen sich die Streitigkeiten, und als er eines Tages nach einer besonders komplizierten Wurzelbehandlung müde nach Hause kommt und kein Mittagessen vorfindet, sondern Berge von schmutzigem Geschirr, ersticht er mich mit einem Küchenmesser. »Arztensgattin nach jahrelangem Ehemartyrium von sadistischem Zahnarzt erstochen«, steht am nächsten Tag in der Zeitung. – Mein Tod könnte sich aber auch auf der Frankfurter Buchmesse ereignen. Es ist nämlich nicht auszuschließen, daß ich das Reden/Schreiben nicht aufgebe, weil es nicht sinnlos ist, weil es etwas bringt und weil es mich interessiert. Ich fliege also mit der AUA auf die Buchmesse und spaziere gerade zwischen den Ständen umher. Plötzlich stürmt ein palästinensisches Terrorkommando mit Maschinenpistolen in den Saal, das sich die Ermordung eines jüdischen Schriftstellers zum Ziel gesetzt hat. Da ich einem der Terroristen im Weg stehe, erschlägt er mich mit dem Kolben seiner Kalaschnikow. Der jüdische Schriftsteller ist gar nicht im Saal, sein Abflug hat sich um einen Tag verzögert, da seine elfjährige Tochter mit akuter Blinddarmentzündung ins Krankenhaus eingeliefert werden mußte. Fünf Menschen werden bei dem Anschlag getötet (der langjährige Lektor eines auf Landkarten spezialisierten Verlags aus Castrop-Rauxel, eine sechzehnjährige Schülerin, die im Café aushalf, ein bekannter Schriftsteller aus dem oberösterreichischen Mühlviertel, ein Großbauer aus Niederfranken, der wegen einer landwirtschaftlichen Fachmesse nach Frankfurt gekommen ist und sich im Gebäude geirrt hat, und ich), siebzehn weitere zum Teil schwer verletzt. Eine fünfunddreißigjährige Dominikanerin, die aus dem Berner Oberland angereist ist, um sich über die Neuerscheinungen auf dem Sektor der katholischen Erbauungsliteratur zu informieren, schwebt noch in Lebensgefahr.

Es ist ein warmer Tag, und K., der gelegentlich hier wohnt, hat gerade die Zimmertür einen Spaltbreit aufgemacht und gesagt, ich solle mich doch auf den Balkon setzen und in der Sonne reden/schreiben. Das würde ich gerne, habe ich ihm geantwortet, doch sei es mir unmöglich, auf irgendeinem anderen Fleck als auf meinem Sofa zu reden/schreiben. Es würde nicht einmal etwas nützen, das Sofa auf den Balkon zu stellen, das Sofa allein genüge nicht, es müsse auch auf dem richtigen Fleck stehen, nämlich auf dem Fleck, auf dem es steht. Eine solche Gegenstands- und Ortsgebundenheit bringt natürlich Nachteile mit sich: Wenn es gelegentlich nötig ist, sich an einen anderen Ort zu begeben, so kann ich dort nicht reden/schreiben. Ich habe es versucht, habe mich auf ähnliche Sofas, in ähnliche Ecken gesetzt, in Ecken, die vermuten ließen, daß sich in ihnen, so wie in meiner Sofaecke,

Kräfte ballen; es war nicht möglich, auch nur einen Satz zu reden/schreiben. Da dieses Reden/Schreiben immer wichtiger wird zur Rettung meiner Haut, da ich es mir kaum leisten kann zu verstummen, ist mein Aktionsradius sehr eingeengt: Ich verlasse MEINEN PLATZ nur noch, um die notwendigsten Besorgungen zu erledigen. Sobald ich mich weiter als etwa zehn Kilometer von MEINEM PLATZ entferne, befällt mich eine Unsicherheit, ein Gefühl, als werde mir der Boden unter den Füßen weggezogen, ein Empfinden des Ausgesetztseins. Wenn ich mich gerade am anderen Ende der Stadt befinde und spüre, daß ich in diese unangenehme Verfassung hineingleite, muß ich zusehen, daß ich sofort eine Straßenbahn erwische, die mich zu MEINEM PLATZ zurückbringt. Denn wenn ich zu lange wegbleibe, stellen sich Beklemmungszustände ein, Ohrensausen und Blutleere im Gehirn. Ich fürchte, es könnte in letzter Konsequenz in epileptische Anfälle und in Veitstanz ausarten. So habe ich meine eigene Bannmeile von zehn Kilometern Durchmesser gezogen, meiner äußeren Bewegungsfreiheit Schranken gesetzt. Das war nicht immer so. Früher war das Areal, das ich als MEINEN PLATZ ansah, nicht so eingeschränkt. Es hat Zeiten gegeben, da dachte ich, die ganze Welt sei MEIN PLATZ, eine Geisteshaltung von einer Naivität, die nicht zu entschuldigen ist, auch nicht mit dem Hinweis auf meine damalige jugendliche Unreife. Es war die Zeit der Reisen, eine Zeit, in der mir in erster Linie daran gelegen war, möglichst große Entfernungen zurückzulegen, um damit von der Welt, die ich fälschlicherweise für MEINEN PLATZ, meine HEIMAT hielt, Besitz zu ergreifen, meine Spuren in ihr zu hinterlassen. Ich war mir damals in meiner Ahnungslosigkeit und Arglosigkeit und bodenlosen Dummheit der Gefahr nicht bewußt, die von seiten Schahriars und Schahsemans drohte. In meiner Unkenntnis der Sachlage setzte ich den Begriff der Freiheit mit der Möglichkeit, viele Länder zu bereisen, gleich. Natürlich weiß ich mittlerweile, daß Freiheit nicht das geringste mit äußerer Bewegungsfreiheit zu tun hat, daß man nicht notwendigerweise frei ist, wenn man fahren kann, wohin man will. Der Drang zu reisen unterscheidet sich im Grunde in nichts von dem Drang, materielle Besitztümer zu erwerben. Der Drang zu reisen ist nichts als gewöhnlichste, vulgärste Raffgier, nur daß man anstelle von Schmuck, Geld, Aktien, Teppichen, Häusern, Grundstücken Kilometer zusammenrafft. Zugleich mit den Kilometern rafft man Eindrücke und Bilder zusammen. Man ist versessen auf das Zusammenraffen von Eindrücken und Bildern, die einem zu WEITBLICK, zu einer AUSWEITUNG DES HORIZONTS verhelfen sollen. Man gibt vor, daß man reist, um sich zu BILDEN, um zu einem UMFASSENDEN VERSTÄNDNIS anderer Menschen und Nationen zu gelangen, man leugnet, daß es einem ausschließlich um das Zusammenraffen von Kilometern, Eindrücken und Bildern geht. Dunja und ich (es gelang mir als älterer Schwester leicht, sie mit meiner Raffgier anzustecken) befanden uns damals fast ständig in Verkehrsmitteln, in Zügen, Autobussen, Schiffen, Flugzeugen und Autos. Wir hielten uns andauernd in Wartesälen, Bahnhofsrestaurants, auf Flughäfen und vor Autobushaltestellen auf. Diese Reisesucht wurde noch unterstützt durch den Widerwillen, den wir gegen Österreich empfanden. Wir betrachteten Österreich natürlich keineswegs als unsere HEIMAT, eher als einen Ort, an den es uns aufgrund verschiedener seltsamer und unglückseliger, unserem Einfluß entzogener Umstände verschlagen hatte, als einen vorübergehenden Aufenthaltsort, an dem wir uns nur für begrenzte Zeit aufhalten und den wir zum frühestmöglichen Zeitpunkt für immer verlassen würden. Daran trug großteils die sprichwörtliche Ausländerfeindlichkeit der Österreicher die Schuld. Mit einer selten anzutreffenden Durchtriebenheit locken sie durch geschickt aufgezogene Propagandaaktionen, bei denen Mozartkugeln, Erzherzog-Johann-Jodler, Gamsbärte, Lodenerzeugnisse, enggeschnürte Dirndlmieder, Schuhplattler, Sängerknaben und Alpenglühen in schamloser Weise eingesetzt werden, immer wieder ahnungs- und arglose Ausländer ins Land, um sie binnen kürzester Zeit auf die schändlichste Weise im Stich zu lassen und auf die demütigendste Weise zu diskriminieren. Im Grunde ist nämlich jeder Ausländer für die Österreicher ein ausgesprochen verdächtiges Subjekt. In dem Blick, den beispielsweise Frau Christa T. dem in unserem Haus wohnenden Medizinstudenten Jan van der Weyden aus Amsterdam zuwirft, liegt nicht nur äußerste Verständnislosigkeit, sondern auch Mißtrauen, Hinterlist, Argwohn und gröbste Mißbilligung. Spricht ein Ausländer auf der Straße oder in der Straßenbahn seine eigene Sprache, blicken ihn sämtliche Österreicher empört an. Es fiele einem Österreicher niemals ein, einen Ausländer zu sich einzuladen; das ist einer der Gründe, weshalb Ausländer in Österreich sehr bald völlig vereinsamen und gezwungen sind, Selbstgespräche zu führen. Ausländer werden in Österreich gemieden; viele Österreicher träumen davon, Ausländer anzuspucken, unflätig zu beschimpfen und in den Hintern zu treten, und das sind noch die harmlosesten Träume. Ginge es nach dem Willen der Österreicher, so würden sie die Ausländer in Ghettos zusammenpferchen und sie zwingen, sich mit Binden, Sternen und ähnlichem zu kennzeichnen. Die Findigkeit und Geschicklichkeit, die sie während des Zweiten Weltkrieges in mindestens ebenso hohem Ausmaß wie die Deutschen in solchen Dingen bewiesen haben, kämen ihnen dabei sicher zustatten. Daß man mit Dunja und mir KURZEN PROZESS gemacht hätte, daß wir VERGAST GEHÖREN, ruft man uns hier oft nach. Seit Jahren führen wir Buch über alle Beleidigungen und Beschimpfungen. Die Liste der Schimpfnamen ist lang und gehört zum Phantasievollsten, dessen die Österreicher fähig sind. Die Gerissenheit und Raffinesse, mit der sich diese nach dem Ende des Krieges aus der Affäre gezogen haben, obwohl doch zum Beispiel nicht wenige Österreicher dem KZ-Führungspersonal angehört hatten, ist beispiellos. Sich noch glaubhaft als ein Volk von Verführten beziehungsweise Märtyrern darzustellen, zählt zu den Glanzleistungen österreichischer Diplomatie. – Unsere große Reiselust war also nicht zuletzt das Resultat der österreichischen Ausländerfeindlichkeit. Nachdem es Dunja und mir also, wie jeder einsehen wird, aufgrund all dieser Schmähungen und Demütigungen unmöglich war, Österreich als unsere HEIMAT, UNSEREN PLATZ anzusehen (was an sich nichts völlig Absurdes gewesen wäre, da wir immerhin halbe Österreicherinnen sind), machten wir uns auf die Suche nach unserer persischen HEIMAT. Wir kauften einen alten VW-Bus, besorgten Konserven, Dauerwurst, Straßenkarten und ein Reserverad und fuhren los. Wir freuten uns sehr darauf, endlich unsere persische HEIMAT zu sehen, nachdem sich Österreich als HEIMAT als derart unbrauchbar erwiesen hatte. Den Augenblick, in dem wir die türkisch-persische Grenze überquerten, werden wir nie vergessen. Die schöne persische Landschaft lag vor uns, und wir fuhren mit unserem blauen VW-Bus ohne Zögern in diese Landschaft hinein, ein unbedachter Schritt, den wir bald bereuen sollten. Als wir das erste Mal ausstiegen, um ein Cola zu trinken, waren wir sofort von persischen Männern umringt, die uns ansprachen und anlachten und anzufassen versuchten. Lauter Verwandte von Schahriar und Schahseman. Damit hatten wir nicht gerechnet. Wir hätten niemals gedacht, daß die Reise in unsere persische HEIMAT sich zu einer Hetzjagd gestalten und daß wir am Ende der Reise lieber hungern würden, als aus dem Auto zu steigen und etwas zu essen zu kaufen, aus Furcht vor all den Verwandten von Schahriar und Schahseman. Wenn wir beispielsweise in einem kleinen Laden einen Silberring kaufen wollten, versuchte der Verkäufer augenblicklich, eine von uns beiden hinter einen Vorhang zu ziehen. Wenn wir aus dem

Auto ausstiegen, um uns die Beine zu vertreten, fiel sofort eine Schar von Schahriar- und Schahseman-Varianten über uns her und tat schnelle Griffe nach unseren Brüsten. Wenn wir im Auto übernachteten, versuchten sie, um Mitternacht die Tür aufzubrechen. Übernachteten wir in einem Hotel, mußten wir uns gegen Abarten von Schahriar und Schahseman zur Wehr setzen, die in der Nacht plötzlich im Zimmer standen. Einmal glaubten wir, endlich in Sicherheit zu sein: Wir hatten ein einsames Stück Strand am Kaspischen Meer gefunden und lagen in unseren Badeanzügen auf dem warmen Sand. Im Gegensatz zu der Landschaft, die wir bisher durchfahren hatten, war es hier fruchtbar und grün, die Luftfeuchtigkeit war hoch, es wuchsen Zuckerrohr und Bambus. Wir waren froh darüber, einmal nicht verfolgt zu werden. Ich spielte mit den Strandkieseln. Kleine Kieselsteine, vom Wasser poliert: grau und rechteckig wie ein Päckchen, von hellen, kreuzförmigen Linien durchzogen wie von einer Verschnürung; grauweiße Pinselstriche, darin kleine rote Punkte; durchsichtig wie rötliches Glas; beige und flach, mit einem Loch in der Mitte; rotviolettes Karo; ein grünlichbrauner, runder Stein wie ein Wachtelei; rauh, kreidig, mit erhöhten, harten grünen Streifen; milchig durchsichtig mit dunklen Einlagerungen; weinrot und bizarr geformt, von einem weißen Netz überzogen; grau, mit einem undeutlichen weißen Längsstreifen, wie eine Kaffeebohne; blau, mit weißlichen Ringen, wie die Erde, vom Mond aus gesehen; gelblich braun, mit Goldgeglitzer an der Oberfläche; tiefschwarz, wie ein winziger Meteorit; flaschengrün und viereckig, mit silbrigen Einschlüssen; elfenbeinfarben und zerfressen wie altes Gebein; von einem Lichtgrau allmählich übergehend in ein zartes Gelb; durchsichtig, mit einem undurchsichtigen Mittelteil; braun und rund wie ein Laib Brot; graurosa gesprenkelt; rostrot, mit einem weißen Wirbel wie ein Spiralnebel; länglich, mit schmutziggelben Bändern wie eine kleine Mumie. Ich nahm einen Stein nach dem anderen in die Hand. Plötzlich stehen Schahriar und Schahseman als zwei Uniformierte neben uns, zerren uns in ihren Wagen und bringen uns auf die Polizeiwache. Sie reden auf Persisch auf uns ein, und wir können daraus schließen, daß es uns nicht erlaubt ist, im Badeanzug am Strand zu liegen. Damit wir sehen, was sie meinen, reißen sie uns die Badeanzüge auf der Wachstube vom Leib. Einer Vergewaltigung entgehen wir nur durch das zufällige Auftauchen eines Vorgesetzten. Sie lassen uns laufen, nachdem sie uns zu dritt gründlich betastet haben. Selbst in der Salzwüste im Südosten des Landes, die sehr unzugänglich ist, sind wir nicht außer Gefahr: Einmal nehmen wir einen Mann im Auto mit, der in der heißen Sonne neben der Piste geht. Er lädt uns zum Tee in sein Haus ein und legt eine Platte mit persischer Musik auf; obwohl er sehr häßlich ist, hält er es für selbstverständlich, daß wir uns von ihm verführen lassen. Einmal mehr flüchten wir. Auf der Rückreise nach Österreich sind wir sehr niedergeschlagen: Wir haben keine HEIMAT, keinen PLATZ. In Österreich gelten wir als Ausländerinnen und müssen alle mit diesem Status verbundenen Entwürdigungen und Erniedrigungen hinnehmen, in Persien sind die Schahriars und Schahsemans ständig hinter uns her. Was bleibt mir also übrig, als meine äußere Bewegungsfreiheit immer mehr aufzugeben? Letztlich ist es die einzige Möglichkeit. Erst später wird mir klar werden, was für ein Glück dieser eingeengte Aktionsradius für mich bedeutet. Erst später werde ich meine wirkliche HEIMAT finden, MEINEN PLATZ auf dem Sofa in dem Zimmer in der Neubauwohnung. Später erst werde ich verstehen, daß diese Eingrenzung der äußeren Bewegungsfreiheit sich verkehrt proportional zu einer inneren Bewegungsfreiheit verhält, daß die Verengung der realen Räume eine Ausweitung der imaginären Räume zur Folge hat. Heute fällt mir der Verzicht auf reale Großräume nicht schwer. Was sind schon reale Räume? Zum Beispiel ist die

Wahrscheinlichkeit des Eintreffens des seltsamen Zufalls, daß Kalle Waalkes, Tante Steffis ERSTE LIEBE, und Frau T.'s Verlobter sich auf demselben U-Boot befinden, ungleich höher in der Sphäre der imaginären Räume als in der der realen. Und nichts fasziniert mich mehr als seltsame Zufälle. Häufungen von seltsamen Zufällen sind in realen Räumen natürlich noch seltener als einzelne, in imaginären aber sind sie keine Besonderheit, beispielsweise der zu der ohnehin schon in eigenartiger Weise verknüpften Lebensgeschichte dieser beiden Männer noch hinzukommende Zufall, daß auch Kalle Waalkes auf tragische und doch heldenhafte Weise auf eben jenem U-Boot ums Leben kam. Dieser Tod von Kalle Waalkes wurde – zusammen mit den Toden von Dafydd Llewellyn-Lloyd und Ödön Eröd – von der Gutschierin ein Jahr vor dem Zusammentreffen zwischen Tante Steffi und Kalle Waalkes vorausgesagt. Die Moser-Geschwister hatten nämlich nicht nur den Hang gemein, sich mit Ausländern/Ausländerinnen zu verheiraten, sondern auch eine kaum zu stillende Neugier auf das, was das Leben für sie bereithalten könnte, ein Zug, den ich in doppelter Weise geerbt habe, da auch meine Großmutter mütterlicherseits, die gelbäugige Kurdin, die Neigung zeigte, sich über Gebühr mit der Zukunft zu beschäftigen. Sie beließ es nicht beim Aufsuchen von Wahrsagern, sondern ging daran, das Wahrsagen selbst zu erlernen. Auslösend für diese Beschäftigung wirkte die Lektüre eines Buches über die Religion der Etrusker, das sie in der Wohnung eines befreundeten Angehörigen der kurdischen Widerstandsbewegung entdeckte. Dieses Buch war die türkische Übersetzung einer von dem deutschen Etruskologen Otto August Ernst im Jahre 1897 verfaßten Schrift, die sich unter anderem ausführlich mit der Beobachtung des Vogelfluges (der sogenannten Auguraldisziplin), des Blitzschlages (der sogenannten Fulguraldisziplin) und der Eingeweideschau von Opfertieren (den sogenannten Haruspizien) auseinandersetzt. In dieser Schrift wurde die Hypothese vertreten, die Etrusker seien aus dem heutigen Ostanatolien nach Italien eingewandert, also aus der Heimat meiner Großmutter mütterlicherseits. Durch diese hypothetische Annahme fühlte sich meine Großmutter mütterlicherseits auf subtile Weise mit den Etruskern verbunden. Die Zukunft aus den Eingeweiden von Schafen zu prophezeien, schien ihr eine einleuchtende Methode, und sie begann, damit zu experimentieren, was keine Schwierigkeit darstellte, da Schafe ohnehin die Lebensgrundlage der Bevölkerung ihres Ortes darstellten. Hinter ihrem Haus sollen ständig Eingeweide auf kreuz und quer gespannten Wäscheleinen gehangen sein, Herzen, Lungen, Mägen und Därme, Lebern und Gallenblasen, Bauchspeicheldrüsen und Milzen, Nieren und Nebennieren. Während der letzten Jahre ihres Lebens soll sie sich auch ausschließlich von Eingeweiden, vorzugsweise von Kutteln, ernährt haben. Im Lauf der Jahre soll sie sich einen ausgezeichneten Ruf als Prophetin erworben haben. Sie soll auch ihren eigenen Tod auf den Tag genau vorausgesagt haben. Ich werde von einem Mitglied der kurdischen Freiheitsbewegung, das jedoch nicht unserer Gruppe angehört, sondern einer anderen, irrtümlich erschossen werden, soll sie traurig gesagt haben. Es gelang ihr offenbar nicht, dieses ihr bestimmte Schicksal abzuwenden, da sie tatsächlich von einem Mitglied der kurdischen Freiheitsbewegung, das nicht ihrer Gruppe, sondern einer anderen angehörte, erschossen wurde. Wieder jemand, den das Phänomen der Tode gefesselt hat. Auch die Gutschierin ist vom Phänomen der Tode gefesselt, so sehr, daß sie sie nicht nur vorherzusagen, sondern auch selbst herbeizuführen sucht, falls das Schicksal nachlässig ist. Was hätte es mit der gut erhaltenen Leiche, die meinem Vater entgegenfiel, als er ihren Kasten öffnete, sonst für eine Bewandtnis? Die Gutschierin weissagt die Zukunft aber nicht aus Eingeweiden, Blitzen und dem Flug der Vögel, sondern aus den Konstellationen der Gestirne, den Karten und den Händen. Wenn sie mit ihrem langen, krummen Zeigefinger Spaziergänger ins Haus lockt, dann nicht nur, um ihnen einen bitteren Verdauungsschnaps in giftgrünen kleinen Gläsern vorzusetzen, Stöße von Farbfotos mit den vier Enkeln vor ihnen aufzutürmen, von der Familie in Australien zu erzählen und zu weinen, sondern auch, um geschwind nach ihrem genauen Geburtsdatum zu fragen, flink die Karten mit den schönen Bildern zu mischen und hurtig nach ihren Händen zu greifen. Sie sagt Geburten und Hochzeiten voraus, am liebsten aber Krankheiten und Tode. Sie lächelt und sagt: Interessant, ein gradgenaues Mars-Pluto-Quadrat im Geburtsbild. Und nächsten März geht der laufende Pluto über den Radix-Mars. Ein Autounfall, der Sie das Leben kosten wird, vielleicht auch ein tödlicher Schlag mit einem stumpfen Gegenstand, sagt sie und lächelt. Sie deckt die Karten auf und ruft aus: So ein Zufall – hier ist Ihre Karte, daneben liegen in einer Reihe Traurigkeit, Unglück, Krankheit und Tod. Sie werden einen qualvollen Tod an einer unheilbaren Krankheit sterben, sagt sie und lächelt, ich vermute Metastasen im Gehirn. Auch langsames Ersticken in einem hermetisch abgeschlossenen Raum wäre denkbar. Sanft fährt sie mit ihren Fingern über die ihr entgegengestreckten Handflächen und ist entzückt: Sehen Sie, dieses Zeichen – ein Stern auf der Kopflinie direkt unter dem Saturnberg –, man sieht es selten. Unter Umständen Anlage zum Wahnsinn, wahrscheinlich aber eher Tod auf dem Schafott. Auf alle Fälle ein kurzes Leben, sagt sie und lächelt. Manchmal sieht sie in den Gestirnskonstellationen, den Karten und den Händen der Spaziergänger sichere Anzeichen eines Todes, der längst hätte eintreten müssen. Das ist auch der Grund, weshalb Küche und Kammer ihres Hauses mit Leichen wohlgefüllt sind, denn sie hält es für ihre Pflicht, der Vorsehung nachzuhelfen, die es versäumt hat, sich im rechten Augenblick zu erfüllen. Sie handelt als Stellvertreterin der Atropos, der Unabwendbaren, und schneidet den Lebensfaden ab, da diese es unterlassen hat, das zu tun. Sie teilt den Tod zu, der in den Sternen, den Karten, den Händen steht. Die Gutschierin, die Erfüllerin des Schicksals der Spaziergänger. Die gut erhaltenen und weniger gut erhaltenen Leichen in den Kisten und Kästen haben zwar mit Verzögerung, aber schließlich doch den Tod gefunden, der ihnen bestimmt war. Auf dem Dachboden hängt beispielsweise der tote ehemalige Bremer Bankkaufmann Botho S., der vor einigen Jahren in Kirchdorf Urlaub machte, am Gartenzaun der Gutschierin stehenblieb, ein Gespräch mit ihr anknüpfte und sich zu einem Gläschen Verdauungsschnaps einladen ließ. Nachdem sie ihm aus der Hand gelesen und der Beschaffenheit seiner Lebenslinie irritiert entnommen hatte, daß er sich bereits als Achtzehnjähriger hätte erhängen müssen (und er war zum Zeitpunkt seines Besuches bei der Gutschierin bereits einunddreißig), betäubte sie ihn verärgert durch einen heimtückischen Schlag auf den Hinterkopf, schleppte ihn mit einer für ihr Alter beträchtlichen Behendigkeit auf den Dachboden und knüpfte ihn unter Zuhilfenahme des ausgedienten Ohrensessels ihres Vaters auf einem Dachbalken auf. In einer schön geschnitzten Bauerntruhe, die die Gutschierin von der alten Mühlbacherin, ihrer Taufpatin, geerbt hat, liegt die Leiche der Wiener Trafikantin Justine G., die vor einiger Zeit ihre mit dem Bauern Hugo W. verheiratete, in Kirchdorf lebende Schwester besucht hatte und gleichfalls eines Tages mit der Gutschierin ins Gespräch gekommen war. Diese hatte im Handumdrehen ihr Horoskop erstellt und mit Bestürzung feststellen müssen, daß Justine G. im bereits einige Jahre zurückliegenden Monat Mai des Jahres 1967 von ihrem Mann hätte vergiftet werden sollen. Über diese Nachlässigkeit der Vorsehung verstimmt, bot die Gutschierin der Frau ein durch eine hochgiftige Essenz ergänztes Gläschen ihres bitteren Verdauungsschnapses an, worauf diese sich eine Zeitlang unter Krämpfen wand und dann verstarb. Botho S. und Justine G. gelten als vermißt, bei dem als schwermütig bekannten Botho S. wird Selbstmord vermutet. Als vermißt gilt auch Karli O., der Sohn des Rauchfangkehrers Otto O. aus Kirchdorf. Sein Vater hält es für möglich, daß er aufgrund einer ersten Liebesenttäuschung per Anhalter nach Algerien gefahren ist und sich dort der Fremdenlegion angeschlossen hat. Er gibt allerdings zu, daß dies eine reine Vermutung und durch nichts begründet sei, höchstens durch eine Ahnung und durch gelegentliche Bemerkungen des Halbwüchsigen, es imponiere ihm, daß sein Idol Alain Delon bei der Fremdenlegion gewesen sei. In Wahrheit aber hat sich Karli O. im Alter von fünfzehn Jahren aus Neugier von der Gutschierin die Karten legen lassen, und das Kartenbild ergab eindeutig, daß er bei seiner Geburt von der Nabelschnur seiner Mutter hätte erdrosselt werden müssen. Wieder geriet die Gutschierin in Zorn, weil das Vorherbestimmte nicht rechtzeitig eingetroffen war: Sie trat hinter Karli O., schlang ihm in Ermangelung einer Nabelschnur einen Kälberstrick um den Hals und erwürgte ihn, worauf sie ihn unmutig neben Justine G. in die Bauerntruhe legte. Der Grund für diese nicht ungefährliche und auch mühevolle Tätigkeit der Gutschierin liegt in nichts anderem als in ihrer Ordnungsliebe, in einem stark ausgeprägten Pflichtbewußtsein, das keine Nachlässigkeiten und Ungenauigkeiten duldet. Auch meine Tante Steffi hat als junges Mädchen die Gutschierin aufgesucht, um etwas über ihre Zukunft zu erfahren. Diese schlug die Karten auf, lächelte und sagte: Du wirst bald nach Norden fahren, eine Tote wird den Kopf an deine Schulter legen, ein Mann wird im Gegenlicht auftreten, und ihr werdet euch im Wasser lieben. Dieser Mann wird jung sterben. Er wird im Wasser den Tod finden, aber nicht durch das Wasser. Er wird den Tod finden, weil er auf dem falschen Platz ist. – Und tatsächlich erhielt die Familie Waalkes aus Büsum im Januar

1943 einen Brief vom ersten Maschinisten des U-Bootes, auf dem Kalle Waalkes zusammen mit dem Verlobten der Frau T. stationiert gewesen war. In diesem Brief wurden die Todesumstände des jungen Mannes ausführlich geschildert: Kalle Waalkes habe – was alle gewundert hätte, da er doch aus einer Fischerfamilie stammte – von allem Anfang an sehr unter Seekrankheit gelitten. Er habe die langsamen Bewegungen des U-Bootes, sein Tauchen und Wiederauftauchen, das Vibrieren der Maschinen nicht ertragen können. Zunächst habe er noch einiges an Nahrung zu sich genommen, doch habe sich sein Zustand im Lauf der Monate immer mehr verschlechtert. Bald habe er nur noch Zwieback essen können. Sein Freund, der Trompeter aus der Steiermark, habe versucht, ihm zu helfen, einerseits durch stimmungsvolles Trompetenspiel, andererseits durch Appelle an die Bootsführung, ihn doch bei der Landwehr einzusetzen. Man habe diese Appelle jedoch um so weniger beachtet, je dringlicher sie wurden. Zum Schluß habe Kalle Waalkes jede Nahrung entweder verweigert oder sofort wieder von sich gegeben. Er sei zum Skelett abgemagert und schließlich Hungers gestorben. Man habe ihm keineswegs so wie seinem Freund postum das Eiserne Kreuz Erster Klasse verliehen, sondern ihn ohne besondere Zeremonien ins Meer geworfen. Tante Steffi ist von seinem Tod nie in Kenntnis gesetzt worden. An die Prophezeiungen der Gutschierin glaubt sie nicht, und wenn ihr Kalle Waalkes gelegentlich durch den Kopf geht und sie sich fragt, was wohl aus ihm geworden ist, dann stellt sie sich vor, daß er als Notar mit einer schmalen aschblonden Frau und einer schwererziehbaren Tochter in Schleswig-Holstein lebt. Sie könnte versuchen, etwas über ihn in Erfahrung zu bringen, denn die Adresse der Fischerkate hat sie noch, doch zieht sie es vor, an die Geschichte ihrer ERSTEN LIEBE nicht mehr zu rühren. Von diesem Tod also weiß sie nichts; mehr weiß sie vom Tod ihres ersten Mannes, des Walisers Dafydd Llewellyn-Lloyd, denn von diesem wurde sie sofort benachrichtigt. Daß die alte Gutschierin ihr auch diesen Tod vorhergesagt hat, verunsichert sie manchmal für Augenblicke, doch dann faßt sie sich wieder und tut es als Zufall ab. Die Gutschierin hatte ihre Hand gestreichelt und lächelnd gesagt: Ich sehe noch einen Tod, den Tod eines Mannes, den du nicht lieben, mit dem du aber leben wirst in einem anderen, verhaßten Land. Er wird den Tod unter der Erde finden, und du wirst dich sehr darüber freuen. Tatsächlich hatte mir mein Cousin Georg, der Sohn Tante Steffis und des Walisers, kurz nach der Einäscherung seines Elternhauses von der unglücklichen Ehe seiner Mutter und vom Tod des Vaters erzählt. Die Zerrüttung der Ehe meiner Eltern, hatte er gesagt, hat Gründe gehabt, die im Sexuellen verankert lagen. Ich weiß nichts Genaues, ich bin damals noch ein Kind gewesen, hatte er gesagt, doch hat es mit einer Jugendliebe meiner Mutter zu tun gehabt, die sie nicht hat vergessen können. Jedenfalls ist mir nie ganz klar gewesen, warum wir jahrelang jeden Sonntag an die englische Küste gefahren sind und kanisterweise Meerwasser und eimerweise Meeressand mit nach Hause genommen haben, um unsere Badewanne damit anzufüllen. Die Abneigung meiner Mutter gegen Wales ist immer stärker geworden, was meinen Vater betrübt hat. Es war schwer, mit einer Frau zu leben, die nicht anerkannt, ja verfemt gewesen ist, auf die man mit Fingern gezeigt hat. Es ist um so schwerer gewesen, als meine Eltern diesen äußeren Anfeindungen keine innere Stabilität entgegenzusetzen gehabt haben, da ihre ehelichen Zerwürfnisse ihre Stellung in der Gesellschaft nur noch untergraben haben. Ihr Leben ist fortschreitend von außen wie von innen zersetzt worden. Mein Vater hat immer weniger gesprochen, viel getrunken und Überstunden im Bergwerk gemacht, um Auseinandersetzungen mit meiner Mutter zu vermeiden. Eines Tages – ich war zwölf Jahre alt – ist ein Bergmann vom Bergwerk herübergelaufen gekommen, mit der Nachricht, mein Vater sei beim Vortreiben des Stollens durch eine Schlagwetterexplosion getötet worden. Meine Mutter ist zwar überrascht gewesen, hat aber kaum ihre Erleichterung verbergen können. Ich habe den Bergleuten die Geschichte seiner Verschüttung nie geglaubt, da ich in der vorhergehenden Nacht geträumt hatte, mein Vater habe sich unter Tag mit einer Ladung Dynamit in die Luft gejagt. Da ich oft Wahrträume habe – ich habe beispielsweise vorhergeträumt, daß ich mein Elternhaus einäschern würde –, bin ich davon überzeugt, daß mein Vater Selbstmord begangen hat. Dieser Selbstmord ist die logische Konsequenz aus seiner Ehe mit meiner Mutter gewesen. Ich erinnere mich auch daran, daß er im Streit mit meiner Mutter öfter Sätze ausgesprochen hat wie: Warte nur, eines Tages bringe ich mich um oder Lange dauert es nicht mehr, und du wirst mich begraben oder Ich wäre nicht der erste Bergmann, der sich mit Sprengstoff ins Jenseits befördert. Jedenfalls haben wir den Sarg, in den sie meinen Vater – oder seine Teile, wie ich vermute – gelegt hatten, nicht mehr öffnen dürfen. Meine Mutter hat munter alle Vorkehrungen für das Begräbnis getroffen, ist mit heiterem Blick hinter dem Sarg gestanden, hat fröhlich unser Haus verkauft und Freudentränen geweint, als sie bei unserer Abreise aus England die Klippen von Dover immer kleiner werden sah. – Ich hoffe, daß der dritte meiner Tante Steffi von der Gutschierin vorhergesagte Tod, der Tod von Onkel Ödön, nicht termingerecht stattfindet, sondern von der Vorsehung etwas hinausgezögert wird. (Um die Gutschierin müßte Onkel Ödön dann allerdings einen Bogen machen.) Sein Tod müßte sich nämlich nächsten Dienstag ereignen. Die Gutschierin hatte zum Abschluß lächelnd zu Tante Steffi gesagt: Du wirst ein spätes Glück mit einem Flüchtling finden, um den es tickt. Er wird vor dir sterben, weil er das Ticken nicht mehr aushält. Es ist eine Tatsache, daß Onkel Ödön in letzter Zeit häufig darüber geklagt hat, daß ihn das Ticken seiner

Uhren im Geschäft fast wahnsinnig mache, daß es ihm Herzbeklemmungen verursache, daß er nachts manchmal mit rasendem Herzklopfen aufwache, weil er träume, daß die Uhren immer lauter ticken. Oft könne er auch nicht einschlafen, da das Ticken in seinem Kopf nicht verstumme, obwohl er alle Uhren aus seinem nach der Einäscherung neu erbauten Haus geschafft habe. Solche Bemerkungen ängstigen mich, denn ich habe Onkel Ödön gern, und man will schließlich, daß wenigstens späte Glücke dauern.

Ich liege auf dem Sofa, den Brief lesend/schreibend, den Christo mir aus der Anstalt für abnorme Rechtsbrecher in der Nähe des Botanischen Gartens im fünften Pariser Bezirk geschrieben hat: Scheherazade, mein Bernsteinauge, mein Lapislazuliauge, was tust Du? Hedwig, mein Goldblättchen, mein Elfenbeinknöchelchen, Du fehlst mir. Ach, mein persisches Granatäpfelchen, mein österreichisches Mostbirnchen, lange habe ich Dich nicht gesehen. Ich sehne mich sehr danach, Dich einzupacken – nicht in gewöhnliches Packpapier, in Alufolie würde ich Dich hüllen, in Seidenpapier, in Büttenbögen, in feinstes Lumpenpapier. Der Anstaltspsychiater, ein Freudianer und Mitglied der Französischen Akademie der Wissenschaften, nennt meinen Verpackungstrieb abnorm und meint, er habe mich durch eine eineinhalb Jahre dauernde Psychoanalyse von dieser neurotischen Störung geheilt. Nach der letzten Sitzung sagte er: Und wieder hat sich die Genialität meines verehrten Lehrers trotz jahrzehntelanger Anfeindungen von allen Seiten auf das Glanzvollste bewiesen. Mir, der ich Ihnen, mein lieber Christo, während der vielen Sitzungen mit gleichschwebender Aufmerksamkeit, frei von Vorurteilen, eigenen Zielvorstellungen und persönlichen Meinungen zugehört habe, sind die unbewußten Wünsche und Phantasien, die sich hinter Ihrem Verpackungstrieb verbergen, nun klar. Unser gemeinsames intellektuelles, vor allem aber auch emotional-affektives Durcharbeiten Ihres Problems hat sich gelohnt. Daß ich mich von Ihnen so viele Male in anstaltseigenes Papier einpacken ließ, ist nicht umsonst gewesen. Einmal mehr hat sich gezeigt, daß Psychisches niemals zufällig, sondern durch die Lebensgeschichte des Patienten bedingt ist und daß die entscheidenden Motivationen menschlichen Verhaltens unbewußt sind. Ich darf kurz rekapitulieren: Die ausschlaggebende Wendung zum Positiven hat Ihr Fall mit einer Ihnen nach großen emotionalen Widerständen schließlich doch bewußt gewordenen Erinnerung genommen, der außerordentlich signifikanten Erinnerung, daß Ihre Mutter Sie als Kleinkind aufgrund eines stark ausgeprägten Hygienebewußtseins ungewöhnlich oft, nämlich zwei- bis dreimal pro Stunde, gewickelt hat. Die Aufdeckung dieser bedeutsamen Tatsache legte den Schluß nahe, daß bei Ihnen Gefühle der Liebe, Zuwendung, Geborgenheit, ja selbst der Erotik verknüpft sind mit dem Prozeß des Eingewickeltwerdens beziehungsweise – aufgrund einer unbewußt von Ihnen herbeigeführten Aktivierung dieser passiven Rolle – des Einwickelns. Liebe können Sie ausschließlich durch Einwickeln beziehungsweise Verpacken ausdrücken; sexuelle Lust kann in Ihnen ausschließlich durch Einwickeln beziehungsweise Verpacken geweckt werden. Das Interessante an Ihrem Fall, lieber Christo, ist, daß Sie instinktiv den richtigen Weg gewählt haben, um diesen Einwickel- beziehungsweise Verpackungstrieb unschädlich zu machen, nämlich den der Sublimierung. Ihr Fall, mein lieber Christo, ist in mehr als nur einer Hinsicht die geradezu triumphale Bestätigung der Erkenntnisse meines verehrten Lehrers. Solange Sie Ihre Verpackungskunst ausüben, Ihren Trieb also auf die künstlerische Ebene transponieren, werden Sie die Grenzen angemessenen sozialen Verhaltens nicht überschreiten. Wenn Ihnen jedoch bornierte, schwachköpfige, unfähige gesellschaftliche Institutionen wie das Pariser Stadtbauamt verbieten, Ihre Kunst auszuüben, dann beraubt man Sie damit des unbedingt notwendigen Ventils für Ihren neurotischen Zwang. In die Enge getrieben, sehen Sie sich gezwungen, sich durch ungesetzliche Handlungen – und das Verpacken von Personen gegen ihren Willen stellt zweifellos eine solche ungesetzliche Handlung dar – Erleichterung zu verschaffen. Mein lieber Christo, ich werde Ihren Fall der Französischen Akademie der Wissenschaften vortragen und meine Kollegen davon zu überzeugen suchen, daß Sie zu Unrecht in dieser Anstalt schmachten. Es ist meine Absicht, dem Obersten Gerichtshof eine von möglichst vielen Kollegen unterzeichnete Petition vorzulegen, mit dem Ziel, Ihre vorzeitige Entlassung zu bewirken. Außerdem werde ich tun, was ich kann, um Ihnen eine international gültige behördliche Genehmigung zu verschaffen, die Ihnen unter Rücksichtnahme auf Ihr psychisches Wohlbefinden gestattet, jedes Objekt, das Sie verpacken wollen, auch verpacken zu dürfen – eine, wie mir scheint, nicht unangemessene Forderung. Schließlich sind Sie ein Opfer, ein Märtyrer der Gesellschaft, mein lieber Christo, Sie verdienen meine Unterstützung und Bewunderung. – Das, mein Ringeltäubchen, mein Wattewölkchen, hat Dutronc, der Anstaltspsychiater, gesagt. Vielleicht bin ich also bald frei. Dann, mein Marzipanmädchen, mein Halvaengelchen, werden wir gemeinsam nach England gehen, denn ich habe große Pläne. Du mußt wissen, die Insassen dieser Anstalt sind durchweg phantasievolle, begabte, einfallsreiche Menschen, deren Anregungen im Hinblick auf meine weitere künstlerische Laufbahn auf jeden Fall aufgegriffen werden müssen. Nach meiner Entlassung möchte ich damit beginnen, die Vorschläge von Rodney Stewart, meinem Zellengenossen, einem jungen Büroangestellten aus Newcastle-upon-Tyne, in die Tat umzusetzen. Rodney ist in dieser Anstalt inhaftiert, doch ist er meines Erachtens kein böswilliger Gesetzesbrecher, sondern ein Kranker. Er leidet an einer speziellen Form von Pyromanie, für die die Psychopathologie noch keinen Begriff gefunden hat, da dies der erste bekanntgewordene Fall dieser Art ist, und die ich als Fußballstadionspyromanie bezeichnen möchte. So wie ich mich kaum enthalten konnte, Passanten zu verpacken, so schwer fällt es Rodney, an einem vollen Fußballstadion – zur Not kann es auch ein halbvoller einfacher Fußballplatz sein – vorüberzugehen und es nicht in Brand zu stecken. Der Anstaltspsychiater meint, diese Neigung habe damit zu tun, daß Rodney von seinem Vater schon als Zweijähriger mindestens zweimal wöchentlich zu Fußballspielen mitgenommen worden sei und dieses Zuschauen und Anfeuern gehaßt habe. Als Vierjähriger habe er seinem Vater alle Fußballregeln auswendig hersagen müssen und nur im Fußballdreß in den Kindergarten gehen dürfen. Später habe er sich auf Wunsch seines Vaters eingehend mit der Karriere aller großen englischen Fußballspieler seit Bestehen des Fußballsports beschäftigen müssen; er habe genau wissen müssen, von wann bis wann sie bei welchem Klub unter welchen Trainern gespielt hatten und wie hoch die Ablösesummen im Fall eines Transfers zu einem neuen Klub gewesen waren. Selbst die Namen und Geburtsdaten ihrer Ehefrauen und Kinder hätten ihm geläufig sein müssen. Dutronc ist gerade dabei, auch für ihn eine Petition auszuarbeiten. Nach kritischem Abwägen aller Faktoren ist er zur Ansicht gelangt, daß man Rodney Stewart im Interesse seiner psychophysischen Stabilität das Anzünden von Fußballstadien nicht verbieten dürfe. Hier, bei der Bejahung der persönlichen Eigenart der Mitmenschen, beginne die Toleranz, sagte er. Jedenfalls rebellierte Rodney als Vierzehnjähriger zum ersten Mal gegen die tyrannische Verhaltensweise des Vaters und legte Feuer an ein kleines Stadion in Newcastle-upon-Tyne. Der Brand konnte nach wenigen Stunden gelöscht werden und forderte ein Todesopfer und sieben Verletzte. Seitdem hat Rodney Stadien in Leeds, Bradford, Nottingham, Wolverhampton und Birmingham in Brand gesteckt, doch lediglich der Brand in Birmingham wuchs sich zu einer Katastrophe größeren Ausmaßes aus. Auch auf dem Kontinent hat er sich im Anzünden einiger Stadien versucht, insbesondere in Holland, Belgien und Nordfrankreich. Man erwischte ihn, als er das Areal unter der Tribüne des Fußballstadions von Rouen systematisch mit Benzin tränkte. Seitdem ist er hier, und wir sind gute Freunde geworden. Von ihm stammt die Idee, ich könnte nach meiner Entlassung einige der größeren Stadien in England verpakken, eine Idee, die ich für hervorragend halte. Es wird natürlich nicht einfach sein, die Erlaubnis dafür zu erhalten, doch mit Dutroncs Hilfe und der Unterstützung der Französischen Akademie der Wissenschaften kann es gelingen. Es ist möglich, daß Rodney bei diesem Vorschlag auch an sich gedacht hat, an die Zeit nach seiner Freilassung, es ist möglich, daß er eigene Pläne hat (Papier brennt ja ausgezeichnet), doch das soll nicht meine Sorge sein. Mir geht es darum, endlich wieder monumentale Verpackungsprojekte durchführen zu können und mich nicht ständig mit Kleinigkeiten – so reizvoll diese zur Abwechslung auch sein mögen – begnügen zu müssen. Mein Honigtöpfchen, mein Kefirkrügelchen, wie ich mich auf Dich freue. Geht es Dir gut, macht Schahriar Dir Schwierigkeiten, verfolgt er Dich? Solange Du redest/schreibst, wird er Dir nichts anhaben können, dessen sei sicher. Was Dein Verhalten während meiner Abwesenheit betrifft: Du weißt, ich bin anders als Schahriar, ich verlange keine Hingabe, keine Treue. Tu, was Du für richtig hältst, und sei da, wenn ich entlassen werde. Ich kann nicht sagen, daß ich es hier schlecht hätte; das Essen ist genießbar, wir dürfen lesen und uns manchmal miteinander unterhalten. Es sind einige sehr interessante Leute hier, darunter ein ehemaliges Modell Rodins, ein in direkter Linie von Ludwig XIV. abstammender Adeliger, ein junger vietnamesischer Spraykünstler und – Du wirst es nicht glauben – Jim Morrison von den Doors. Sein Grab ist in Paris, doch er ist nicht tot, er ist hier, in der Anstalt für abnorme Rechtsbrecher im fünften Bezirk, schon seit dem Jahr 1972. Man hat ihn auf einer seiner Europatourneen wegen eines kleineren Delikts inhaftiert – ich glaube, es hatte etwas mit radikalem Exhibitionismus zu tun –, und er hat seine Strafe längst abgebüßt. Er wehrt sich jedoch heftig gegen seine Entlassung und hat vor, sein Leben hier zu beschließen. Bis jetzt ist es ihm gelungen zu bleiben – er geht den Wärtern und der Gefängnisverwaltung zur Hand und ist sehr beliebt. Mein Murmeltierchen, mein Wüstenfüchslein, im Geiste umarme und verpacke ich Dich. Schreib mir. Christo. – Du weißt, ich bin anders als Schahriar, ich verlange keine Hingabe, keine Treue, schreibt Christo. Christo ist klug. Er weiß, daß ich mich ihm noch am ehesten hingebe, wenn er keine Hingabe, keine Treue verlangt, daß ich ihm noch am ehesten treu bin, wenn er keine Treue verlangt. Wer Treue verlangt, dem geschieht recht, wenn man ihm untreu wird. Nachdem Schahriar und sein Bruder von ihren Ehefrauen betrogen worden waren, gingen sie fort und suchten jemanden, dem dasselbe widerfahren war. Am Rande des Salzmeers stießen sie auf einen schlafenden Dschinni, einen Feuergeist, in dessen Gewalt sich ein Mädchen befand. Das Mädchen zeigte den zwei Königen einen Beutel mit fünfundsiebzig Siegelringen, aufgereiht auf einer Schnur. Diese Ringe seien die Pfänder von fünfundsiebzig Männern, die ihr zu Willen gewesen seien, während der Dschinni geschlafen habe, sagte das Mädchen. Es habe dem Geist nichts genützt, daß er sie in eine Kiste sperrte. Gerade weil sie eingesperrt gewesen sei, habe sich ihr ganzes Denken darauf gerichtet, ihn zu hintergehen, und ihr ununterbrochenes Denken habe ihr auch Möglichkeiten zur Täuschung erschlossen. Das leuchtet mir ein, denke ich, der Zwang zur Treue zieht notwendigerweise den Treuebruch nach sich. Es ist bedauernswert, daß der Begriff der Treue existiert, denke ich, gäbe es den Begriff der

Treue nicht, dann gäbe es auch keinen dazu im Gegensatz stehenden Begriff der Untreue, und jedem bliebe viel erspart. Die Wirklichkeit ist eine Schöpfung der Begriffe, sage ich und freue mich über soviel plötzliche Einfachheit des Denkens. Hielte man die Begriffe in Grenzen, so hätte man eine übersichtliche Welt. Es gibt zu viele Begriffe, das Elend ist das Ausufern der Begriffe. Man sollte es bei der Benennung der Dinge bewenden lassen und nicht unbefugt mit Abstraktionen hantieren. Abstraktionen sind feuergefährlich, in der Nähe von Abstraktionen herrscht Explosionsgefahr. Treue und Untreue. Bin ich treu? In Gedanken, Worten und Werken? Ja und nein. In Gedanken am wenigsten. Was würde Christo sagen, wenn er Bescheid wüßte über Clint Eastwood und mich, über Andrew Lennon und mich, über den Hopi-Indianer Tom und mich, über Johannes den Täufer und mich? Wenn er wüßte, was sich abgespielt hat zwischen ihnen und mir, was ich erlebt, erträumt habe mit ihnen? Nichts würde er sagen, er würde ein Einsehen haben. Er hat auch seine Geschichten, er wäre ein Komplize. Gäbe es den Begriff der Treue nicht, könnte man nebeneinander liegen im Halbdunkeln und sich erzählen von den spannenden Treulosigkeiten in Gedanken, Worten und Werken. Solche Erzählungen würden keinem etwas nehmen, sie wären sogar eine Bereicherung des gemeinsamen Lebens. Einer würde erzählen, der andere würde aufmerksam zuhören, beifällig nicken, lächelnd zustimmen, traurig den Kopf schütteln. Komplizenschaft: etwas Schöneres als Liebe und Treue. Wie erfreulich wäre es, könnte man dem, mit dem man lebt, erzählen von seinem gleichzeitig geträumten Glück, von seinem gleichzeitig gelebten Unglück mit dem anderen Geliebten, vom Profil, von den Gliedern des gleichzeitig geliebten Anderen. (Denn es ist kein bedeutsamer Unterschied zwischen Gedanken und Werken, zwischen Einbildung und Wirklichkeit.) Doch man hat uns diese Freiheit, dieses Aussprechen der Wahrheiten,

Halbwahrheiten und Unwahrheiten, diese menschenfreundlichen Liebesgedanken und Liebeswerke von allem Anfang an untersagt, man hat uns dafür bestraft, uns in Zweisamkeitskoben, in Zweisamkeitsgehschulen gesperrt, uns von allen Seiten mit Wänden umstellt, mit Drahtverhauen aus Schuld und Gewissensbissen. Von wem stammen die Begriffe »meine Frau«, »mein Mann«, wer hat durch solche Begriffe erst die Bedingungen geschaffen für die Eifersucht? Wer hat uns die Freiheit zu lieben und geliebt zu werden genommen, wer hat Männern wie Schahriar Vorschub geleistet? Es sind die christlichen, die islamischen schwarzen Vögel mit ihren perfiden Erfindungen von Sündenfällen, die uns die Offenheit vergiftet haben, die stinkenden Weihrauch schwenkenden Pfarrer, die uns an dem, was wir sagen wollen, würgen lassen, es uns nicht aussprechen lassen, es sind die alten Priester mit ihren unbenutzten, wie nie erblühte Rosen eintrocknenden Geschlechtsteilen, die uns das Lieben verleiden, es sind die himmlischen Heerscharen der Dechanten, der Vikare und Hilfsvikare, der Diakone und Bischöfe, die schon die Ministranten eifersüchtig beobachten, ihnen den Ekel am Fleisch, den sie selber empfinden, hämisch einpflanzen, es sind die sicheren Ausdeuter der Schrift, die Hanbaliten, Hanefiten, Malikiten und Schafiiten, die uns die Welt und das Gefühl zusammenschrumpfen lassen und zu wissen glauben, was Rechtens ist, es sind die blutroten Kardinäle, die neidisch von fleischlicher Sünde reden, es sind die Ajatollahs mit den tiefliegenden Augen, die nie eine unschuldige Lust verspürt haben und sie niemandem gönnen. An ihren Verboten erstickt die Welt, an ihren wahnwitzigen Postulaten wird sie zugrunde gehen in einer Orgie der Zerstörung, in der alle in Schach gehaltene Libido freigesetzt werden wird. – Der Inquisitor sitzt im Beichtstuhl der Dorfkirche von Kirchdorf und fragt begehrlich: Scheherazade Hedwig Moser, ist dein Fleisch schwach? Hast du fleischlich gesündigt in Gedanken, Worten und Werken? Hast du gesündigt? Hast du gesündigt? Wie oft? Wann? Mit wem? Wie oft? Wann? Mit wem? Wie oft? Wann? Mit wem? Ja, ich habe gesündigt, sage ich fröhlich und freimütig, praktisch andauernd, praktisch an jedem Wochentag, sage ich, was sind doch Sünden für ein Glück, sage ich fröhlich und freimütig. Du mußt Rosenkränze beten, meine Tochter, Rosenkränze und abermals Rosenkränze, sagt der Inquisitor mild und läßt sich seine Wut nicht anmerken. Zur Strafe werde ich dir deinen Rosenkranz zerreißen, und du wirst die Kügelchen auflesen, wieder und wieder, sagt der Inquisitor mild. Du wirst auf den Knien um die Kirche rutschen müssen, mein Kind, öfter als einmal, fürchte ich, sagt der Inquisitor mild. Meinen ganzen Hostienvorrat wirst du aufessen müssen, fürchte ich. Ich werde mich dir gegenüber an den Tisch setzen und darauf achten, daß du auch wirklich alle Hostien ißt. Und zum Dessert wirst du wohl auch noch deine Firmungskerze verspeisen müssen, da sehe ich keine andere Möglichkeit, sagt der Inquisitor mild, und alle Heiligenbildchen, die dir der Dechant im Lauf der Jahre als Belohnung für deine Kirchgänge geschenkt hat. Nichts werde ich, sage ich fröhlich und freimütig, ich werde lediglich ein paar Rosenkränze beten, und zwar zum Dank für die Existenz der fleischlichen Sünde, dieses großen Glücks. Der Inquisitor legt seine Milde ab wie seinen Priesterrock, wenn er sich zum Schlafen legt, und sagt zähneknirschend: Du bist also hartgesotten, meine Tochter. Das wundert mich nicht, wo wir doch schon mit deiner Mutter, der Heidin, Scherereien gehabt haben. In diesem Falle wird es mit dem Essen der Firmungskerze und der Heiligenbildchen nicht getan sein, fürchte ich. Du wirst auch noch die vom Kirchendiener zur Rechten und Linken des Altars aufgestellten Chrysanthemensträuße verzehren, und wenn die Hartgesottenheit dann immer noch nicht von dir gewichen ist, ißt du auch noch das violette Karfreitags-Altartuch. Und ich kann dir jetzt schon sagen, daß die golddurchwirkten Fransen nicht sehr bekömmlich sind, sagt er triumphierend. Reden Sie keinen Unsinn, sage ich. Also was ist, Inquisitor, frage ich, wollen Sie nun meine Beichte hören oder nicht? Soll ich Ihnen die sündigen Geschichten von Andrew Lennon und mir, von Clint Eastwood und mir, dem Hopi-Indianer Tom und mir und Johannes dem Täufer und mir erzählen oder nicht? Erzähle, meine Tochter, sagt der Inquisitor. Es wird dir wohltun, dein Gewissen zu erleichtern. Du weißt, Gott verzeiht alles, wenn du nur bereust. Denke an Maria Magdalena. Was heißt hier bereuen? sage ich.

Mit angezogenen Knien sitze ich auf dem Sofa, eine Decke über die Beine gebreitet, und rede/schreibe vom Inquisitor und meiner Beichte. Diese Decke ist für mein Reden/Schreiben nicht ganz so unabdingbar wie das Sofa und der Platz, auf dem es steht, doch ist es eine Tatsache, daß mir das Reden/Schreiben schwerer als sonst fällt, wenn sie in der Putzerei ist oder wenn ich sie K. borge, der von Zeit zu Zeit im Nebenzimmer haust. Diese Decke ist handgewebt, eine indianische Decke mit einem Zackenmuster in den Farben Hellbraun, Dunkelbraun und Hellgrau. Sie ist der Beweis dafür, daß es den Hopi-Indianer Tom tatsächlich gegeben hat. Wenn ich manchmal über seine Existenz im Zweifel bin, dann streiche ich über die Decke und denke: Wenn es diese Decke gibt, dann muß es auch ihn gegeben haben, denn ich erinnere mich genau, daß er mir diese Decke anläßlich des Potlatschfestes geschenkt hat. Begonnen, Inquisitor, hat die Geschichte mit meiner Schwäche für hohe Backenknochen. Daß man in Graz so wenige Menschen mit hohen Backenknochen sieht, finde ich bedauerlich. Selbst wenn man am späten Freitag nachmittag oder am Samstag vormittag, wenn alle einkaufen, durch die Herrengasse geht, ist die Chance, jemandem mit auffallend hohen Backenknochen zu begegnen, ausgesprochen gering. Das kommt etwa dreimal im Jahr vor, öfter nicht, und meist taucht derjenige oder diejenige nur kurz aus der Fläche der Köpfe auf und ist gleich wieder verschwunden. Als Kind bekam ich ein Buch in die Hand, ein nationalsozialistisches Buch über Menschenrassen, in dem ich gern blätterte, da es viele Zeichnungen von Menschenköpfen enthielt. Schon damals interessierten mich Physiognomien, und heute noch sind mir die Gesichter das Wichtigste, Inquisitor. Auf einer Doppelseite waren Köpfe verschiedener nordamerikanischer Indianer abgebildet, ein Irokese, ein Mohawk, ein Cheyenne, ein Sioux. Die Gesichtszüge des Cheyenne-Häuptlings beeindruckten mich besonders, und oft schlug ich vor dem Schlafengehen das Buch auf, denn das Bild weckte angenehme körperliche Empfindungen in mir. Später las ich Bücher über die nordamerikanischen Indianer, zunächst Coopers Lederstrumpf-Romane, die Romane von Sealsfield, Gerstäcker und Karl May, später auch Fachliteratur zur Geschichte, Zivilisation und Kultur der Indianer. Meine Anteilnahme am Existenzkampf der Indianer gegen die weißen Eroberer war groß. Ich las Bücher über Indianersprachen, über Indianerreservate; die Namen der mehr als zweihundert Reservate konnte ich auswendig hersagen, die indianischen Wörter besaßen einen Zauber. Schön, so schön, dachte ich, wenn ich Winnemucca sagte, Yomba, Yavapi, Papago, Hualapi, Cocopah, Chickasaw, Winnebago, Shenandoah, Tahlequah, Oskaloosa, Kankakee, Oshkosh, Potawatomi, Passamaquoddy, Onondaga, Swinomish, Arapaho, Tonkawa. Jeder dieser Orte ist es wert, daß man ihn seines Klanges wegen aufsucht, dachte ich. Dann sah ich Indianer im Kino: den dicken, häßlichen Indianer am Ende von Herzogs Stroszek-Film, den schlecht geschminkten, im jugoslawischen Karst gefilmten Winnetou, den riesenhaften Indianer aus Einer flog über das Kuckucksnest. Sie verfehlten ihre Wirkung auf mich nicht. Kinofiguren verfehlen ihre Wirkung auf mich viel eher nicht als reale. Was heißt hier reale? Ausgehend von dem Cheyenne-Häuptling, dessen Bild angenehme körperliche Empfindungen in mir geweckt hatte, stellte ich mir vor, Inquisitor, daß die nordamerikanischen Indianer uns Austroperserinnen gegenüber völlig unbekannte, äußerst stimulierende sexuelle Tricks anwenden. Wo sie sich doch so gut aufs Fährtenlesen verstehen und die Zeichen der Natur zu deuten vermögen. Ausdauernd sind sie sicher auch, was meinen Sie, Inquisitor? Sie stellen hier die Fragen, sagen Sie? Der schönste Indianer, den ich je erblickte, war so schön, daß ich an einem Samstag abend bis nach dem Ende der Bundeshymne vor dem Fernsehapparat sitzenblieb: Es war ein Rodeoreiter aus einem eben gezeigten Film mit Richard Widmark. Dieser Indianer hatte sehr hohe Backenknochen und eine Nase, deren Adel einem die Sprache verschlug. Das Profil dieses Indianers vor dem Sonnenuntergang zu sehen, war ein überwältigendes Erlebnis. Bei meiner vorletzten Nordamerikareise suchte ich ihn in dem Reservat, wohin er am Ende des Films zurückgekehrt war, nachdem er seine Rodeoreiterlaufbahn wegen eines Unfalls hatte aufgeben müssen. Ich suchte ihn bei den Pferden, denn sein letzter Satz im Film hatte gelautet: Ich möchte bei den Pferden bleiben. Dort fand ich ihn auch. Er war schön wie im Film, nur seine Farben waren etwas anders, da mein Fernsehapparat nicht richtig eingestellt ist – K. hat versprochen, das zu beheben, K. ist handwerklich sehr begabt – und die Farben nicht sehr natürlich sind, sondern etwas grell, vor allem das Rot und das Grün. Seine Hautfarbe hatte ich vom Film her als ein frisches Orange in Erinnerung. Da es mir aber in diesem Fall nicht um Farben, sondern um Formen ging, um die Hyperbolik, die Elliptik seiner Wangenbögen, um die Geradlinigkeit seiner Nase, um die Kurve seines Haaransatzes, störte mich der Farbwechsel nicht. Ich hatte ein paar Brocken Hopi gelernt, gerade so viel, um ihm meine Liebe erklären und ihn dazu überreden zu können, mit mir in den Wohnwagen zu ziehen, den ich mir nach meiner Ankunft in New York von meinem Ersparten gekauft hatte. Der Hopi-Indianer Tom war mit meinem Vorschlag einverstanden, stieg von seinem Braunfuchs Fury, den er im Reservat zurücklassen mußte, und kam mit mir. In den nächsten Wochen und Monaten, Inquisitor, konnte ich zu meiner Freude feststellen, daß mich meine Ahnungen bezüglich des sexuellen Geschicks der Indianer nicht getrogen hatten. Meist schaukelte der Wohnwagen leicht. Wenn er nicht schaukelte, spielte Tom auf einer Flöte oder sang mir vor. Wir redeten nichts miteinander. Es war eine sehr glückliche Zeit. Und vielleicht, Inquisitor, säße ich nicht in Ihrem Beichtstuhl, sondern immer noch in meinem Wohnwagen am Ufer des Colorado River, vielleicht hätte ich vom Reden/Schreiben völlig abgesehen, wenn Tom bei mir geblieben wäre. Tom war ein Mann, der kein Reden/Schreiben nötig machte, der einen nicht zu solchen Maßnahmen zwang. Ich hätte auf ewig den Mund gehalten und den Wohnwagen schaukeln lassen, ja, das hätte ich, Inquisitor. Das sündhafte Glück mit dem Heiden war groß und machte mich langsam und ruhig. Tom verließ mich schließlich wegen seines Pferdes Fury, ohne das er nicht leben konnte. Er ging zurück ins Reservat, und ich verkaufte den Wohnwagen und fuhr zurück in die Steiermark. Es ging mir sehr schlecht, monatelang litt ich unter Entzugserscheinungen schwerster Art. Nach einem Jahr flog ich nochmals in die USA, mit der Absicht, Tom zurückzugewinnen. Ich öffnete die Tür zum Pferdestall, und da stand er vor mir – das heißt, er saß auf dem Braunfuchs Fury. Ich hatte mir vorgestellt, er würde vom Pferd steigen und mich in die Arme schließen oder wenigstens ein paar Begrüßungsformeln in der Hopisprache sagen. Ich hatte mich getäuscht: Tom saß weiter auf dem Pferd (das seinerseits bei obengenanntem Unfall ein Bein verloren hatte, was jedoch aufgrund der täuschend echt einem Pferdefuß nachgemachten, in den Gelenken sogar abknickbaren Prothese nicht auffiel) und blickte an mir vorbei. Er, der, wie ich am eigenen Leib hatte erfahren müssen, auf außerordentliche Weise an seinem Pferd hing, hatte sich seit Monaten geweigert, von dessen Rücken zu steigen, was sich als eine sehr unvorsichtige Starrköpfigkeit herausgestellt hatte: Er war nämlich zum Zeitpunkt meines Besuchs bereits angewachsen und saß fest auf seinem Roß wie verschiedene bronzene, eiserne und tönerne Feldherrn. Eine herbe Enttäuschung. – Sie werden mir gestatten, Inquisitor, kurz von meiner Beichte abzuschweifen und einige Überlegungen zu dem Phänomen anzustellen, daß ich von jeher eine Verwandtschaft mit den nordamerikanischen Indianern empfunden habe, eine Seelen-, Geistes- und Körperverwandtschaft, ohne genau zu wissen, woher diese rührt. Natürlich habe ich meine Vermutungen: Es wird viel von Völkerwanderungen geschrieben. Ständig wanderten/ruderten Völker die Erdoberfläche ab, begruben einander hockend / seitlich liegend / auf dem Bauch liegend / stehend / knieend, nachdem sie ihr Leben lang Faustkeile / Schnurkeramik / Speerspitzen / Ölkrüge / Pfahlbauten gefertigt hatten. Das Volk, dem ich zur Hälfte angehöre, das persische, ist zweifellos auch gewandert. Ich habe eine Theorie, die Quer-durch-Asien-Theorie, die sich durch Verschiedenes untermauern läßt, unter anderem durch die äußere Ähnlichkeit, die meines Erachtens zwischen den meisten Persern und den meisten Indianern besteht. Warum sollten sich die Perser denn auch nicht aufgemacht und neue Weidegründe gesucht haben? Vielleicht war ihnen auch zu heiß geworden in ihren schwarzen Nomadenzelten. Sie hätten also ohne weiteres nach Nordosten ziehen können. Sie wären von Schiras aufgebrochen, die West- und Nordküste des Kaspischen Meeres entlanggewandert und hätten den Uralfluß und das Uralgebirge überquert. Dann hätten sie Lust auf das Durchqueren weiterer Flüsse bekommen und hätten den Tobol, den Isim, den Irtysch, den

Ob, den Jenissei, die Angara, die Lena, den Aldan und den Anadyr durchwatet. An der Beringstraße hätten sie so lange gewartet, bis diese zugefroren gewesen wäre, worauf sie dann übers Eis nach Alaska geschlittert wären. Dort hätten sie die Durchquerung der Flüsse fortgesetzt und wären schließlich am Ufer des Colorado River seßhaft und zu den Vorfahren des ehemaligen Rodeoreiters Tom geworden, der im Hopireservat auf dem Pferd Fury sitzt. Ich frage Sie, Inquisitor, warum es sich nicht so verhalten haben sollte. Sie stellen hier die Fragen, meinen Sie? Eine gewisse, wenn auch entfernte Ähnlichkeit mit einem nordamerikanischen Indianer hatte auch John Lennons jüngerer Bruder Andrew, den ich vor einigen Jahren in der Stadt Paleochora auf der Insel Kreta kennenlernte. Mir ist bekannt, daß behauptet wird, John Lennon sei ein Einzelkind gewesen. So steht es in den verschiedenen Musikzeitschriften und Fachbüchern über Rockmusik. Manchmal habe ich daher im nachhinein Zweifel an der Identität dieses jungen Mannes, doch zu glauben, es habe sich um einen Schwindler gehandelt, fällt mir schwer, zumal Andrew John Lennon sehr ähnlich sah. Sein glattes langes braunes Haar war in der Mitte gescheitelt, er trug eine Nickelbrille mit kleinen runden Gläsern und lose Hemden und Hosen, legte also Wert darauf, in seinem Äußeren ein Abbild seines älteren Bruders darzustellen, so auszusehen, wie John Lennon Ende der sechziger Jahre ausgesehen hatte. Diese Hemden und Hosen waren immer blütenweiß, geradezu strahlend, blendend weiß, so weiß, daß ich manchmal unsicher werde und mich frage, ob ich alles nicht doch in meinem Hotelzimmer in Paleochora geträumt habe. Nein, das ist nicht möglich, denke ich dann und öffne eine Dose, die mit flachen, vom Wasser polierten und von Andrew bemalten Steinen gefüllt ist. Hier sind seine bemalten Steine, ich weiß doch, wie er sie bemalt hat, wer sonst hätte sie bemalt? Ich werde Ihnen etwas ausführlicher von Andrew Lennon erzählen, Inquisitor: In jenem Sommer vor einigen Jahren hielt ich mich ein paar Tage lang in Paleochora an der Südküste Kretas auf. Ich wartete darauf, daß ein Schiff nach Gavdos fuhr, einer kleinen, der Küste vorgelagerten Insel. Auf diese Insel wollte ich; angeblich war sie paradiesisch. Ich mietete mich in einem kleinen Hotel am Strand von Paleochora ein und wartete auf die Abfahrt des Schiffes, die sich verzögerte, da ständig ein heftiger Sturmwind blies. Zuviel Wind, sagten die Männer am Hafen und blickten schräg zum Himmel auf, wenn ich sie fragte, wann das Schiff denn endlich fahren werde. Ich wartete tagelang und vertrieb mir die Zeit damit, in meinem Hotelzimmer zu schlafen und zu lesen, denn meist war es zu windig, um ins Freie zu gehen. Als der Sturm nachließ, ging ich in die Stadt und stellte mich neugierig zu einer Gruppe von Menschen, die um einen großen toten Thunfisch herumstanden, der gerade gefangen worden war und jetzt zerteilt wurde. Darunter befand sich auch Andrew in seinem weißen Gewand; er wirkte fremd und nicht zu den anderen Menschen gehörig, als sei er aus dem Bauch des Fisches gestiegen, Inquisitor, wie Jonas aus dem Bauch des Wals. Ichthys, der Fisch, und Andrew mit den langen braunen Haaren, den ledernen Sandalen und dem losen Gewand. Ich sprach ihn auf englisch an, fragte, ob er wisse, wie lang ein Thunfisch werden könne. Six yards maybe, sagte er. Wir setzten uns in ein Straßencafé, tranken einige Ouzos und gingen dann in mein Hotel. Während wir miteinander im Bett lagen, wurde der Wind immer stärker, ließ die Fensterläden an die Außenwand schlagen, wehte Sand ins Innere des Zimmers, riß an den Vorhängen und fuhr uns über die Haut. Der jüngere Bruder war leicht leicht und lag nicht wie ein Stein auf mir und nicht wie ein Alb. Jüngere Brüder und ältere Schwestern, haben Sie sich darüber schon einmal Gedanken gemacht? Ach ja, Sie stellen hier die Fragen. Ich habe mir immer einen jüngeren Bruder gewünscht, nie einen älteren, nie eine Schwester.

Ich habe mir vorgestellt, daß er auf mich hört, daß ich ihn beschütze, daß er mir nachfolgt wie ein Jünger, daß ich ihn anleite zu seinem Nutzen, daß wir zärtlich zueinander sind, daß er gutherzig und zuversichtlich ist wie die jüngsten Brüder im Märchen, froh und gutgläubig wie Hans im Glück, daß ich ihn wachsam vor bösen und berechnenden Menschen bewahre, da er leicht zu täuschen ist und nicht imstande, sich vorzusehen gegen Betrug. Ich habe eine jüngere Schwester, Inquisitor, aber es ist nicht dasselbe. Immer habe ich mich in jüngere Brüder verliebt, in jüngere Brüder von älteren Schwestern. Christo, Andrew Lennon, der Hopi-Indianer Tom, Clint, Johannes der Täufer, das sind jüngere Brüder. Jüngere Brüder üben eine große Anziehungskraft auf mich aus, jüngeren Brüdern habe ich nie widerstehen können. Ich habe nicht gewartet, bis sie einen Anfang machten – jeden Anfang habe ich selbst gemacht, weil ich weiß, daß jüngere Brüder gern spielen und nicht daran denken, einen ernsten Anfang zu machen. Um Älteste mache ich einen großen Bogen, Älteste haben einen verantwortungsvollen, wissenden Blick, benehmen sich wie Erwachsene und treffen unumstößliche Entscheidungen, Älteste mag ich nicht. Ich bin eine Älteste. Aber ich komme zurück auf mein Beichtthema, die fleischliche Liebe, dieses Glück. Felix culpa, die glückliche Sünde. Zwischen Andrew und mir gab es viel fleischliche Liebe, viele glückliche Sünden und Stunden im Hotel in Paleochora und später auf Gavdos, der kleinen Insel, dem Paradies. Andrew lebte nämlich seit einigen Jahren auf Gavdos, seit er sich mit seinem Bruder überworfen hatte. Auf solchen Inseln braucht man nicht viel zum Leben; was er benötigte, brachte ihm der Erlös aus Steinen ein, die er bemalte und in Paleochora verkaufte. Auf einer dieser Fahrten war ich ihm begegnet, und mit dem nächsten Schiff fuhren wir gemeinsam nach Gavdos. Dort saßen wir auf einem Platz unter einem Feigenbaum, und Andrew griff nach einem Blatt, nahm es, brach es und sprach: Nimm, das ist mein Leib. Er deckte den Tisch am Strand mit weißem Plastikbesteck, Papptellern und Schafgarben, bereitete mir das Mahl mit Piment und Safran und schlug mir danach das Bett auf. Ist die Liebe denn ein Blatt von einem Feigenbaum? Sie waren nackt, Inquisitor, aber sie schämten sich nicht voreinander. Sie gingen über die Insel, auf der nur wenige Menschenpaare lebten, und aßen frische Feigen am Morgen. Sie zogen die Stacheln aus den Kaktusfrüchten und aßen sie, sie brachen die Früchte des Johannisbrotbaumes und aßen sie. Auch die Granatäpfel pflückten sie vom Baum und aßen sie. Und alle Früchte schmeckten köstlich, und niemand vertrieb sie. Oft schliefen sie in ihren Schlafsäcken am Strand und liebten sich nachts beim gleichmäßigen Geräusch des Meeres. Sie machten sich einen Weg, der vom kleinen Haus ans Meer führte. Sie hörten die Esel in der Ferne und die Zikaden in der Nähe. Zu Mittag legten sie sich unter einen Olivenbaum, schauten in seine Krone und sahen den glasigen Himmel zwischen den silbernen Blättern. Und wieder wurde die Frau langsam und ruhig. Sie gingen barfuß auf den steinigen Wegen, wo es nach Thymian roch. Sie redeten wenig, wenn sie Schafskäse holten, Melonen und Tomaten. Sie redeten nie viel. Sie schauten der Sonne beim Untergehen zu und sahen, wie das Licht wechselte. Sie leckten sich das Salz von der Haut und salbten sich mit Olivenöl. Sie sammelten weiße Steine am Strand, nahmen Seeigel in die Hand und Muscheln mit kleinen Einsiedlerkrebsen darin. Niemand störte sie. Andrew Lennon bemalte die Steine mit den Gesichtern von Frauen. Die Gesichter sahen alle ähnlich aus, Inquisitor, und ich merkte, daß es immer dasselbe Gesicht war, das Gesicht von Yoko Ono. Damals begann die Vertreibung aus dem Paradies. Kein Mann vertreibt Glückliche aus einem Paradies, Inquisitor, es sind mißgünstige Frauen, selbstgerechte Erzengelfrauen, Frauen mit aufgesteckten Fingernägeln und schlangenartigen Armbewegungen, wie thailändische Tempeltänzerinnen sie ausführen, Frauen mit starren Gesichtszügen. Mit dem auf dem Zeigefinger aufgesteckten Nagel weisen sie streng auf das Tor mit der Aufschrift EXIT. Andrew liebte mich nicht, er schloß die Augen und suchte in allen Frauen seine Schwägerin. Natürlich hatte Yoko Ono, die Exotische, Dunkelvokalige, ihn verführt, in einer Nacht, während John Lennon im Studio ein paar Songs für die Langspielplatte Abbey Road aufnahm. Von dem Augenblick an, in dem sie einander kennengelernt hatten – der Anlaß war die Hochzeit von John Lennon und Yoko Ono gewesen –, war festgestanden, daß Yoko Ono, die Älteste, ihn, den jüngeren Bruder, verführen würde. In der Nacht, in der die Verführung stattfand, hatten sie sich zunächst über japanische Kunst unterhalten, insbesondere über die durch den Zen-Buddhismus beeinflußte Tuschmalerei und über Lackarbeiten. Die Farbe Schwarz hatte in diesem Gespräch eine große Rolle gespielt. Im Verlauf der Unterhaltung hatte Andrew Lennon gesagt, ihre, Yokos, Augen sähen aus, als seien sie mit einer Lackschicht überzogen. Er studierte damals Malerei und Kunstgeschichte, ein Studium, das er nie abschloß. Später waren sie auf das Nō-Theater zu sprechen gekommen, und schließlich hatte sie vor ihm getanzt, eine weiße Maske über dem Gesicht. Diese Maske hatte sie auch nicht abgelegt, während sie miteinander geschlafen hatten. Die Verführung hatte stattgefunden, es kam zu keiner Wiederholung. Daß sich die beiden Brüder überwarfen, lag allerdings nicht an diesem einmaligen Vorfall, von dem John Lennon nie etwas erfuhr. Sie waren nie sehr gut miteinander ausgekommen, vor allem deswegen, weil Andrew Lennon immer viel mehr Glück bei Frauen gehabt hatte als John. Es war nicht so, daß Andrew versucht hätte, ihm Frauen abspenstig zu machen – es lag an den Frauen, die sich, nachdem sie sich kurze Zeit von John hatten gewinnen lassen, jedesmal Andrew zuwandten. Schon als sie Kinder waren, war Prudence vom einen zum anderen übergelaufen, die liebe Prudence, ein streng erzogenes Nachbarskind, vor dessen Fenster John stand und das er beschwor, doch herauszukommen und mit ihm zu spielen. Sie ließ sich zwar hervorlocken, doch im dunklen Geräteschuppen gab sie bald Andrew als Spielpartner den Vorzug. Später war John eine Zeitlang hinter Rita her, einem schönen Mädchen, das an der Tankstelle aushalf, wo er üblicherweise sein Moped mit Benzin volltankte. Diese Rita ließ sich zwar einige Male zu einer Fahrt mit dem zweisitzigen Moped einladen, doch nachdem sie Andrew kennengelernt hatte, zog sie es vor, mit ihm an der Merseyside spazierenzugehen. In der Nähe des Hafengeländes gab es dort einen versteckten Platz zwischen Bretterwänden und Gebüsch, wo sie ungestört waren. Dorthin ließ sich auch Sadie von ihm führen, ein Mädchen mit starker erotischer Ausstrahlung, das zunächst John eine Weile zum Narren gehalten hatte. Und als die Familie Lennon sich in einem Sommer ein Au-pair-Mädchen namens Michelle Landru aus Brest kommen ließ, schlichen sich beide Brüder nachts an ihr Bett im Gästezimmer, doch Aufnahme fand nur Andrew, obwohl er viel seltener den Versuch machte als John, da er sehr schüchtern war. Zu einer tätlichen Auseinandersetzung zwischen den Brüdern kam es Anfang der sechziger Jahre, als sie im Keller ihres Elternhauses mit zwei Mädchen Haschisch rauchten. John war in Lucy, eines der beiden Mädchen, verliebt. Er sah sie an und hatte dabei die schöne Vorstellung, sie schwebe am Himmel, geschmückt mit Diamanten. Als er sie an sich ziehen wollte, wich sie ihm aus und drückte sich an Andrew, der ins Leere blickte und keine Anstalten gemacht hatte, sie zu beeindrucken. Wütend stand der ältere Bruder auf und versetzte dem jüngeren einen Faustschlag ins Gesicht; dabei brach sich Andrew einen Zahn aus. Die Zahnlücke, Inquisitor, hatte Andrew noch auf Gavdos, und als ich ihn fragte, woher sie rühre, erzählte er mir, was ich Ihnen gerade in geraffter Form erzählt habe. John

Lennon bewältigte diese negativen Erfahrungen, indem er sie durch künstlerische Leistungen sublimierte. So hatte sein Bruder Anteil an seinem Erfolg, und Abel tat Kain Gutes, obwohl Kain ihn schlug. Die Zeit vor der endgültigen Vertreibung aus dem Paradies war nicht ungetrübt, Inquisitor: Andrew begann, Forderungen zu stellen, er verlangte von mir, ich solle mein Haar mit Indigo färben, damit es blauschwarz würde wie Yoko Onos Haar, ich solle meine Augen mandelförmig schminken, ich solle japanisch lernen. Als wir eines Tages gerade dabei waren, Zärtlichkeiten auszutauschen, holte er eine weiße Maske hervor, setzte sie mir auf und befahl mir, vor ihm zu tanzen – ich, Inquisitor, die ich kein Talent zum Tanzen habe, die ich mich schon in der Schule abplagte mit Tangoschritten, Foxtrottschritten, Polkaschritten, die ich keine Ahnung habe vom Nō-Theater, vom Kabuki-Theater mit seinen Tänzen. Ich versuchte es mit dem Bauchtanz, den mir meine Mutter in Grundzügen beigebracht hatte, doch Andrew merkte den Unterschied und war nicht zufrieden. Ein paar Tage später begann er vorsichtig ein Gespräch über einen bekannten Gesichtschirurgen in Athen, der angeblich wahre Wunder vollbringen konnte. Er meinte, es würde ihm sicherlich nicht schwerfallen, mein austropersisches Gesicht in ein porzellanweißes, flaches rundes Japanerinnengesicht mit einer kleinen Nase zu verwandeln. Weil ich nicht wollte, daß die Tage und Nächte im Paradies endeten, unternahm ich die Reise zu Wasser und zu Lande nach Athen und suchte Dr. Hatsilasarou in seiner Ordination am Omoniaplatz auf. Er freue sich sehr über mein Kommen, sagte dieser in akzentfreiem Deutsch, es sei ihm ein Genuß, endlich wieder einmal Deutsch sprechen zu können, diese allen anderen Sprachen überlegene Sprache dieses allen anderen Völkern überlegenen Volkes. Er sei Deutscher, lebe seit fünfundzwanzig Jahren unter falschem Namen in Athen. Er goß mir einen Metaxa ein und sagte, er sei gezwungen gewesen, sich nach Kriegsende ins Ausland abzusetzen, da er während des Krieges in verschiedenen Konzentrationslagern tätig gewesen sei, natürlich im Dienste der Wissenschaft, aber das hätten nach Kriegsende alle bestritten. Nach dem beklagenswerten Zusammenbruch der nationalsozialistischen Regierung habe niemand mehr seine vielen arbeitsaufwendigen Experimente an menschlichen Gehirnen gewürdigt – im Gegenteil, das bedauerlicherweise wieder erstarkte jüdische Volk, aus dessen Angehörigen sich seine Versuchspersonen zum Großteil rekrutiert hätten, hätte eine beispiellose Hetzjagd auf ihn, den verdienten Arzt, veranstaltet, und diese Hetzjagd würde bis auf den heutigen Tag fortgesetzt. Allerdings, so lächelte er verschmitzt, habe er es immer wieder verstanden, sich Versuchspersonen für seine Experimente auf dem Gebiet der Gehirnchirurgie zu beschaffen. Leider handle es sich dabei aufgrund der gegebenen Umstände durchweg um Griechen. Es wäre ihm sehr daran gelegen, zu Vergleichszwecken endlich wieder mit einem Gehirn anderer völkischer Zugehörigkeit zu experimentieren, doch solcher Gehirne werde er in seinem Exil leider so gut wie nie habhaft. Ob ich seine Patienten, sein Labor im Keller des Hauses sehen wolle, flüsterte er, ich müsse allerdings Stillschweigen darüber bewahren, seine Forschungen seien noch nicht abgeschlossen und daher streng geheim. Ich ließ das halbvolle Glas Metaxa stehen, stürzte aus dem Sprechzimmer, vorbei an den überrascht blickenden Patienten im Wartezimmer, nahm ein Taxi zum Flugplatz und flog mit der nächsten Maschine der Olympic Airways nach Wien. Auf der Höhe von Zagreb servierten die Stewardessen kaltes Huhn mit Mayonnaise. Mögen Sie kaltes Huhn mit Mayonnaise, Inquisitor? Ich weiß, Sie stellen hier die Fragen. – Ich soll endlich mit der Beichte der dritten sündigen Geschichte beginnen, Sie fangen an, sich zu langweilen? Also gut: Von der herben Enttäuschung, die ich mit dem Hopi-Indianer Tom erlebte, habe ich Ihnen erzählt. Ich verließ also tränenblind das Hopi-Reservat und machte mich auf die Rückreise. Mein Flug ging von New York nach Wien, und ich hatte vor, mit dem Bus vom Ufer des Colorado River nach New York zu gelangen. Die Route ging über Denver, Colorado, Kansas City, Kansas, St. Louis, Missouri, Indianapolis, Indiana, Columbus, Ohio und Pittsburgh, Pennsylvania. Eine Weile ging alles gut, und wir kamen rasch voran. Sie wissen ja, wie gefährdet man in der unermeßlichen Weite Amerikas ist, Inquisitor, auch in die Abgeschiedenheit Ihrer Zelle wird die Kunde von Indianerüberfällen, von Raubüberfällen durch Banden gedrungen sein, ganz abgesehen von verheerenden Wirbelstürmen und angriffslustigen Klapperschlangen in den Wüstengebieten. In der Nähe von Dodge City, Kansas, fuhren wir kurz in eine Autobahnraststätte mit einem McDonald's-Stand und einem Drive-in-Kino. Plötzlich stürmt eine von Jesse James angeführte fünfköpfige Bande mit gezückten Trommelrevolvern schweren Kalibers den McDonald's-Stand und befiehlt der Reisegesellschaft, die Hände zu heben. Dann beginnen sie, jeden einzelnen nach Wertgegenständen zu durchsuchen. Als sie etwa die Hälfte der Leute ihrer Uhren, ihres Geldes und ihres Schmucks beraubt haben, galoppiert ein Rappe die Autobahnauffahrt herauf, auf dem ein ganz in Schwarz gekleideter Mann mit einem schwarzen Stetson und einem schwarzen Dreieckstuch über dem Gesicht sitzt. Als die Räuber ihn sehen, geraten sie in Panik und lassen von ihren Opfern ab; es gelingt ihnen, mit unserem Bus zu entkommen. Der Schwarze Reiter läßt seinen Blick über die Mitglieder der Reisegesellschaft schweifen, reitet auf mich zu, hebt mich aufs Pferd und galoppiert die Autobahnauffahrt wieder hinunter. Ich bin zu erstaunt, um Widerstand zu leisten. Dann schlägt er einen Weg ein, der mitten in die Maisfelder führt. Er wirft mich in eines der Maisfelder und vergewaltigt mich. Inquisitor, ich möchte beichten, daß ich diese Vergewaltigung sehr genossen habe, obwohl ich direkt auf einen großen Maiskolben zu liegen kam, der mich im Rücken drückte. Es war eine formvollendete, professionelle Vergewaltigung. Der Schwarze Reiter hatte genug Übung darin, denn seine Tätigkeit beschränkte sich auf das Verhindern von Raubüberfällen und auf Vergewaltigungen. Hätte ich gewußt, wie schön eine Vergewaltigung sein kann, Inquisitor, dann hätte ich mich schon vorher in Situationen begeben, die eine solche ermöglicht hätten: Ich wäre spätabends durch Straßenunterführungen gegangen, wo meine Schritte gehallt hätten, wo die Wahrscheinlichkeit, daß ein Unhold auf mich gewartet hätte, sehr hoch gewesen wäre. Ich wäre per Anhalter durch die Mandschurei gefahren, wäre auf dem Beifahrersitz gesessen und hätte den Rock über die Knie hinaufgeschoben. Ich wäre in der Nacht durch den Park spaziert, leise singend, um auf mich aufmerksam zu machen, wäre allein in verrufene Stadtviertel gegangen. Mein Verhalten während der Vergewaltigung schien auch dem Geschmack des Schwarzen Reiters entsprochen zu haben, denn er behielt mich auf dem Pferderücken, und nachdem er sich nach meinen Reiseplänen erkundigt hatte, versprach er mir, mich zu Pferd nach New York zu bringen. Wir waren lange unterwegs, nahmen unseren Weg durch Mais- und Weizenfelder, die jederzeit die Möglichkeit zu einer Vergewaltigung boten. Wir ritten auf entlegenen Wegen und ernährten uns nicht von den Wurzeln und Beeren des Waldes, sondern suchten uns einen McDonald's-Stand, wenn wir Hunger hatten. Anfangs war der Schwarze Reiter schweigsam, machte dann und wann eine knappe Bemerkung und nahm dabei das schwarze Dreieckstuch nie vom Gesicht. Seine blauen Augen und die steile Falte zwischen ihnen, seine schöne Stirn hatten mich von Anfang an an irgend jemanden erinnert; mir fiel nicht ein, an wen. Allmählich wurde er gesprächiger, und eines Tages – es war auf der Strecke zwischen Wichita und Topeka – nahm er das Dreieckstuch ab: Der Schwarze Reiter war Clint Eastwood, von dem ich schon als Fünfzehnjährige geträumt, von dem ich jeden Film gesehen hatte. Ich war über diese Offenbarung natürlich sehr glücklich. Sie halten das für zweifelhaft, für eine glatte Lüge, Inquisitor? Ich verstehe Sie, auch mir erscheint die Geschichte im nachhinein unwahrscheinlich. Es stimmt, daß man von der Autobahnraststation mit dem McDonald's-Stand, vor dem der Bus, mit dem wir ursprünglich unterwegs gewesen waren, überfallen worden war, die große Leinwand des Drive-in-Kinos sehen konnte; es stimmt auch, daß darauf gerade eine Szene aus einem Film mit Clint Eastwood zu sehen war, eine Szene, die zeigte, wie einer fünfköpfigen, von Jesse James angeführten Bande von einem von Eastwood dargestellten Schwarzen Reiter das Handwerk gelegt wurde. Den Einwand, diese von fern gesehene Filmszene habe meine Phantasie ausgelöst, und was folgte, sei lediglich ein Trugbild dieser gewesen, kann ich entkräften: Inquisitor, ich nenne Ihnen eine Telefonnummer aus Oberwölz, und wenn Sie dort anrufen, wird Clint Eastwood am Apparat sein und Ihnen bestätigen, daß ich die Wahrheit sage. Sie verstehen nicht ganz? Lassen Sie mich fortfahren: Clint und ich ritten also langsam weiter, in den Feldern Stellen mit niedergedrückten Maispflanzen und Weizenhalmen hinterlassend. Er erzählte mir aus seinem abenteuerlichen Leben; er gestand mir, schon mit dreizehn Jahren zum ersten Mal eine Frau vergewaltigt zu haben und, ermutigt durch deutliche Anzeichen von Entzücken seitens der Frau, bei diesem Steckenpferd geblieben zu sein. Einmal, sagte er, ritt ich sogar über die Grenzen Europas hinaus. Ich wollte sehen, wie es um die Frauen in den Ländern des Orients bestellt ist. Du weißt ja, daß mir das Wohl der Frauen am Herzen liegt, daß ich dazu da bin, ihre geheimen Träume zu erfüllen. Daß jede Frau sich nach einer gekonnten Vergewaltigung sehnt, darf man als gegeben annehmen. Mich schmerzt nichts mehr, als von ihren Freunden, ihren Ehemännern, ihren Liebhabern nicht mit der nötigen

Aufmerksamkeit und Konsequenz behandelte, zimperlich angefaßte Frauen sehen zu müssen. Solche Frauen sind es, die mir die Daseinsberechtigung verleihen, ihnen verdanke ich es, im Leben eine Mission zu haben, die ich mit Freude und sozialem Engagement zu erfüllen versuche. Schon als ich in die Türkei kam, erkannte ich, daß die Frauen des Orients meiner bedurften, daß hier ein Aufgabenbereich auf mich wartete, der so umfassend war, daß ich ihn allein kaum würde bewältigen können. Wenn man von den Ärmsten der Armen, den Nonnen, absieht, trifft man nirgendwo in der westlichen Welt auf eine derart schändliche Vernachlässigung der Frauen. Ich stellte mich also der Aufgabe und zog meine Spur durch die Türkei, Syrien, den Libanon, den Irak, den Jemen und Saudi-Arabien. Schließlich gelangte ich nach Persien, wo ich von einer schönen, leidenschaftlichen Königin hörte, deren Mann sehr oft auf Reisen ging, jedoch die Stirn hatte zu behaupten, er liebe sie über alles. Ich beschloß, mich dieser bedauernswerten Frau anzunehmen. In den Königspalast einzudringen, erwies sich als ein leichtes: König Schahriar war gerade wieder auf Geschäftsreise, und die Palastwächter zu überwältigen, zu fesseln und zu knebeln war ein Kinderspiel. Ich band meinen Rappen an der Garderobe vor dem Schlafgemach der Königin fest und betrat das Zimmer. Die Königin lag in einem durchsichtigen Gewand auf weichen Seidenpolstern und lächelte mich an, als hätte sie mich erwartet. Wenn sie überrascht war über mein Eindringen, mein fremdländisches Aussehen, meinen Stetson, meine bestickten Stiefel, meine Sporen, so ließ sie sich diese Überraschung nicht anmerken. Sie zu vergewaltigen, gestaltete sich als sehr schwierig, da sie keine Anstalten machte, sich zu wehren, ja sich nicht einmal Mühe gab, den Anschein von Widerstand zu erwecken. Ich war noch keiner Frau begegnet, die die Liebeskunst so beherrschte wie sie. Schahriar, ihr Mann, war für die Dauer von zwei Wochen geschäftlich in Frankfurt am Main, und während der ganzen Zeit seiner Abwesenheit blieb ich in ihrem Schlafgemach. Klopfte Fatima, ihre Dienerin, an die Tür, dann bedeutete sie mir, in eine Truhe zu steigen, die im Zimmer stand. Auch wenn sie selbst den Raum für kurze Zeit verließ, versteckte ich mich in dieser Truhe. Die Palastwächter waren bald von Dienern gefunden und von ihren Fesseln befreit worden. Sie hatten den Palast durchsucht, jedoch niemanden gefunden außer dem Rappen, dessen Anwesenheit sie sich nicht erklären konnten. Die Königin gab vor, großen Gefallen an dem Tier zu finden, und befahl, es ins Schlafzimmer zu führen. Die Diener, gewöhnt an die ausgefallenen Wünsche ihrer Herrin, befolgten diese Weisung widerspruchslos. Mein Rappe blieb also die nächsten vierzehn Tage im Zimmer der Königin, wurde regelmäßig gefüttert und gelegentlich in unsere Liebesspiele mit einbezogen, allerdings in eher marginaler Funktion. Die Königin lehrte mich vieles, von dem wir Okzidentalen nichts wissen. Allmählich kehrte sie die Rollen um, übernahm die Führung und zwang mich zur Hingabe, mich, Clint Eastwood, den Eroberer, den Unbeugsamen. Ich war wie Wachs in ihren Händen, und wäre ihr Mann nicht zurückgekommen, ich hätte den Rest meines Lebens in ihrem Schlafgemach verbracht, ihr aus der Hand gefressen und mich um meine wahre Aufgabe nicht mehr gekümmert, so wie Cäsar sich nicht mehr um das Römische Reich kümmerte, nachdem Cleopatra ihn in ihr Bett gelockt hatte. Nach zwei Wochen war ich ihr verfallen, jedes ihrer Worte, jede ihrer Gesten trieb meine Hörigkeit noch weiter. Mein Abgang war schimpflich, und ich schäme mich noch heute dafür: Als die Rückkunft Schahriars gemeldet wurde und die Königin mich drängte, sie zu verlassen, wenn mir ihr Leben und mein eigenes lieb wären, klammerte ich mich an sie und flehte sie unter Tränen an, mich doch bei sich zu behalten, es werde sich sicher eine Möglichkeit finden. Sie versuchte, mir die Sinnlosigkeit meines Verlangens klarzumachen und wurde immer nervöser, denn im Palasthof hörte man bereits den Motor des Mercedes ihres königlichen Gatten. Sie beschrieb mir die furchtbare Eifersucht Schahriars, malte mir die schrecklichen Todesarten aus, die wir beide würden erdulden müssen, wenn man mich bei ihr entdeckte. Erst als die Schritte Schahriars bereits im Palastkorridor hallten, sah ich ein, daß ein längeres Bleiben unmöglich war, daß es den sicheren Tod bedeutete. Weinend ließ ich die Königin los, schwang mich auf meinen Rappen und setzte mit ihm über den Sims des ebenerdig gelegenen Palastfensters, das auf ein stilles, von einer Mauer umgebenes Gärtlein hinausführte, wo die Königin spazierenzugehen pflegte. Im Garten gab ich dem Pferd die Sporen, und es übersprang die Mauer, das höchste Hindernis, das es je genommen hat. So endete eine große Liebe. Über die amerikanische Botschaft in Teheran habe ich später in Erfahrung gebracht, daß die Königin, die ich über alles geliebt hatte, nicht mehr am Leben ist, daß sie von Schahriar, der zu früh von einer Reise zurückgekehrt war, mit dem muskulösesten Palastwächter im Bett erwischt und daraufhin in Stücke gehauen wurde. Oft muß ich mir vorstellen, wie ihr Kopf zu Boden fällt, eine Weile dahinrollt und dann liegenbleibt – das Näschen, die Purpurwänglein, der halboffene Kirschenmund mit der Perlenreihe der Zähne und die schwarzen, starr blickenden Augen. – Solches und ähnliches erzählte mir Clint auf dem langen Ritt, Inquisitor, und schließlich trafen wir in New York ein und ritten zwischen den Yellow Cabs die Fifth Avenue hinunter. Anschließend verbrachten wir einige Tage auf dem Kennedy-Flughafen, da wir vorhatten, mit meinem letzten Geld als Standby-Passagiere nach Wien zu fliegen. Clint hatte sich dazu entschlossen, mit mir zu kommen: Uns beiden waren die Vergewaltigungen lieb geworden, und wir wollten nicht darauf verzichten. Außerdem korrespondierte Clint seit einigen Jahren mit dem Ersten Cowboy- & Indianerclub Oberwölz und wollte die

Mitglieder dieses Clubs, die in einem Wald bei Oberwölz ein großes Fort aufgebaut hatten, endlich persönlich kennenlernen. Unter keinen Umständen war Clint jedoch dazu bereit, seinen Rappen, an dem er sehr hing, in New York zurückzulassen, und ich fürchtete schon, ich würde ein zweites Mal innerhalb verhältnismäßig kurzer Zeit wegen eines Pferdes verlassen werden. Schließlich gelang es ihm, den Flughafendirektor dazu zu bewegen, ihm eine Sondergenehmigung zu erteilen, in der der Rappe zu einem Standby-Passagier erklärt wurde (ein Präzedenzfall, der nicht unumstritten bleiben und letzten Endes unter den amerikanischen Juristen zu einer aufsehenerregenden Spaltung führen sollte). Von Wien-Schwechat ritten wir gleich über den Semmering in Richtung Oberwölz, dabei die Deckung der dichten Wälder Niederösterreichs und der Steiermark zur Ausübung unserer Lieblingsbeschäftigung nutzend. Der Erste Cowboy- & Indianerclub Oberwölz, den Clint telegrafisch über den Zeitpunkt seiner Ankunft unterrichtet hatte, bereitete ihm einen triumphalen Empfang. Während des zu seinen Ehren veranstalteten, drei Tage dauernden Festes, auf dem die Mitglieder des Clubs selbstverständlich in Originalcowboy- beziehungsweise Originalindianerkleidung erschienen, lernte Clint zu meinem Leidwesen die neunzehnjährige Monika D. kennen, die, gekleidet wie eine Sioux, während des Festessens neben ihn gesetzt worden war. Monika D. arbeitete als Verkäuferin in einem Gemischtwarengeschäft in Oberwölz, doch da sie, ein lebenslustiges und kraftstrotzendes Mädchen, in diesem nicht viel Abwechslung bietenden Ort oft Langeweile befiel, stellte sie sich (neben ihren Aktivitäten als Tänzerin der Volkstanzgruppe Oberwölz und Marketenderin der Blaskapelle der Freiwilligen Feuerwehr) gern dem Ersten Cowboy- & Indianerclub als Nscho-Tschi zur Verfügung. Daß sie naturblond und von sehr weißer Gesichtsfarbe war, zudem hellgraue Augen und eine aufgeworfene Nase hatte, machte sie für diese Rolle nicht übermäßig geeignet, doch konnten diese vom Bilde einer Sioux nicht unbeträchtlich abweichenden äußeren Merkmale einigermaßen durch eine schwarze Kunsthaarperücke und Faschingsschminke korrigiert werden. Sie werden es nicht glauben, Inquisitor, aber zufälligerweise handelte es sich bei Monika D. um die Nichte der Hausbesorgerin Christa T., die aus Oberwölz stammt und deren Bruder, Monikas Vater, dort einen Holzhandel betreibt. Dieser Umstand erklärt zum Teil die gegen mich gerichtete Feindseligkeit der Hausbesorgerin, weiß diese doch sicherlich über meine ehemalige Beziehung zu Clint Eastwood Bescheid. Sie wissen ja, Hausbesorgerinnen bleibt wenig verborgen. Der auf dem Fest neben Clint gesetzten Monika D. gelingt es aufgrund ihres obersteirisch-indianischen Liebreizes schnell, diesen zu bezaubern. Sie gibt sich auch alle Mühe, sieht sie doch den Zeitpunkt gekommen, ihrem Verkäuferinnenleben in Oberwölz eine neue Wendung zu geben. Heute, Inquisitor, wohnen beide mit ihren kleinen Söhnen Ernst-Billy und Kurt-Wyatt in einer noch nicht ganz ausbezahlten, schön gelegenen Eigentumswohnung in Oberwölz. – Ich fuhr nach dem Fest und den damit verbundenen, für mich keineswegs erfreulichen Erlebnissen per Autostopp nach Graz, ein zweites Mal enttäuscht von den Vereinigten Staaten und ihren begrenzten Möglichkeiten.

Daß mir der Inquisitor nach dieser dritten Geschichte die Absolution verweigerte, wundert mich nicht. An der Absolution liegt mir ohnehin nichts, ich wollte die Geschichte nur gern erzählen. Man hat ja selten jemanden, der zuhört, jemanden, der die Pflicht hat zuzuhören und einen dabei nicht ständig unterbricht. So gesehen haben Beichtväter doch eine gewisse Daseinsberechtigung. Ich bin nicht dazu gekommen, ihm die Geschichte von Johannes dem Täufer und mir zu erzählen. Als ich damit begann, ist er empört aufgestanden, hat etwas gesagt von Frauen, denen wohl gar nichts heilig sei, die nicht einmal einen Propheten mit ihren Verleumdungen, ihren völlig aus der Luft gegriffenen Lügenmärchen verschonten, und hat den Beichtstuhl verlassen. Daß er mir keine Gelegenheit zum Erzählen der Geschichte gegeben hat, war vorschnell von ihm, er hätte sich selbst davon überzeugen können, daß es keineswegs in meiner Absicht lag, seinem Propheten etwas von seinem Glanz zu nehmen. Wo doch gerade Johannes der Täufer diejenige unter den Figuren des Neuen-Testament-Romans ist, die mich am meisten angesprochen hat. (Der Neue-Testament-Roman ist ja von der Erzählperspektive her ein ausgesprochen modernes Werk, da dieselben Ereignisse aus dem Blickwinkel von vier verschiedenen Erzählern gesehen und geschildert werden. Daß man das damals schon zustande brachte, ist eigentlich erstaunlich. Aber auf die Erzählperspektive schaut ja keiner, die Form interessiert ja niemanden, alle stürzen sich auf den Inhalt. Der Inhalt ist ihnen heilig. Die Form kann noch so kunstvoll, der Inhalt noch so kunstlos sein, alles ist auf den Inhalt aus. Ein literaturgeschichtliches Dokument von solcher Einzigartigkeit, ein formal so interessantes Werk derart konventionell zu interpretieren, ist eine Schande. Leuten, die sich so veralteter Methoden bedienen, müßte man das Handwerk legen.) Da ich seit jeher einen Hang zu exzentrischen Männern habe, hat Johannes der Täufer mich natürlich schon bei der ersten Lektüre fasziniert: Es nicht bei theoretischer Gesellschaftskritik, bei der Lektüre von Marx, Engels und Marcuse bewenden zu lassen, sondern der Gesellschaft tatsächlich den Rücken zu kehren und in der Wüste Heuschrecken zu essen, ist imponierend. Und beinharte Kritik am Establishment zu üben, wozu damals ja noch Mut gehörte, was damals noch mit persönlichem Risiko verbunden war und in seinem speziellen Fall eine hohe Gefängnisstrafe nach sich gezogen hat! Diese Unbestechlichkeit, diese Unbeirrbarkeit, diese moralische Integrität! Daß sich die Kunst einer solchen Figur angenommen hat, ist nicht erstaunlich. In der Zeit, als ich mit Dunja in Paris war, bin ich natürlich auch ins Rodin-Museum gegangen, um die Statue von Johannes dem Täufer zu sehen. Ich war bezaubert. Da stand der Bronzehippie vor der weißen Tür im Museum, in Haar- und Barttracht an den George Harrison der späten sechziger Jahre erinnernd, und streckte mir die Hand zum Friedensgruß entgegen: Peace Sister! Und kein Gramm Fett an ihm, nichts kapitalistisch Degeneriertes, keine Anzeichen von Verweichlichung durch den westlichen Materialismus. Mir, die ich damals wie alle anderen meiner Generation fest mit der Weltrevolution rechnete, blieb die Luft weg. Ein tiefer Eindruck. Nachdem Christo wegen seiner Verpackungsversuche am menschlichen Objekt in die Anstalt für abnorme Rechtsbrecher im fünften Pariser Bezirk eingewiesen worden war, fühlte ich mich sehr einsam. Ich machte lange Spaziergänge durch die Pariser Innenstadt, die Kastanienbäume blühten gerade. Einmal setzte ich mich auf einen der grünen Stühle im Jardin du Luxembourg und bemerkte einen etwa dreißigjährigen Mann neben mir, der mich sexuell sofort ansprach. Er sah genauso aus wie Rodins Johannes der Täufer. Ich fragte ihn nach der Uhrzeit, und wir kamen ins Gespräch. Er war Amerikaner, kam aus Palo Alto in Kalifornien und hieß John Cassidy. Wegen angeblicher antiamerikanischer Umtriebe war er zwei Jahre im Gefängnis gewesen und befand sich jetzt hier in Paris, Ende der sechziger Jahre, um auf den Ausbruch der Weltrevolution zu warten, der sich seiner Ansicht nach nirgendwo anders ereignen konnte. »It's all prepared, sister,« sagte er, »it's all prepared.« Nicht ohne Hintergedanken bot ich ihm an, in unsere Wohnung in der Rue Mouffetard zu ziehen, da er im Augenblick ohne Unterkunft war. Während der folgenden Wochen verlor ich fast den Verstand. Haben Sie je wochenlang in einem Zimmer mit jemandem gewohnt, den Sie sexuell ungeheuer attraktiv fanden, der seinerseits aber nicht das geringste Interesse an Ihrem Körper bekundete? Ich muß vorausschicken, daß ich Männer, die eine gewisse Aura des Desinteresses an Frauen haben, immer schon unwiderstehlich gefunden habe. Diese gleichgültige Keuschheit ruft augenblicklich leidenschaftliche Empfindungen in mir wach, eine Art Trotzreaktion, gegen die sich offensichtlich nichts tun läßt. Merke ich einem Mann eine solche Unnahbarkeit an, empfinde ich sofort ein kaum zu unterdrückendes Verlangen, ihn zu berühren. Männliche Unschuld ist etwas Zauberhaftes, das unverzüglich meine Eroberungslust weckt. Merke ich, daß es sich womöglich um eine Art männlicher Frigidität handelt, bin ich kaum noch zu halten. Männliche Empfindungslosigkeit erregt mich aufs äußerste. Und männliche Unschuld. Der Gedanke, einem Mann die Unschuld zu nehmen, ist für mich sehr reizvoll. Obwohl es ja keine sichtbaren Zeichen der zerstörten Unschuld gäbe, wie im umgekehrten Fall. In dieser Hinsicht sind Schahriar und Schahseman im Vorteil. Aber ob sichtbar oder unsichtbar, eine Zerstörung wäre es. Eine Zerstörung, die einmal nicht an einem selber verübt würde, sondern die man selbst verübt. Das wäre einmal etwas anderes. Ein schöner, verlockender Gedanke, dieser Gedanke, einen unnahbaren Mann zur Hingabe zu zwingen. Es muß nicht unbedingt ein jungfräulicher Mann sein, Hauptsache, er sträubt sich. John Cassidy lag also mehrere Wochen lang in seinem Schlafsack neben mir auf dem Boden, seufzte manchmal leise in der Nacht, lag da mit einem warm aussehenden Gesicht, in das die Haare fielen. Am Abend zog er sich ungezwungen vor mir aus, sich der Anziehungskraft, die er für mich besaß, offensichtlich völlig unbewußt. Der Anblick seiner Schlüsselbeingruben steigerte meinen Wunsch, ihn zu berühren, ins kaum noch Erträgliche. Zu sehen, wie er seinen Wollpullover mit einer raschen Bewegung über die Ellbogen hinaufzog, verursachte mir körperliche Qualen. Wenn er morgens unrasiert mit nacktem Oberkörper herumlief, war ich unfähig, einen klaren Gedanken zu fassen. Selbstverständlich versuchte ich ihn zu verführen. Er schien solche Versuche gar nicht zu bemerken, die drastischeren wischte er mit einer Handbewegung beiseite. Je kühler er war, desto mehr glühte ich. Lächelnd, wie absichtslos, zog er seine Hand unter meiner heraus, tauchte er unter dem Arm weg, den ich ihm leicht auf die Schulter gelegt hatte, kam er ins Badezimmer, um mir das Handtuch zu bringen, um das ich ihn gebeten hatte, übersah er es, wenn ich mich im Wohnungskorridor eng an ihm vorbeidrückte. Er war nicht entflammbar. Natürlich fühlte ich mich gedemütigt, ich war es nicht gewohnt, so lange abgewiesen zu werden. Einmal sprachen wir darüber, während wir spätabends auf die U-Bahn warteten. Er sei an Frauen nicht sonderlich interessiert, sagte er, außerdem habe er sich vorgenommen, seine Kräfte bis zum Eintreffen der Weltrevolution nicht sinnlos zu vergeuden. Er würde sie dann nutzbringender einsetzen können. Die Menschen würden dann ohnehin alle gleich sein, würden endlich Brüder sein, es würde sich dann ohnehin einiges erübrigen. Er habe nie verstanden, warum ein solches Getue um den angeblich so gravierenden Unterschied zwischen Mann und Frau gemacht werde. Seiner Meinung nach werde diese geradezu lächerliche Verschiedenheit viel zu stark betont. Wenn er sich vorstelle, in welche katastrophalen Situationen sich die Menschheit im Lauf ihrer Geschichte aufgrund dieser geringfügigen Abweichung schon hineinmanövriert habe, packe ihn die kalte Wut über soviel Unsachlichkeit und Unbeherrschtheit. Im Grunde sei es in erster Linie diese unglückselige sexuelle Leidenschaft der Menschen, die die Weltrevolution bisher verhindert habe. Brüderlichkeit, Schwesterlichkeit, Geschwisterlichkeit, das sei etwas, mit dem er etwas anfangen könne, aber doch nicht mit diesem entwürdigenden, hitzigen Gebaren, das die Menschen in seinen Augen zu vollkommen Verrückten mache, zu unzurechnungsfähigen, unberechenbaren Wahnsinnigen, die sich der Weltrevolution nie als fähig erweisen konnten. In gewisser Hinsicht sei er von mir enttäuscht, die ich auf ihn anfänglich den Eindruck einer vernünftigen, lernfähigen Schwester gemacht habe. Er hätte nicht gedacht, daß auch ich zu denen gehöre, die sich in würdeloser Weise zwischen Bettlaken tummelten, daß auch ich mich dazu hinreißen lassen könnte, ja geradezu begierig danach sei, den erniedrigenden Geschlechtertanz weiterzutanzen, für den doch längst keine Veranlassung mehr bestehe. Er hatte sich in Hitze geredet und sah im Schein des Neonlichts der U-Bahn-Station sehr begehrenswert aus, so begehrenswert, daß ich ihm die Hände um den Hals legte, um ihn zu küssen. Er schreckte zurück, tat einen Schritt zuviel und stürzte von der Plattform auf die U-Bahn-Geleise. In diesem Augenblick kam die Métro und überfuhr ihn. Es ging alles sehr schnell. Sein Körper lag da, davon abgetrennt sein Kopf. Ich hob den Kopf auf und sah ihn an. Geküßt habe ich ihn nicht.

Lauter tragische Enden von Lieben. Der Hopi-Indianer Tom entscheidet sich gegen mich und für sein Pferd, Andrew Lennon verlangt eine Gesichtsoperation, Clint Eastwood zieht eine langweilige Eigentumswohnung aufregenden Vergewaltigungen vor und Johannes der Täufer verliert den Kopf. Ob das an mir liegt? Ja, singen die Mütter im Chor, natürlich liegt es an dir. So rächt es sich, wenn man nicht bereit ist, den Platz einzunehmen, der einer Frau von der Natur bestimmt ist. Eine Mutter erhebt die Stimme und singt ein helles Sopransolo: Wie schön doch Trachtenhochzeiten sind. Wie schön du als BRAUT in einer beigen Tracht mit einer goldenen Schürze ausgesehen hättest. Wo beige dir doch so gut steht. In dem Barockkirchlein wärst du gestanden in Beige, an deiner Seite dein BRÄUTIGAM in einem dunklen, aber nicht zu dunklen Grün. So schön hättet ihr ausgesehen, sogar von hinten, daß alle geweint hätten. So schön wärt ihr dagestanden, daß sie selbst den Herrn Pfarrer, der doch schon so viele junge Menschen ZUSAMMENGEFÜHRT hat, gerührt hätte, diese zu Herzen gehende beige-grüne Trachtenschönheit. So hätte es ihn gerührt, daß er die ENTSCHEIDENDEN Fragen fast gar nicht herausgebracht hätte. Aber er hätte sie dann doch herausgebracht, und du hättest in Beige dein Ja gesagt, nicht zu leise und nicht zu laut, eher leise, und der BRÄUTIGAM hätte auch sein Ja gesagt, nicht zu leise und nicht zu laut, eher laut. Und dann wäre noch ein Trompeten- oder ein Panflötensolo intoniert worden, das selbst die kaltherzigsten und gefühllosesten Onkel und Tanten zum Weinen gebracht hätte. – Um das alles hast du uns gebracht und noch um viel mehr, singen die Mütter im Chor. Eine zweite Mutter räuspert sich und stimmt ein Altsolo an: Um die Hochzeitsfeier im Landgasthaus hast du uns gebracht, wo ihr beide, du und dein BRÄUTIGAM, gesessen wärt, du in Beige, er in Grün, zwischen euren Eltern, und ihr hättet alle gestrahlt beim Auslöffeln der Leberknödelsuppe; so heftig hättet ihr gestrahlt, daß das Strahlen sogar noch durch die vielen Blumen und hohen Torten, die vor euch auf dem Tisch gestanden wären, bis ins Innerste auch der kaltherzigsten und gefühllosesten Onkel und Tanten gedrungen wäre. Auf der höchsten Torte wäre ein kleines eßbares BRAUTPAAR in Beige und Grün gestanden, das auch gestrahlt hätte. So hättet ihr gestrahlt unter den Hirsch- und Rehbockgeweihen des Landgasthauses, und dann hättet ihr den ersten Walzer miteinander getanzt, dein langes beiges Trachtenkleid hätte sich gebauscht hinter dir, und die Rockschöße des grünen Trachtenrockes des BRÄUTIGAMS wären geflogen. – Um das alles hast du uns gebracht und noch um viel mehr, singen die Mütter im Chor. Eine Mezzosopranstimme setzt zu einem letzten Solo an: Und dann wäre es später und immer später geworden. Viele Onkel wären schon besoffen in den Torten gelegen, aber die meisten

Tanten wären noch aufrecht dagesessen. Die Onkel, die noch nicht zu besoffen gewesen wären, um zu reden, hätten SCHERZHAFTE Anspielungen auf die Hochzeitsnacht gemacht, die ja nun bald begonnen hätte. Sie hätten dem BRÄUTIGAM auf die Schulter geklopft, ihm Mut zugesprochen und ihm ihre eigenen dementsprechenden Erfahrungen ins Ohr gelallt. Und bevor du mit dem BRÄUTIGAM nach Hause gegangen wärst, hätten sie noch ein paar LUSTIGE LIEDLEIN gesungen vom Verlust BRÄUTLICHER UNSCHULD. Und dann wärt ihr schließlich gegangen unter den anfeuernden Rufen der Onkel, und ihr hättet euch aus Beige und Grün geschält und eure Hochzeitsnacht verbracht und glücklich gelebt bis an euer seliges Ende. – So rächt es sich, wenn man nicht bereit ist, den Platz einzunehmen, der einem von der Natur bestimmt ist, singen alle Mütter zum Abschluß. – An ein seliges Ende glaube ich nicht. Ich glaube nur an tragische Enden. Es hat Zeiten gegeben, da war ich nahe daran, an ein seliges Ende zu glauben. Es ist ja nicht einfach, sich bei der von Müttern, Pfarrern, Standesbeamten, Büchern, Versicherungen und Auto-, Diamanten- und Kugelschreiberreklamen verbreiteten Propaganda ein eigenständiges Urteil zu bilden. Und diese Vision von einem überirdisch verklärten Ende hat natürlich etwas Bezwingendes. Gegen solche Glücksvisionen ist schwer anzukommen. Letztlich habe ich es aber doch immer beim tragischen Enden von Lieben bewenden lassen. Für das tragische Endenlassen von Lieben habe ich seit jeher eine gewisse Begabung gezeigt, man hat mir immer schon bescheinigt, ausgesprochen talentiert zu sein, was das tragische Endenlassen von Lieben betrifft. In dieser Hinsicht bin ich sehr einfallsreich. Natürlich hat das tragische Endenlassen von Lieben einen Sinn, natürlich ist es eine Notwendigkeit, sonst würde ich nicht so viel von meiner Energie und Vorstellungskraft auf das immer neue Erfinden tragischer Enden verwenden. Das tragische Enden von Lieben ist natürlich deshalb eine Notwendigkeit, weil es keine andere mir bekannte Möglichkeit gibt, neue Lieben beginnen zu lassen. Erst wenn eine alte Liebe tragisch geendet hat, kann man unbeschwert in eine neue hineingehen. Die alte Liebe muß wirklich katastrophal geendet haben, muß elendiglich zugrunde gegangen sein, erst dann ist eine realistische Möglichkeit zu einer neuen gegeben. Ich habe es nie verabsäumt, eine alte Liebe zu Tode zu trampeln, zu erwürgen, verhungern zu lassen, auch noch ihren letzten Funken abzutöten, sie an der Wurzel zu packen und mit Stumpf und Stiel auszurotten. Nicht daß es mir Spaß macht – aber manche Dinge muß man eben hinter sich bringen, auch wenn es unangenehm ist, auch wenn es jedesmal ein Sterben ist. Denn hinterher kann man fröhlich pfeifend weggehen und den Schlüssel zur neuen Liebe um den Zeigefinger drehen wie ein Porschefahrer. Ich gebe zu, in schwachen Augenblicken mit dem Gedanken gespielt zu haben, eine Liebe nicht tragisch enden zu lassen. Ich gebe zu, daß diese Mr. Hyde-Seite, diese Eva-Seite von einer Dr. Jekyll-Seite, einer Maria-Seite ausbalanciert wird. Ich gehe sogar so weit zuzugeben, daß ich dieser Dr. Jekyll-Seite ihre Chance gegeben habe. Diese Dr. Jekyll-Seite hat den Kirchdorfer Rauchfangkehrer Otto O. geheiratet und sitzt im Augenblick in der Strafanstalt Schwarzau am Steinfeld in Niederösterreich. Mein Argwohn bezüglich des seligen Endes war also doch nicht unbegründet. Nachdem Christo in die Anstalt für abnorme Rechtsbrecher in der Nähe des Botanischen Gartens eingewiesen worden war, fühlte ich mich sehr einsam. Aber während die Mr. Hyde-Seite, verführt von den blühenden Kastanienbäumen, durch Paris streunte und sich nicht scheute, einen herumlungernden langhaarigen Amerikaner scheinheilig nach der Uhrzeit zu fragen, blieb die Dr. Jekyll-Seite in der Rue Mouffetard und gab sich zunächst ihrem Schmerz über die Abwesenheit Christos hin. In die durch den Schmerz entstandene Bresche stießen dann die Einflüsterungen der Mütter. Geschwächt durch den Kummer um Christo, hat sie nicht die Kraft, sich lange gegen die seit Jahren bei jeder Gelegenheit über sie herfallenden einflüsternden Mütter zur Wehr zu setzen. Siehst du, flüstern sie, wie weit du es gebracht hast. Du verdienst dir dein Geld durch Straßenmusik, wohnst in einer heruntergekommenen Wohngemeinschaft, dein Freund ist wegen perverser Verbrechen eingesperrt. Weit hast du es gebracht. Wir hätten jedes Recht, dich zu verstoßen, aber so sind wir nicht, wir verstoßen niemanden. Wenn du dein Leben änderst, es in GEORDNETE BAHNEN bringst, nehmen wir Mütter dich gern wieder auf. Begib dich an den Ort, wo du HINGEHÖRST, nimm endlich den Platz ein, der dir BESTIMMT ist. Entkräftet durch den Schmerz um die verlorene Liebe, unfähig zu weiterem Widerstand gegen die Legionen der einflüsternden Mütter, packt die Dr. Jekyll-Seite, die Maria-Seite der Scheherazade Hedwig Moser ihren Tramperrucksack, verabschiedet sich von Dunja, die sie nicht zum Bleiben bewegen kann, nimmt den nächsten Schnellzug Richtung Wien und fährt nach Kirchdorf in Kärnten. Alle Dorfbewohner freuen sich über ihre Rückkunft. Sie freuen sich darüber, daß auch sie es nicht geschafft hat, den Ort, wo sie HINGEHÖRT, für immer zu verlassen, daß auch sie keine Ausnahme ist, daß auch sie nach einigen sinnlosen Ausbruchsversuchen eingesehen hat, daß Kirchdorf ihre BESTIMMUNG ist. Sie feiern ihre Rückkehr. Bei der Feier sitzt Otto O. ihr gegenüber, der Rauchfangkehrer, dessen Frau vor kurzem aus Gram über den Tod ihres vermeintlich zur Fremdenlegion gegangenen, in Wirklichkeit aber von der alten Gutschierin mit einem Kälberstrick erdrosselten Sohnes Karli gestorben ist. Otto O. ist also Witwer, das paßt. Die geschwächte Dr. Jekyll-Seite ehelicht Otto O. noch vor dem Verstreichen des Trauerjahres, wodurch sie sich viele Dorfbewohner zu erbitterten Feinden macht. So trifft auch sie die Verfemung, von der die Mitglieder der Moserfamilie getroffen zu werden pflegen. Otto O. lacht seine junge Frau an und sagt: Rauchfangkehrer bringen Glück, das weißt du ja. Scheherazade Hedwig O., geborene Moser, denkt: Vielleicht ist wirklich etwas Wahres an diesem Aberglauben und bemüht sich, Otto O. eine GUTE FRAU zu sein. Sie führt ihm den Haushalt, denn daß sie arbeitet, ist in Kirchdorf unvorstellbar. Einen Haushalt zu führen, kann eine sehr interessante und verantwortungsvolle Aufgabe sein, sagt sich Scheherazade Hedwig O., damit das Goldene Hausfrauenbuch zitierend, das Otto O. ihr zu ihrem ersten gemeinsamen Weihnachtsfest geschenkt hat. Manchmal, wenn sie an die Zeit in Paris denkt, beginnt sie daran zu zweifeln, ob sie wirklich eine GUTE FRAU und nichts als eine GUTE FRAU sein will. Dann schlägt sie beschämt das Goldene Hausfrauenbuch auf, das solche Zweifel immer schnell zerstreut. Es tröstet sie zu lesen: »Mit Lust, Liebe und Feuereifer schaltet und waltet die Frau im Hause. Vom frühen Morgen bis zum späten Abend schafft sie in nimmermüdem Fleiß, nichts entgeht ihr, an alles denkt und alles leitet sie. Endlich ist es Feierabend geworden. Der Mann kommt nach Hause, die Kinder sind vom Spielplatz zurück. Das Abendessen ist vorüber. Um den Tisch im gemütlichen Wohnzimmer sind alle versammelt. Warm wirft die Lampe ihren Schein über glückliche, zufriedene Häupter. Und leise geht das Glück durchs Zimmer, sich widerspiegelnd auf frohen Gesichtern. [...] Auch dem Manne greifen jene stillen Feierstunden leise ans Herz. Er fühlt sich glücklich. Sein ganzes Leben hat auf einmal Wert bekommen. Nicht umsonst ist seine Arbeit, nicht vergebens sein Kampf um das tägliche Brot. Abends erwartet ihn eine Frau, die ihn liebt, er kommt in ein Heim, das ihn sanft umfängt, so daß er sich zurücklehnen möchte und lauschen auf das Gefühl des Glücks, das rauschend seine Seele erfüllt. Mit Dankbarkeit denkt er an das Wesen, das in mühevoller täglicher Kleinarbeit das alles so herrlich bestellt und zärtlich greift er nach der Hand seiner Frau. Und die Frau? Sie sieht die Menschen, die sie liebt, im Glücke. Wird da nicht auch ihre Seele stolz und freudig sein? Sie sorgt für alle und das Gedeihen aller ist ihr schönster Lohn.«[1] Ja, ich will Otto O., dem Rauchfangkehrer, eine GUTE FRAU sein, sagt sie. Und da es zum Wesen einer GUTEN FRAU gehört, Kinder zu gebären, gebiert sie ihm bald eines. Sie kocht drei Mahlzeiten täglich, wäscht die schwarze Wäsche des Rauchfangkehrers, hält die Wohnung in Ordnung und versorgt das Kind. Mit dem Kind macht sie lange Spaziergänge durch das Dorf, und die Dorfbewohner schauen in den Kinderwagen und sagen: Was für ein hübsches Kind! Die Spaziergänge mit dem Kind sind eine ABWECHSLUNG. Das langsame Aufhören des Gefallenfindens am GUTE-FRAU-Sein beginnt im Ehebett. Diese Seite des Ehelebens mit Otto O. hat sie von Anfang an nicht völlig überzeugt. Die Vergleiche mit Christo stellen sich gegen ihren Willen ein. Es irritiert sie, daß es Otto O. nie ganz gelingt, den Rauchfangkehrerruß abzuwaschen. Sie versucht Verständnis aufzubringen. Aber es stört sie, daß die Bettwäsche so schnell schwarz wird, daß sie sie so oft wechseln muß. Die Haushaltsführung beginnt sie allmählich zu langweilen. Das Kochen, Putzen, Kindversorgen und GUTE-FRAU-Sein langweilt sie immer mehr. Aber es ist nicht möglich, in Kirchdorf ungestraft etwas anderes zu sein als eine GUTE FRAU. Scheherazade Hedwig O. merkt bestürzt, daß sie, je mehr sie sich bemüht, eine GUTE FRAU zu sein, desto weniger eine GUTE FRAU sein will. Sie läuft in Kirchdorf mit dem Kinderwagen im Kreis. Sie langweilt sich so, daß es zu schmerzen anfängt. Das Kochen langweilt sie, das Putzen langweilt sie, das Kindversorgen langweilt sie, am meisten langweilt sie das Schlafen mit Otto O., es langweilt und ir-

[1] Rosa Lindenmeyer, *Das Goldene Hausfrauenbuch* (Zürich/Wien/Leipzig 1943), S. 66.

ritiert sie gleichzeitig. Sie droht sich in dieser Langeweile in nichts aufzulösen. Sie fühlt, daß die Langeweilewelle gleich über ihr zusammenschlagen wird. Dazu kommt, daß Otto O. sich immer mehr als Schahriar entpuppt. Anfangs hat er gewirkt wie ein gutmütiger österreichischer Rauchfangkehrer, aber langsam schlägt der weniger gutmütige persische Schahriar durch. Sie hätte es sich denken können. Spätestens als er ihr zu ihren ersten gemeinsamen Weihnachten das Goldene Hausfrauenbuch geschenkt hat, hätte sie Verdacht schöpfen müssen. Otto O. kommt nach Hause, zieht seine Rauchfangkehrerkleidung aus, wäscht seinen schwarzen Rauchfangkehrerkörper so recht und schlecht und setzt sich als fordernder Schahriar an den Tisch. Daß es ihr nicht mehr genügen könnte, eine GUTE FRAU zu sein, kommt ihm nicht in den Sinn. Daß sie das Kochen, Putzen und Waschen nicht mehr so freut, auch nicht. Daß das Schlafen sie irritiert und langweilt, schon gar nicht. Auf das Schlafen legt er größten Wert, er braucht schließlich einen AUSGLEICH zu seiner schweren Rauchfangkehrerarbeit, ein bißchen VERGNÜGEN. Und das stehe ihm ja wohl zu, brüllt er, wenn er dann seiner Frau hinterherläuft, die um den Tisch läuft, um seinen ANNÄHERUNGSVERSUCHEN zu entgehen. Du hast deine EHELICHEN PFLICHTEN zu erfüllen, schreit er ihr nach, während sie ihre Haken schlägt, du frigides Luder. Schnaubend setzt er ihr nach, wenn sie aus dem Fenster im Parterre springt und auf die Straße läuft, in der Hoffnung auf ein durchfahrendes Auto, das sie mitnimmt. Sie hat genug von Kirchdorf, es war ein Fehler, den Einflüsterungen der Mütter nachzugeben. Aber nie fährt ein Auto durch, und irgendein Bewohner von Kirchdorf findet sich immer, der ihr gut zuredet und sie ihrem Ehemann zurückbringt. Verzweifelt sucht sie nach irgendeinem AUSWEG, wenigstens nach einer ABWECHSLUNG. Das Goldene Hausfrauenbuch kennt sie in- und auswendig, es ist ihr kein Trost mehr, sie hat sogar einen Widerwillen dagegen entwickelt. Sie sucht nach einer anderen Lektüre, nach Büchern. In Kirchdorf gibt es außer der Bibel kein Buch, es gibt nur Frauenzeitschriften, FRAU IM GLÜCK, FRAU IM SPIEGEL, FRAU IM HAUS. Sie kauft also eine Frauenzeitschrift und hat keine Ahnung, daß sie mit diesem Kauf ihr Schicksal BESIEGELT. Auf Seite fünf dieser Frauenzeitschrift ist nämlich der Innenminister abgebildet, ein schöner rätselhafter männlicher Mann. So beginnt eine große Liebe. Scheherazade Hedwig O. streicht zärtlich mit den Fingern über die Seite, und als sie ihren Blick in seine dunklen Papieraugen taucht, ihn zögernd wieder herauszieht und über das markante Papierkinn und die sehnigen Papierhände gleiten läßt, ist es vollends um sie geschehen. Otto O. hat ausgespielt. Die wöchentlich erscheinende Frauenzeitschrift bringt eine Fortsetzungsstory über den Innenminister, diesen schönen und mächtigen Mann. Man erfährt alles über sein politisches Leben, aber auch über sein Privatleben. Natürlich kauft sie die Zeitung jede Woche. Sie erfährt, daß er am liebsten einen Bauernschmaus ißt und einen Burgenländer Roten trinkt. Irgendwie verringern solche schlichten Vorlieben den Abstand zwischen ihr und dem Innenminister. Außerdem ist er trotz seiner Macht und seines Geldes nicht glücklich. Seine Frau hat in zwanzig Ehejahren fünfundvierzig Kilogramm zugenommen, weshalb er sie nicht mehr so gern auf den Opernball mitnimmt wie früher. Aber er verläßt sie nicht, weil er ein ANSTÄNDIGER Mensch ist. Außerdem hat er einen Sohn, der einer skandalösen Rockgruppe angehört. Und natürlich hat der Innenminister sehr viele Neider, die ihn durch feingesponnene Intrigen zu Fall bringen wollen. Was an ungeheuerlichen Anschuldigungen man gegen ihn vorbringt, empört nicht nur die Frauenzeitschrift, sondern auch Scheherazade O. So ein schöner männlicher Mann, denkt sie, und trotzdem nicht glücklich. Jetzt verstehe ich, warum er auf allen Fotos die gleichen traurigen Augen hat. Auf dem Opernball, in der Parlamentssitzung, beim Staatsbesuch, beim Schifahren in Kitzbühel. Je mehr Fortsetzungen der Innenministerstory sie liest, um so mehr liebt sie ihn. Sie wird süchtig nach den traurigen Papieraugen, die sie jeden Samstag ansehen. Er hat etwas Melancholisches, Düsteres, Geheimnisumwittertes, schreibt nicht nur die Frauenzeitschrift, sondern denkt auch Scheherazade O. Seit dem Beginn ihrer Liebe zum Innenminister ist es für sie leichter, die Ehe mit Otto O. zu ertragen. Was kann er mir anhaben, wo mich doch der Innenminister liebt, denkt sie. Die heimliche Liebe zum Innenminister entschädigt sie für vieles. Man kann diese Liebe eine Zeitlang geheimhalten, aber natürlich nicht ewig. Einmal wird er sich zu ihr bekennen wollen, da er sie ja auch sehr liebt, wo sie doch nicht einmal sechzig Kilogramm wiegt. Er wird eine Pressekonferenz geben und ernst in die vielen ihm entgegengestreckten Mikrofone hineinsagen, daß er die Scheidung von seiner Frau beantragt habe, da sie sich auseinandergelebt hätten, da ihre Ehe nur noch auf dem Papier bestünde. Er habe nicht gedacht, wird er sagen, und die Reporter werden sich jedes Wort notieren, daß ihm in seinem Alter, er sei immerhin sechsundvierzig, noch einmal eine solche Liebe zustoßen könnte, damit habe er nicht gerechnet, er sei an der Entwicklung der Dinge nicht schuld, die Dinge hätten sich von selbst entwickelt. Ja, er wolle wieder heiraten, wird er auf die ungeduldigen Fragen der Reporter mit den Mikrofonen mutig antworten, eine einfache junge Frau. Entweder werden die Österreicher gerührt sein über die neue Liebe des Innenministers, darüber, wie er zu seinen Gefühlen steht, und es wird eine glanzvolle Hochzeit in der Hofburg geben, denkt Scheherazade O. mit leuchtenden Augen. Sie wird neben ihm stehen, der zu dieser Gelegenheit einige seiner Orden tragen wird, aber nicht sehr viele, und die Hochzeit wird im Fernsehen übertragen werden, und alle Österreicher werden sich freuen über das neue Glück des Innenministers und über das des austropersischen Aschenputtels, bis auf ganz wenige mißgünstige Österreicherinnen, die ihr dieses Glück und das Kleid aus weißem Brokat und die weiße Nerzstola nicht gönnen werden. Aber was kann sie dafür, denkt sie aufbegehrend, daß der goldene Pantoffel des Innenministers gerade ihr paßt. Natürlich gäbe es auch noch die Möglichkeit, daß die Österreicher nicht gerührt sein würden, daß sie entrüstet sein würden über die schamlose neue Liebe des Innenministers. Es könnte in der Folge zu einem Skandal kommen, und der Innenminister könnte sich gezwungen sehen, sein Amt zurückzulegen. Was er gern tun wird, denkt sie zuversichtlich, denn er ist ein Mensch, der zu seinen Gefühlen steht. In diesem zweiten möglichen Fall werden wir wegfahren und in einer kleinen Kirche ganz heimlich heiraten, nur mit Trauzeugen. In Salzburg vielleicht, im Nieselregen, das wäre auch schön, natürlich anders als in der Hofburg, aber auch schön. Die Flitterwochen werden wir dann auf der Alm verbringen, in einer Jagdhütte auf dem Hochkönig beispielsweise, oder wir fliegen irgendwohin. Auf die Bahamas oder nach Reykjavik. Geld hat der Innenminister ja genug, auch noch nach der Zurücklegung seines Amtes. Otto könnte allerdings Schwierigkeiten machen, denkt Scheherazade O., die Frauenzeitschrift mit der neuesten Folge vor sich. Otto könnte unsere Pläne durchkreuzen. Er wird kein Verständnis für die übermächtige Liebe zwischen mir und dem Innenminister haben, denkt sie realistisch. Otto muß früh genug unschädlich gemacht werden. In der Wahl meiner Mittel brauche ich keine besonderen Skrupel zu haben, er hat mich schließlich enttäuscht. Als Rauchfangkehrer, der von Rechts wegen Glück bringen müßte, hat er mir nichts als Unglück gebracht. Langeweile und Unglück. Die Frauenzeitschrift mit der neuesten Fortsetzung vor sich, beschließt Scheherazade O., ihren Ehemann umzubringen. Als er das nächste Mal in der Badewanne sitzt und sich den

Rauchfangkehrerruß abwäscht, steckt sie schnell den Fön an und wirft ihn ins Badewasser. Otto O. ist sofort tot. Sie täuscht einen Unfall vor, aber ein voyeuristisch veranlagter Nachbar hat die Tat durch das Badezimmerfenster beobachtet und erstattet Anzeige. Scheherazade O., die keine Freunde im Dorf hat, da sie ein Mischling und eine Ausreißerin ist und Otto O. geehelicht hat, bevor das Trauerjahr um gewesen ist, wird vom Ortsgendarmen verhaftet. Bei ihrer Einvernahme leugnet sie zunächst, verstrickt sich dann aber immer mehr in Widersprüche. Um fünf Uhr morgens haben die vielen Fragen und das Licht aus der 60-Watt-Glühbirne, mit der der Gendarm sie ununterbrochen angeleuchtet hat, sie so weit zermürbt, daß sie den Mord gesteht. Sie muß vor der wütenden Menge in Schutz genommen werden (Hang her high!). Otto O. war als Rauchfangkehrer und Glücksbringer im Dorf sehr beliebt gewesen. Seit ihrer Einlieferung ins Frauengefängnis Schwarzau am Steinfeld lebt das Kind bei Otto O.s alleinstehender Schwester, der Frührentnerin Agnes O.

Und wenn sie nicht gestorben ist, sitzt meine Dr. Jekyll-Seite, die Seite, die sich für mütterliche Einflüsterungen in verhängnisvoller Weise empfänglich zeigte, immer noch in Schwarzau am Steinfeld. Die andere Seite aber, die Nachtseite, die böse, hat in Paris und anderswo aufregende Dinge erlebt, einen Sommer in Korsika mit Gertrude Stein und Alice Toklas zum Beispiel. Die beiden Damen hatten nämlich zufälligerweise den unglückseligen Vorfall in der Pariser Métrostation Saint-Lazare mit angesehen, bei dem John Cassidy der Kopf abgetrennt worden war. Ich bat sie, mich als Zeugen zur Polizei zu begleiten, was sie bereitwillig taten. Als sie auf der Polizeiwache ihre Namen nannten, wunderte ich mich, da ich fest angenommen hatte, sie seien längst tot. So kann man sich irren. In der Folge freundeten wir uns an, und ich wurde gelegentlich von ihnen in die Rue de Fleurus Nummer fünf eingeladen, wo bekannte Leute aus- und eingingen. Gertrude Stein saß auf dem Sofa, dick, mit rundem Kopf, und redete. Ihre Freundin und Sekretärin Alice Toklas kümmerte sich um die Getränke. Einmal erzählte mir Gertrude Stein, als wir gemeinsam auf dem Sofa saßen, im Vertrauen, daß ihr lesbisches Verhältnis zu Alice Toklas vor allem in dem Widerwillen begründet liege, den sie dagegen habe, durch eine Heirat ihren Namen zu ändern. Und ließe man sich mit Männern auf sogenannte intime Beziehungen ein, so Gertrude Stein, könne man nie hundertprozentig sagen, ob sich daraus nicht doch letztlich eine Heirat mit allen Konsequenzen, wie eben auch der Änderung des Familiennamens, ergeben würde. Um eine solche Heirat von vornherein zu unterbinden, sei es ihr vernünftig erschienen, lesbische Neigungen zu entwickeln. Solche Neigungen habe sie von Natur aus zwar nicht gehabt, so Gertrude Stein, aber die Gefahr, die von einer etwaigen Namensänderung her gedroht habe, sei doch so erschreckend für sie gewesen, daß sie sich im Lauf der Zeit bewußt lesbische Neigungen anerzogen habe. Im Grunde ziehe sie Männer Frauen vor, doch sei die Überwindung, mit einer Frau sogenannte intime Beziehungen einzugehen, nichts im Vergleich zu der Überwindung, ihren Familiennamen zu ändern. Durch eine so gravierende Änderung würde alles, aber auch alles, so Gertrude Stein, aus dem Lot geraten. Natürlich wäre dann auch ihr Vorname absolut unbrauchbar, denn es würde jedermann einleuchten, daß Vorname und Familienname eine untrennbare Einheit bildeten, daß es vollkommen unmöglich wäre, den Familiennamen zu ändern, den Vornamen aber nicht. Glaube man an die wechselseitige Beziehung zwischen dem Namen und der Person, die diesen Namen trage – und jeder Mensch, der auch nur eine Spur von Intelligenz besitze, müsse dies natürlich glauben, so Gertrude Stein –, dann könne man unter keinen

Umständen in eine Namensänderung einwilligen, denn dann wäre einem klar, daß eine solche leichtfertige und in unserer Gesellschaft unglückseligerweise immer noch übliche Namensänderung tiefgreifende Persönlichkeitsveränderungen nach sich ziehen würde, völlige seelische und geistige Zerrüttung nicht ausgeschlossen. Dieses Risiko dürfe man keinesfalls eingehen, das verstünde sich von selbst. Und um einer solchen durchaus im Bereich der Möglichkeit liegenden seelisch-geistigen Zerrüttung vorzubeugen, habe sie sich schon sehr früh entschlossen, sich – nötigenfalls mit aller Strenge, so Gertrude Stein – lesbische Neigungen anzuerziehen. Sie sei damit nicht schlecht gefahren, sagte sie und blickte liebevoll zu Alice Toklas, die Hemingways Glas gerade wieder anfüllte. Alice Toklas und sie seien nun immerhin schon seit nahezu zwanzig Jahren miteinander befreundet und hätten so gut wie nie Streit. Ganz abgesehen davon, daß man auf diese Weise ein sogenanntes erfülltes Sexualleben haben könnte, ohne ständig mit der grauenhaften Aussicht konfrontiert zu sein, ein Kind in die Welt zu setzen. Ein Kind in die Welt zu setzen, sei für sie die grauenhafteste Vorstellung überhaupt, noch viel grauenhafter als die Vorstellung der Änderung des Familiennamens. Schaudernd erhob sich Gertrude Stein vom Sofa und ging zu Picasso hinüber, der mit seiner Freundin Fernande Olivier auf der anderen Seite des Salons stand, um ihn zu fragen, wann sie das nächste Mal für ihr Porträt sitzen solle. – Gertrude Stein und Alice Toklas verbrachten den Sommer oft in Korsika, hauptsächlich wegen ihrer Vorliebe für Amselpastete und den sehr würzigen korsischen Käse, aber natürlich auch wegen der schönen Landschaft. Zu diesem Zweck hatten sie in dem auf einem Hügel gelegenen Dorf Sant' Antonino eine Wohnung gemietet. Von diesem Dorf bot sich eine herrliche Aussicht auf das Meer (an sehr klaren Tagen konnte man die französische Küste sehen) und auf die korsischen Berge. Ich fühlte mich selbstverständlich geschmeichelt, als sie mich einluden, mit ihnen dorthin zu fahren. Hätte ich gewußt, wie sich dieser Aufenthalt gestalten würde, ich wäre im heißen Paris geblieben. Das Haus lag auf der Spitze des Hügels, ein altes Steinhaus mit einer großen, von einer niedrigen Steinmauer umgebenen Terrasse. Ich schlief in einem kleinen, spärlich möblierten Zimmer im ersten Stock. Im Wohnzimmer hingen dunkle Wandteppiche, Leuchter voll mit herabgetropftem, erstarrtem Kerzenwachs standen herum, Glasvitrinen mit merkwürdigen Porzellanfiguren und Masken, Sessel mit Überzügen aus Leopardenfell. Ein schöner Flügel war in dem Zimmer, und ein großes, hellblaues Himmelbett mit einer hellgrauen Hasenfelldecke. Gertrude Stein und Alice Toklas bewohnten je ein Zimmer im ersten Stock, zogen es jedoch vor, im Himmelbett zu schlafen. Anfangs war alles sehr angenehm. Die beiden Damen verhielten sich sehr freundlich, und wir sprachen über Gertrude Steins Buch *The Making of Americans*, das noch nicht ins Deutsche übersetzt worden war und das ich zu übersetzen vorhatte. Wir gingen zu Fuß zum Strand hinunter und lagen dort auf den heißen, glatten Felsen. Wir tranken Pastis im Strandcafé, mieteten uns Fahrräder, mit denen wir zu den umliegenden Dörfern fuhren, und machten lange Spaziergänge in der Nähe des Dorfes, hinaus zum kleinen Friedhof, hinunter zum Weinhändler und zum nahegelegenen Kloster. Abends saßen wir auf der Terrasse, sahen zu, wie der Himmel sich verfärbte und die Sonne unterging, und führten dabei Gespräche über Malerei und Literatur. Die Impressionisten seien entsetzliche Stümper gewesen, pflegte Gertrude Stein dann zu sagen, nichts in der ganzen Geschichte der Malerei ließe sich an Stümperhaftigkeit mit den Impressionisten vergleichen. Die von der Kritik heute noch hochgelobten Bilder von Monet, beispielsweise die Darstellungen der Kathedrale von Rouen oder des Londoner Parlaments, seien für sie der Inbegriff der Stümperhaftigkeit.

Besonders abscheulich, sagte sie und nahm noch ein Stück Käse, seien die Ballettbilder von Edgar Degas. Eine solche häßliche Stümperhaftigkeit sei vielleicht für andere erträglich, für sie jedenfalls nicht. Wenn sie zufälligerweise irgendwo eine Abbildung eines Degas-Bildes sehe, würde ihr sofort schlecht. You know it, Alice, sagte sie und wendete sich zu Alice Toklas, die schweigend dagesessen war und nun mitfühlend nickte. Die Ballettmädchen mit den hellgelben Tüllröckchen seien an dilettantischer Entsetzlichkeit kaum zu übertreffen, unter Umständen noch von den unglaublich geschmacklosen Mädchenköpfen von Renoir. Und all diese schrecklich schlampig hingeworfenen, verschwommenen Landschaften, bei deren Anblick es einen zu drehen anfange, isn't it so, Alice, sagte Gertrude Stein und streichelte eine von Madame de la Rochefoucaulds Katzen, die ihr auf den Schoß gesprungen war. Die Ungenauigkeit und Oberflächlichkeit der Malweise der Impressionisten sei einer der größten Skandale in der Geschichte der Kunst, es sei unbegreiflich, wie den Impressionisten je erlaubt werden konnte, solche Bilder öffentlich auszustellen. Sie selbst hasse nichts so sehr wie Ungenauigkeit, Unordentlichkeit und Schlamperei, don't I, Alice, sagte sie. Alice Toklas nickte. Man müsse mit aller Konsequenz gegen diese Maler vorgehen, sagte Gertrude Stein. Sie habe beispielsweise gegen den Willen ihres Bruders Leo, dem die Bilder gehört hätten (er habe sie in einem Augenblick geistiger Unzurechnungsfähigkeit ersteigert), eigenhändig ein unerträgliches Bild von Sisley, den Jäger im Schnee, sowie ein gleichfalls unerträgliches Bild von Pissarro, die Frau im Obstgarten, ins Feuer geworfen. Seitdem – und das sei immerhin schon neuneinhalb Jahre her – habe ihr Bruder kein einziges Wort mit ihr geredet, was sie natürlich schmerze. Aber in dieser Hinsicht dürfe es keine Kompromisse geben, man müsse schlechte Kunst zerstören, wo man nur könne. Schlechte Kunst ist unter allen Umständen untragbarer als schlechte Menschen, sagte sie abschließend. – So verging eine Woche. Die beiden Frauen hatten mich unter ihre Fittiche genommen und ließen mich nicht aus den Augen. Anfangs hatte ich nichts dagegen. Einige Male am Tag kamen Touristenbusse in das ansonsten sehr einsame Dorf und parkten vor Madame de la Rochefoucaulds Boutique. Die Touristen gingen bis zur Hügelspitze hinauf, um die Aussicht zu genießen. Die Hügelspitze lag wenige Meter über und neben unserem Haus, und die Touristen warfen immer einen Blick auf unsere Terrasse, auf der ich saß und übersetzte. Ich wechselte meist ein paar Worte mit ihnen, und eines Tages lud ich einen besonders liebenswürdigen Touristen, einen jungen Archivar aus Duisburg, ein, mit mir auf der Terrasse ein Glas Wein zu trinken. Als der junge Mann gerade Platz nehmen wollte, stürzten sich Gertrude Stein und Alice Toklas, denen ich schon angemerkt hatte, daß es ihnen nicht gefiel, wenn ich mich mit männlichen Touristen unterhielt, plötzlich auf den jungen Mann und stießen ihn zum Tor hinaus. Mir gegenüber rechtfertigten sie es damit, daß sie für meine Sicherheit verantwortlich seien und daß sich heutzutage schon das ärgste Gelichter Urlaubsreisen leisten könne. Sie luden nun häufig Madame de la Rochefoucauld ein, die stets schwarz gekleidete Boutiquenbesitzerin, und sie kam ins Haus, umringt von ihren vielen großen Hunden, die mir ihre Pfoten auf die Schultern legten, und ihren wilden Katzen, die mir in die Waden bissen. Außer Madame wohnten nur noch ein paar Bauern im Dorf, lauter alte Leute – die jungen suchten sich in Frankreich Arbeit. Gertrude Stein und Alice Toklas unterhielten sich gelegentlich mit den Dorfbewohnern, sie versuchten, leutselig zu sein, doch ich merkte, daß die Dorfbewohner ihnen sehr mißtrauisch gegenüberstanden, genau wie sie auch der Madame mißtrauisch gegenüberstanden, obwohl diese schon seit über fünfzehn Jahren in Sant' Antonino lebte, seit ihrer

Scheidung vom Grafen Rochefoucauld. Sie war von Geburt Spanierin, eine eigentümliche Mischung aus Abenteurerin und Dame von Welt. Seit Jahren hatte sie ein Verhältnis mit dem Schäfer des Dorfes. – Nach der zweiten Woche schlug das Wetter um. Zuvor hatte jeden Tag die Sonne geschienen, nun zogen Wolken auf, und ein kalter Wind begann zu wehen. Abends war es nicht mehr angenehm, auf der Terrasse zu sitzen, da es zu windig war oder da sie völlig von Nebel eingehüllt wurde, durch den die im leerstehenden, baufälligen Nebenhaus nistenden Fledermäuse flitzten. In der Nacht rüttelte der Sturm an allen Türen und Fenstern und warf den schweren Holztisch auf der Terrasse um. Ich schlief schlecht, da die vom Wind verursachten Geräusche unbekannt und gespenstisch waren. Manchmal zogen Gewitter über den Hügel, und ich fürchtete mich, da unser Haus das am höchsten gelegene war und der Blitz schon einmal den Dachstuhl in Brand gesetzt hatte. Teilweise verkohlte Dekkenbalken erinnerten daran. Gertrude Stein und Alice Toklas waren nicht mehr so liebenswürdig wie am Anfang; sie bezogen mich nicht länger in ihre Gespräche ein, und ich hörte sie oft im Wohnzimmer kichern. Ich hatte noch einige Male versucht, mich mit einem der wenigen Touristen, die jetzt noch den Weg zur Hügelspitze fanden, zu unterhalten, da ich froh war, nicht immer nur die mir zusehends unheimlicher werdenden Gesichter von Gertrude Stein, Alice Toklas und Madame de la Rochefoucauld zu sehen, doch hatten diese jedesmal eine Annäherung zu vereiteln gewußt: Entweder waren sie kreischend auf die Terrasse gelaufen gekommen oder sie hatten die Katzen und Hunde der Madame auf die Touristen angesetzt. Einem ausgesprochen sympathisch wirkenden Dänen aus der Aarhuser Gegend hatte der größte von Madames Hunden sogar das Sweatshirt zerrissen. Meine Übersetzung machte kaum Fortschritte, da ich mich nicht sehr gut konzentrieren konnte. Es war wegen des immer stürmischer werdenden Windes auch nicht sehr angenehm, das Haus für längere Zeit zu verlassen. Als ich mich einmal bei den beiden Frauen darüber beklagte, daß sie jedermann von mir abzuhalten schienen, meinten sie, ich würde es ihnen noch danken, denn so käme ich wenigstens nicht in Versuchung, meinen Namen zu ändern. Jüngeren Männern sei keinesfalls zu trauen. Ich bekam es mit der Angst zu tun, als ich beobachtete, wie sie eines Tages einen Touristen, der sich mit mir ein wenig unterhalten hatte und dann den Ausblick genoß, in das leerstehende, baufällige Nebenhaus drängten. Wenige Tage später hörte ich in den Lokalnachrichten, daß ein siebenundzwanzigjähriger Tourist aus dem Montafon, Vater zweier Kinder, mit einem Reisebus nach Sant' Antonino gefahren war, sich dort von der Touristengruppe getrennt hatte, um einen Spaziergang zu machen, und seitdem spurlos verschwunden war. Ich meldete meine Beobachtungen nicht und hatte auch nicht den Mut, im leerstehenden, baufälligen Haus nachzusehen. Zu diesem Zeitpunkt wäre ich gern abgereist, doch Gertrude Stein und Alice Toklas meinten, es gäbe im Augenblick wegen des hohen Seeganges keine Möglichkeit, Korsika zu verlassen. Also blieb ich, nahm mir allerdings vor, die beiden Frauen und die Madame genau zu beobachten. Mir fiel auf, daß sie gelegentlich das leerstehende, baufällige Haus betraten, und manchmal hörte ich einen von Madames Hunden darin knurren. Eines Tages kam endlich wieder ein Tourist den Hügel herauf, pfeifend, einen Tramperrucksack auf dem Rücken. Er sah mich auf der Terrasse, blieb stehen und fragte, aus welchem Land ich käme. Wir kamen ins Gespräch, und er erzählte mir, er sei aus Linz, Bewährungshelfer von Beruf, und mit dem Motorrad in Korsika unterwegs, nicht zum ersten Mal, Korsika sei für ihn das Schönste, seit fünf Jahren komme er jeden Sommer mit dem Motorrad hierher. Er wies auf den sich verdunkelnden Himmel und fragte mich, ob er seinen Schlafsack auf die Terrasse legen und hier übernachten dürfe. Da Gertrude Stein und Alice Toklas mir gesagt hatten, sie würden wegen des schlechten Wetters keinen Fuß vor die Tür setzen, bot ich ihm eine Ecke der ausgedehnten Terrasse als Schlafplatz an. Dort saßen wir lange, uns leise unterhaltend, und mir gefiel der junge blonde Linzer ausnehmend gut, so gut, daß ich am liebsten den Schlafsack mit ihm geteilt hätte, wenn nicht die Angst vor den beiden Frauen stärker gewesen wäre als die Lust auf das Teilen des Schlafsacks. Ich bat den Linzer, mich am nächsten Tag auf seinem Motorrad mitzunehmen, da ich etwas mehr von der Insel sehen wolle, und er erklärte sich gern dazu bereit. Glücklich ging ich am späten Abend in mein Zimmer im ersten Stock; endlich hatte sich eine Möglichkeit gefunden, diesen mir immer unheimlicher werdenden Ort und die mir immer unheimlicher werdenden Frauen zu verlassen. Am nächsten Morgen schlich ich mich mit meinem Gepäck auf die Terrasse. Der Schlafsack lag auf den Steinplatten, er war leer, vom Linzer Bewährungshelfer war nichts zu sehen. Ich suchte ihn überall im Dorf, fand ihn nicht. Schließlich beschloß ich, im leerstehenden Haus nachzusehen. Ich stieß die Tür auf, und ein ekelerregender Geruch schlug mir entgegen: Auf dem Steinboden des Hauses lagen die Leichen von zwölf jungen männlichen Touristen, ordentlich nebeneinander aufgereiht, darunter auch der Archivar aus Duisburg, der Däne aus der Aarhuser Gegend, der siebenundzwanzigjährige Vater von zwei Kindern aus dem Montafon und der Linzer Bewährungshelfer. Ich war nicht fähig, einen klaren Gedanken zu fassen, stürzte aus dem Haus und durch das Dorf und lief den zehn Kilometer langen Fußweg bis zum Strand hinunter. Dort warf ich mich in den kalten Sand vor dem grauen Meer mit den weißen Schaumkronen und schlief ein.

Hätte ich damals nicht diesen Traum gehabt, dann hätten mich die drei Frauen und die Hunde und Katzen sicher eingeholt und über kurz oder lang als einzige Frau neben die zwölf Männer gelegt, als Dreizehnte. Diesem Traum habe ich es zu verdanken, daß ich nach wie vor auf meinem Sofa sitze, die indianische Decke mit dem Zackenmuster auf den Knien, und rede/schreibe. Im Traum senkte sich ein großer schwarzer Schwan auf mich, die ich im kalten Sand lag, hob mich auf und trug mich davon. Wir flogen über die von den riesigen Bränden schwarzen korsischen Hügel, dann über das Meer. Die Sicht war allerdings wegen des unfreundlichen Wetters nicht besonders gut. Über Elba wandte der schwarze Schwan den Kopf, und ich erschrak sehr, denn ich vermeinte die Züge Schahriars festzustellen. Hat er dich also doch erwischt, dachte ich, bist du ihm doch nicht entgangen. Alles Reden/Schreiben hat nichts genützt, sie schaffen es immer, die Brüder. Mach dich auf etwas gefaßt, auf Gesteinigtwerden, Ersäuftwerden, Gevierteiltwerden, Aufgehängtwerden. Das Reden/Schreiben ist dir vergangen, du gibst am besten auf. Über der Toskana verwandelte sich der schwarze Schwan jedoch zu meiner Überraschung in eine riesige Fledermaus, die mich auf ihren Regenschirmflügeln über den Apennin und die oberitalienische Tiefebene bis in die Gegend von Udine trug. Dort wurde sie zum Grafen Dracula, der mich anlächelte, wobei seine Eckzähne blinkten, mich in seinen scharlachroten Mantel hüllte und weitertrug. Ich ängstigte mich vor dem Grafen und war sehr erleichtert, als dessen scharlachroter Mantel über dem Wörther See zum schwarzen Umhang Batmans wurde. Batman, der Fledermausmann, der Superheld, der Meisterakrobat, Retter der Witwen und Waisen. Als er sich einmal umdrehte, schien mir, als hätte er das Gesicht von K., der gelegentlich Tür an Tür mit mir wohnt. Aber wegen der schwarzen Augenmaske konnte ich es nicht genau erkennen. Jedenfalls verlor ich meine Angst, und als wir die

Soboth überflogen, genoß ich bereits die schöne Aussicht (das Wetter war hier entschieden besser als auf Korsika). Ich freute mich darauf, nach Graz zu kommen (denn dorthin ging es offensichtlich), und über Stainz begann ich *In the Neighborhood* von Tom Waits zu summen. Batman verringerte seine Flughöhe, zog eine Schleife über Graz, nahm dann Kurs auf die Leonhardstraße und ließ mich auf mein Sofa fallen. Na also, sagte K. – denn Batman war tatsächlich K. –, da wärst du wieder. Setz dich hin. Red/Schreib. Das ist DEIN PLATZ.

Lilian Faschinger im dtv

»Diese Autorin ist eine leidenschaftliche Erzählerin, eine, die sich auf die Kraft ihrer Sprache verläßt und der das Entwickeln eines Plots sichtbares Vergnügen bereitet.«
Meike Fessmann in der ›Süddeutschen Zeitung‹

Magdalena Sünderin
Roman
ISBN 3-423-12430-X

Sieben Morde, sieben Liebesaffären, eine Tour de force durch halb Europa sowie durch alte und neue literarische Mythen: die Geschichte einer Mörderin aus Leidenschaft. »Eine fulminante Scheherazade ... Amüsant, boshaft-witzig, hintersinnig.« (Cornelia Staudacher in der ›Stuttgarter Zeitung‹)

Wiener Passion
Roman
ISBN 3-423-12925-5

In Wien stößt die amerikanische Sängerin Magnolia Brown auf ein fast hundert Jahre altes Schriftstück: die Lebensbeichte der Mörderin Rosa Havelka. Es ist ein bewegender, erschütternder Bericht. Magnolia ist seltsam gefesselt ... »Ein hinreißender Roman – bunt, spannend, skurril. Und voll Sympathie für den verführerischen Geist der Stadt.« (Joachim Campe in der ›Berliner Morgenpost‹)

Frau mit drei Flugzeugen
Erzählungen
ISBN 3-423-12353-2

Äußerlich scheint alles normal. Und doch ist die Welt, die man in diesen zehn Erzählungen betritt, nicht ganz geheuer. »Zupackend wie ein Psychothriller regen die Geschichten die Phantasie an ... Aber niemals – und jedesmal ist man von neuem überrascht – kommt der Schluß so wie erwartet.« (Hella Kaiser im Berliner ›Tagesspiegel‹)

Margriet de Moor im dtv

»Ich möchte meinen Leser genau in diesen zweideutigen Zustand versetzen, in dem die Gesetze der Wirklichkeit aufgehoben sind.«
Margriet de Moor

Erst grau dann weiß dann blau
Roman
ISBN 3-423-**12073**-8
Eines Tages ist sie verschwunden, einfach fort. Ohne Ankündigung verläßt Magda ihr angenehmes Leben, den kultivierten Ehemann. Und ebenso plötzlich ist sie wieder da. Über die Zeit ihrer Abwesenheit verliert sie kein Wort.

Der Virtuose
Roman
ISBN 3-423-**12330**-3
Neapel zu Beginn des 18. Jahrhunderts – die junge Contessa Carlotta ist wie verzaubert von der Stimme Gasparo Contis, eines faszinierend schönen Kastraten. Carlotta verführt den in der Liebe Unerfahrenen nach allen Regeln der Kunst.

Herzog von Ägypten
Roman
ISBN 3-423-**12716**-3
Die Liebesgeschichte zwischen Lucie, der Bäuerin, und Joseph, dem Zigeuner. Ein Panorama menschlicher Schicksale …

Die Verabredung
Roman
ISBN 3-423-**12958**-1
Eines Nachts findet Vincent auf der Straße einen Taschenkalender, darin seinen eigenen Namen …

Rückenansicht
Erzählungen
ISBN 3-423-**11743**-5

Doppelporträt
Drei Novellen
ISBN 3-423-**11922**-5

Ich träume also
Erzählungen
ISBN 3-423-**12576**-4

»De Moor erzählt auf unerhört gekonnte Weise. Ihr gelingen die zwei, drei leicht hingesetzten Striche, die eine Figur unverkennbar machen. Und sie hat das Gespür für das Offene, das Rätsel, das jede Erzählung behalten muß, von dem man aber nie sagen kann, wie groß es eigentlich sein soll und darf.«
(Christof Siemes in der ›Zeit‹)

Penelope Lively im dtv

»Penelope Lively ist Expertin darin, Dinge von zeitloser Gültigkeit in Worte zu fassen.«
New York Times Book Review

Moon Tiger
Roman
ISBN 3-423-**12860**-7
»Die Heldin ist eine Historikerin namens Claudia Hampton. Das eigentliche Zentrum des Romans aber ist die Geschichte selbst ...« (Anne Tyler)

Kleopatras Schwester
Roman
ISBN 3-423-**11918**-7
Eine Gruppe von Reisenden gerät in die Gewalt eines größenwahnsinnigen Machthabers.

London im Kopf
ISBN 3-423-**11981**-0
Der Architekt Matthew Halland arbeitet an einem ehrgeizigen Bauprojekt in den Londoner Docklands, und dabei wird die Vergangenheit der Stadt für ihn lebendig.

Ein Schritt vom Wege
Roman
ISBN 3-423-**12156**-4
Als Annes Vater langsam sein Gedächtnis verliert und sie seine Papiere ordnet, erfährt sie Dinge über sein Leben, die sie tief erschüttern ...

Der wilde Garten
Roman
ISBN 3-423-**12336**-2
Helen und Edward leben in einem großen Haus mit wildem Garten. Nach dem Tod ihrer Mutter gerät das Leben der Geschwister plötzlich in Bewegung.

Hinter dem Weizenfeld
Roman
ISBN 3-423-**12515**-2
Ein Roman von Müttern und Töchtern, Untreue und Eifersucht, Selbstbetrug und Solidarität.

Die lange Nacht von Abu Simbel
Erzählungen
ISBN 3-423-**12568**-3

Heckenrosen
Roman · dtv premium
ISBN 3-423-**24192**-6
Stella Brentwood hat Forschungsreisen um die ganze Welt gemacht. Jetzt läßt sie sich von ihren Aufzeichnungen in die Vergangenheit zurückversetzen.